誘拐犯 下

シャルロッテ・リンク

JN090146

Ｂ＆Ｂの娘の失踪と発見。娘は頑なに口を閉ざしなにも語らない。謎に満ちたこの事件と、遺体で発見された少女の事件に関連はあるのか？　事件はそれだけではなかった。母親に虐待を受け腕にひどい火傷を負った少女の行方不明事件と、父親にがんじがらめに束縛されていた少女失踪事件。どの少女も十四歳だった。ケイトはＢ＆Ｂの夫婦に真相解明を懇願されるが、管轄外の刑事が口を出すわけにはいかず、密かに調査を始める……。すべての事件の真相は誰の予想もはるかに超えるものだった！　ドイツ・ミステリの女帝が贈る超人気シリーズ、第二弾。

登場人物

ケイト・リンヴィル……ロンドン警視庁巡査部長
ケイレブ・ヘイル……スカボロー警察署警部
ロバート・スチュワート……同署巡査部長
キティ・ウェントワース……同署巡査
ジャック・オドネル……同右
ジェイソン・ゴールズビー……医師
デボラ・ゴールズビー……その妻、Ｂ＆Ｂを経営
アメリー・ゴールズビー……その娘
ヘレン・ベネット……スカボロー署巡査部長、心理カウンセラー
ライアン・キャスウェル……清掃会社勤務
ハナ・キャスウェル……その娘
リンダ・キャスウェル……ライアンの元妻

シェイラ……………………ハナの友人
ケヴィン・ベント…………少女たちの憧れの青年
マーヴィン・ベント………その兄
マーロン・アラード………無職の男
パツィ・アラード…………その妻
マンディ・アラード………その娘
リン・アラード……………同右、マンディの姉
サスキア・モリス…………一年前に行方不明になった少女
アレックス・バーンズ……アメリーを助けた青年
デイヴィッド・チャップランド…アレックスのアメリー救出を手伝った男
キャット……………………廃墟に猫と住む男
ブレンダン・ソーンダース…自称作家
コリン・ブレア……………ケイトがマッチングサイトで知り合った男

誘拐犯　下

シャルロッテ・リンク
浅井晶子訳

創元推理文庫

DIE SUCHE

by

Charlotte Link

誘拐犯　下

十一月九日木曜日（承前）

4

〈セイラーズ・イン〉は賑わっていた。テーブルは満席で、空いているのはデイヴィッド・チャップランドが予約した席だけだ。カウンターに置かれた分厚いノートをちらりと見てそれを知ったケイトは、嬉しくなった。チャップランドが予約してくれたことで、この会食にいっそう大きな意味がもたらされたような気がした。本物のデートのようだ。とても信じられない。

ケイトはバーカウンターに腰を下ろして、ビールを頼んだ。予想したとおりケヴィン・ベントは、ケイトが「記者」「事件についてのあなたの見解に興味がある」といった誘い文句のあと、絶対的な起爆剤となる「ライアン・キャスウェル」というキーワードを口にすると、夢中で思いのたけを語り始めた。店はちょうど忙しいときだったものの、ケヴィン・ベントはすぐさまバーテンダーの仕事を若い従業員に任せて、自分はケイトとの会話に集中した。ケヴィンによれば、兄のマーヴィンはいま厨房にいるが、いずれにせよハナ・キャスウェルの件とはまったく関わりがないとのことだった。

「でも」と、ケイトは反論した。「お兄さんは十六歳のときに……」

ケヴィンの目がぎらりと光った。「おい、そんなしょうもない話、やめてくれよ！　マーヴィンはあれには加わってなかった。警察だって最後には信じてくれたんだぞ！」

警察が本当に信じる場合と、疑惑を立証できないだけである場合とは違うのだが、ケイトはここでその話にこだわろうとは思わなかった。そんなことをすれば、話したいというケヴィンの意欲を損ないかねないのも確かだ。ケヴィンは自分にかけられた疑いにも怒っているが、兄のこととなるとさらに大きな怒りを感じるようだった。

「わかりました。でも、あなたがハナをあの晩ハルからスカボローに車で送ったのは、そのとおりですか？」

「ああ。あの子、雨のなか、ハルの駅前に立ってて、ぎりぎりのところで列車に乗り遅れたって落ち込んでたからな。俺の家はハナと親父さんの暮らしてた家のすぐ近くだった。あんたならどうした？　放っておいたか？」

「まさか。もちろん乗せましたよ。ただ問題は……そのあとハナが行方不明になったことですね」

「俺はハナをスカボローで降ろした。そのあと、友達のところに行く予定だったから」

「あなたがハナをスカボローで降ろしたことは、ハナの友達の証言でも確認されていますね」ケイトは言った。「ハナはスカボローの駅から友達に電話をしたので。シェイラに。たしか、そういう名前でしたよね？」

「知らないよ」ケヴィンは言った。心が穏やかではないようだ。それも無理はない、とケイトは思った。なにしろケヴィンは重大な嫌疑をかけられたのだ。もしハナ・キャスウェルの件がこの先も解決されることがなければ——しかも時間がたつにつれて解決の望みはどんどん薄くなる——ケヴィンには今後もずっと一抹の疑いがついてまわることになる。疑惑の影が。永遠に「もしかしたら」と思われ続けることになるのだ。

ケイトはそっとケヴィンを観察してみた。話をしながら汗をかき始めたようで、顔に細かな汗の滴が光っている。ミネラルウォーターを自分のコップに注いで、ごくりと一口飲んだ。ケヴィンが学校に通っていた頃、女の子に人気があったことも、おそらくいまでも女性にもてることも、ケイトには納得がいった。なんといっても見た目がいい。豊かな黒髪に黒い瞳。十一月だというのに肌は軽く日焼けしている。おそらく夏にはスペイン人かイタリア人に間違えられるほどだろう。ケイトはハナ・キャスウェルの写真をすでに目にしていた。だから、あの地味で目立たない、まだどこから見ても子供っぽい少女が、ケヴィンになんらかの欲望をかきたてたとはとても想像できなかった。もちろん少女好きなら別だが……けれど、当時出回ったメディア報道を信用するならば、ケヴィンの経歴には小児性愛を示す徴候はなにひとつなかった。

「私はケヴィンさんの味方です」ケイトは言った。「でも、客観的な記事を書こうと思ったら、その……少なくとも一見したところはあなたに不利なことがらも、はっきりさせておかないと……」

ケヴィンの表情がわずかに緩んだ。「もちろん。わかるよ。あれは本当に俺がとんでもない馬鹿だったんだ……」

ここでケヴィンは言いよどんだ。

「なにがですか？」ケイトは訊いた。

ケヴィンはため息をついた。「馬鹿だった点は、ふたつある。まず、友達のパブの開店パーティーに一緒に行こうとハナを誘ったこと。そのせいであとからハナの親父さんは、俺がハナに言い寄ったと言いだした。もちろん見当違いもいいところだよ。俺はハナに同情したんだ。それだけだよ」

「じゃあ、ふたつ目の間違いというのは……」

「クロプトンの件で嘘をついたこと。本当にクロプトンの友達のところに行ったんだと言ったことだよ。実は途中で引き返して、スカボローの駅まで戻ったのに」

「実際、本当に馬鹿をやりましたね」ケイトはそう言って、微笑んだ。ケヴィンもすぐに笑顔になった。

「とっさの反応だったんだ」ケヴィンは続けた。「兄のことと関係がある。兄の件で、疑われるとどういうことになるかよくわかってたから。兄は何度も何度も事情聴取された。兄の周りの人間はみんな事情聴取された。あらゆることが上から下までひっくり返された。みんなが兄のことや、俺たち家族のことを噂した。家から一歩出たら、針のむしろだったよ……もう二度とあんな思いはしたくなかった。絶対に。ハナが行方不明になったって聞いて、それから、どうやら俺が彼女に会った最後の人間らしいってわかったとき、これからなにが待ち受けてるかはっきりわかったんだ。だから、あの日引き返したってことは絶対に打ち明けちゃだめだって思った」ケヴィンは肩をすくめた。「でも、もちろんバレて、俺は二倍怪しく見えることになっちまった。あれは……ひどかった。ひどい時期だった」

「どうして引き返したんですか?」

「どうせ誰も信じてくれないよ」ケヴィンはつぶやいた。

「私は信じるかもしれませんよ」

「警察はめちゃくちゃ疑ってたけどな。それにキャスウェルのおっさんも……まあ、あいつにとっちゃ俺はもともと世界で一番危険な犯罪者なわけだけど」ケヴィンはため息をついた。

「なんていうか、感じたんだ。嫌な感じがした。駅から遠ざかるあいだも、バックミラーでハナの姿が見えてたんだ……雨のなか、通りにぽつんと立ってて……なんとなく……無防備に見えた。それで、急に確信が持てなくなったんだ。あの子は……」ここでケヴィンは言いよどんだ。

「あの子は、なんですか?」

「あの子は本当に親父さんに電話するか、親父さんの会社に直接向かうかするんだろうかって。ハナが怖がってるのは知ってたから。もう手に取るようにわかったよ。車に乗ってるあいだ、ずっと」

「父親を怖がっていたということですか?」

「ライアン・キャスウェルって男を知ってるか?」

「一度、話をしたことがあります。よく知っているとまでは言えませんけど」

「で、あいつに会ってどういう印象を持った?」

ケイトは考えた。「苦り切っている。孤独。人生になにか期待することを、もう諦めてしまっていました。娘を失ったことで、打ちのめされていました」

「俺もいつも、あの男のことはなんとなく気の毒に思ってた」ケヴィンは言った。「ハナが行方不明になる前からだよ。奥さんが夜逃げしたんだけど、それがかなりこたえたみたいだった。その前から人生を謳歌してるタイプだとはとても言えなかったけど。まあ俺が思うに、奥さんが逃げたのもそのせいだろうな。とにかく、その後はもちろんますますひどくなった。娘にしがみついた。キャスウェルの手元に残された唯一の存在だったから。俺たちみんなハナに同情してたよ」

「俺たちみんなというのは?」

「ほかの子供たちってことさ。あの頃、俺たちみんなまだ子供だったんだ。スティントンデールの子供たち。母親が夜逃げしたとき、ハナは四歳だった。俺は九歳。どの農場にも子供がいた。いつもみんな一緒に遊んでたよ、年齢に関係なく。入り江にダムを造ったり、森でツリーハウスを造ったり、泳いだり。夏にはどこにいるより海のなかにいる時間が長かったな。一度、木の幹でいかだを造ったこともあった。スティントンデールは世界の果てみたいなど田舎だけど、子供たちにとっては天国だ。ただ、ハナだけは滅多に一緒に遊べなかった。なにをするにも親父さんが危ないって止めるから。海で泳ぐのもだめ、みんなと一緒に崖の上に行くのもだめ、あれもだめ、これもだめ……」

「でもまあ、四歳なら……」

「大きくなってからも同じだったよ。いつまでたっても同じ。ときどき俺たち、ハナの家まで行って彼女を連れ出そうとしたのを憶えてるよ。でも親父さんがそもそも敷地内に入れてくれなくてさ。『ハナはおまえたちとは遊びたくないんだ』っていつも言うんだ。嘘っぱちさ。ときどきハナがひとりでいるときに出くわしたけど、いつも悲しそうで、残念だけど一緒に遊べない、ダッドが許してくれないからって。まあハナのほうでも、親父さんの命令を無視する気概はなかったわけだけど。だからハナはいつも仲間に加われなくて、俺たちのことを大きな悲しそうな目で見てたのを憶えてるよ。あの子はひとりぼっちだった」

ケイトはゆっくりとうなずいた。ライアン・キャスウェルにはもう会った。ケヴィンの言うとおりだったのだろうと容易に想像がついた。「さっき、四年前のあの晩スカボローの駅に引き返したのは、ハナのことが心配だったからだとおっしゃいましたね」ケイトはケヴィンの先ほどの言葉を繰り返した。「ハナが父親に電話することも、父親の会社に向かうこともないんじゃないかと思ったって。父親のことを怖がっていたから」

「ああ、そうだ。だから、ハナがステイントンデールまで歩くか、ヒッチハイクし始める前に、俺が送ってやろうと思ったんだ。なんていうか……さっきも言ったとおり、なんとなく嫌な感じがしたから」

「ハナが父親を怖がる具体的な理由はあったんですか？　つまり、父親に暴力を振るわれていたんでしょうか？」

ケヴィンはためらった。「そんなことはなかったと思う。うん、あいつは暴力を振るうことはなかった。でも朝から晩まで娘に指図してた。それに、おまえはなにもできない小娘だ、ひとりではなにもできないって、いつも本人に思い込ませようとしてた。ハナはあの日、大好きなおばあちゃんの家に行ってて、帰りの列車を逃したんだ。だから、これからはもう永遠におばあちゃんの家に行くのを許してもらえないって、よくわかってた。それでかなり落ち込んでたよ。親父さんに長々と説教食らうことも怖がってた。なにしろ、ハナがどれだけ駄目な奴かってことをわからせるためだけの説教だからな。それに、これからまたなにもかも禁止されるのも怖がってた。ハルに行くことはもちろんだけど、友達と会うことも、学校のパーティーに出ることも、街に出ることも、とにかくなんでも」

「あなたはハナをパブの開店パーティーに誘いましたね」

「ああ、でもハナをどうこうしたいと思ったからじゃない。まだ子供だったんだからな、ほんとに！　俺はただあの子がかわいそうだったんだ。でも正直言うと、どっちにしてもうまくはいかないって思ってた。ハナは開店パーティーには行けないだろうって。父親に気づかれずにどうやって家を抜け出すつもりだったのか、当時もだけど、いまでもさっぱりわからないよ」

バーの仕事をひとりで引き受けていた若者が、ケヴィンに助けを求める視線を送った。「おおい、ケヴィン、俺、急いでホールのほうのヘルプに入らないといけないんだけど。そろそろ……？」

店は先ほどよりさらに混んでいた。バーは客でごった返している。家に帰る前に同僚たちと軽くビールを飲みに寄った仕事帰りの人が多いようだ。

「すぐ行く」ケヴィンが言った。そしてケイトに申し訳なさそうな目を向けた。「悪いけど、そろそろ……」

「ええ、もちろん。すごくはやってますね。ライアン・キャスウェルの非難のせいでご商売に支障が出てるとおっしゃっていたって聞きましたけど、少なくとも今夜は違うみたいですね」

「いまじゃあなんとかなってるよ、うん。でも楽じゃなかった。マーヴィンと俺がこの店を買ったのは、ハナが行方不明になった次の年で、スカボローじゅうが俺の噂をしてた頃なんだ。最初の頃、キャスウェルがなにをしたと思う？　毎晩のようにあそこの階段の下に立ってたんだよ。手にはビラを持ってて、うちの客に配ってた。そこにはハナの写真が載っててさ、その下に、あの晩なにがあったかが詳しく書いてあるんだ。でも、もちろんライアン・キャスウェルの視点から見た話だけだよ。つまり、俺があいつの娘を誘拐して、殺したって。そのせいでもう来なくなった客もいたよ」

「それはひどいですね」ケイトは言った。

「裁判所で禁止命令を出してもらった。それで、奴はもうビラ配りができなくなった。でもそのときにはもう被害が大きすぎた」

店のドアが開いた。デイヴィッド・チャップランドが入ってきて、ケイトがバーにいるのを見ると微笑みかけてきた。ケイトは鼓動が速まるのを感じた。

落ち着け、勘違いするな、と自分に言い聞かせる。

「もうひとつだけ」ケイトは急いでケヴィンに言った。「駅まで戻ったとき、もういなくなっていたんですね？　ハナのことですけど。もう見かけなかったんですね？」

「ああ、そうだよ」ケヴィンが言った。

「どれくらいの時間がたっていたと思いますか？　バックミラーで最後にハナの姿を見てから」

「警察にも同じことを訊かれたよ」ケヴィンが言った。「だいたい十五分ってとこかな。長くても」

「十五分ですか。そのあいだにハナは姿を消してしまった。ハナが逃げた可能性もあると思いますか？　もう家に戻りたくないという理由で」

ケヴィンは首を振った。「いや。ハナはそういう子じゃなかった。まだ子供で、怖がりで、そんなこととてもできなかっただろうな。それに、なんだかんだ言ってもやっぱり父親を頼ってたよ。ひどい暴君ではあっても。ほかに父親はいなかったんだ。父親だけがあの子の家族だった。うん、ハナは絶対に自分から家出したりはしなかった。俺はそう思ってる」


その晩は、これまでケイトが男性たちと過ごした晩とは違っていた。思い返せば、これまでの自分はこんな場面ではまず苦痛を感じていた。男性たちが退屈していること、ケイトのことをつまらない女だと思っていることを敏感に察知していた。いつも必死でなにか楽しいこと、面白いことを言おうとしながら、無惨に失敗していることに気づいていた。一番うまく行ったと言えるのがコリン・ブレアとのデートだったが、それはコリンが会話相手ではなく、ただ話を聞いて感嘆してくれる相手を求めていたからにすぎなかった。コリンにはときどき「へえ！」とか、「やだ、ほんとにすごい！」などと相槌を打つだけでこと足りた。

ところが、デイヴィッドとは難しく考える必要がなかった。デイヴィッドは自分の話をしつつ、ときどきケイトにも質問をして、ケイトの話を注意深く聞いてくれた。デイヴィッドは港にある会社を経営していた。〈セイラーズ・イン〉のすぐ近くにある会社で、観光客やプロのヨット走者にレースや旅行のためのヨットを貸し出している。会社自体もヨットを三隻所有していて、それを貸し出しているが、ほかにも多くのヨット所有者と一緒に仕事をしていた。そのなかにはヨーロッパ大陸の、特に地中海地方のヨット所有者もいる。スペイン、フランス、イタリア、ギリシア、トルコがデイヴィッドのビジネスの場だが、最近はスウェーデンにもつてができて、そこから事業がさらに発展していくことを望んでいるという。

「ヨットで休暇を過ごしたいと思うことがあったら、場所はどこでも、まず私に連絡してください」デイヴィッドは言った。「旅行の全部をお膳立てして、最適のヨットをお貸ししますから」

ケイトは笑った。「残念ながら、ヨットの操縦なんてできません」

「操縦者を一緒にレンタルすることもできますよ。操縦講習付きです。ひとりでも、ふたりでも、グループでも。お望みどおりにアレンジしますよ」

「考えておきます」ケイトは答えた。

メディアの記事を読んでいたから、ケイトはデイヴィッドが三十八歳であることを知っていた。ケイトより四歳下だ。だが、知っているのはそれだけだった。決まった女性がいるのだろうか？　結婚しているのだろうか？　だが、決まった相手がいるなら、今晩ここにケイトと一緒にはいないのでは？　いや、どうして一緒にいちゃいけない？

やっぱり今晩も少し難しいな、とケイトは思った。

デイヴィッドはケイトのなかになんらかの感情を呼び覚ます。けれどケイトは、ほぼ自動的に希望が芽生えそうになるのを、ほとんどパニックに陥りつつ必死で押し殺した。興味深い職業を持つ三十八歳のハンサムな男……あり得ない、考えるな、とケイトは無理やり自分を落ち着かせた。先ほど家で、なにを着ようかとさんざん考えたあげく、自分に変な期待を持たせないために、いつもどおりの服装に決めた。いずれにせよ特別な服など持ってきていなかったし、わざわざ新しく買ったりするのは張り切りすぎだと思えた。それに経験から、この分野で張り切るとろくな結果にならないこともわかっていた。だがいまケイトは、それを後悔していた。はいている古いジーンズはもともとワンサイズ大きすぎるうえに、いまでは膝が抜けていて、ケイトをますます不格好に見せる。上に着ているのは〈キープ・クール〉と書かれたグレーのスウェットシャツだ。自分が馬鹿で魅力のない女に思われた。ただ、救いはデイヴィッドがそれにまったく気づいていないように見えることだった。彼はまるでケイトのことを本当に気に入っているかのように笑いかけてくれる。

私のことをいい人だと思ってくれてるのよ、とケイトは自分に言い聞かせた。感じがいいと思ってくれてるの、でも人間としてよ、女性としてじゃなくて。

ケイトの緊張はほぐれていった。今朝会ったときと、今晩店に入ってきたとき、デイヴィッドにどこか張り詰めたところがあるような気がしたのは間違いだった。

あなたには失うものがないのよ、ケイト、だって最初からなにも持っていないんだから。いつものとおり。

そう考えると、自由になれる気がした。

デイヴィッドが身を乗り出した。「で、あなたのほうはロンドンでフリーの記者をしてるんですよね。きっと競争が激しい世界なんでしょう?」

「ええ。でも多少の人脈があるので」とケイトは答えた。いまが職業についての嘘を打ち明ける最後の瞬間だと感じた。いまを逃せば、デイヴィッドはきっとひどく騙されたと思うだろう。

実は私、ロンドン警視庁の巡査部長なんです。スコットランド・ヤードの刑事です。行方不明の少女たちには職業上の関心を持っています。あなたも私の容疑者リストに載っているので、今朝訪ねたんです。

そんな言葉が喉元まで出かけたが、最後の瞬間に飲み込んだ。いまの良い雰囲気と今晩の食事がぶち壊しになるかもしれない。やはり最初の設定のままで行こう。どちらにしても、デイヴィッド・チャップランドには二度と会うことなどないだろうから、私が記者だろうが刑事だろうが〈ハロッズ〉の店員だろうが同じことだ。

とはいえ、真っ赤な嘘をつきすぎずに済むように――それに記者の仕事のことはほとんど知らないせいもあって――ケイトは会話を両親から相続した家のほうに向けた。そして、その家をめちゃくちゃにしたひどい借家人のことと、そのせいで家じゅうを空っぽにして、買ってくれる人を待っていることも話した。

デイヴィッドは心から同情してくれた。「なんてひどい話だ。ときどきそういう話を聞いたり読んだりするけど、現実にそんな目に遭った人に会うのは初めてですよ。で、その賃貸人がどこへ行ったか、まったくわからないんですか？」

ケイトは首を振った。「そうなんです。あの夫婦、どこに行っちゃったのか。警察にも、見つけられると期待はしないでくれって言われました。どうも本当に改修費用は私ひとりで負担することになりそうです」

「費用も問題だけど」とデイヴィッドは言った。「でもきっとその……傷を抱えて生きていくのは、難しいだろうと思いますね。傷ついたんじゃありませんか？　だって自分が育った家、故郷だと思っている家なんだから。それがめちゃくちゃにされたら、心になんらかの傷ができて当たり前ですよ」

ケイトは感動してデイヴィッドを見つめた。自分が父の家に抱いている愛着を誰かが理解してくれることは稀――というより実のところ皆無――だった。それは、そもそも父に、母に、自分の子供時代に抱く愛着であり、その後ほかの場所では決して得られなかった安心感へのなつかしさだった。普通ならケイトは、この愛着を隠すためにできる限りのことをする。なぜなら、ほかの人にはいつも奇異の目で見られるからだ。ケイトは四十歳を過ぎている。だから両親の家にそこまでの強い愛情を感じるべきではないとみなされる。でなければ、自分自身の人生がうまく行っていないことを示すだけだ。自分が孤独で、友人もなく、伴侶もおらず、同僚たちからも評価されていないことを。両親の家への愛情は、ケイトの人生が大きな欠落そのものであることを、周りに明らかにするばかりだった。すべてが足りなかった。光り輝くものはなにひとつない。必要最低限を超えるもの、ときどき予想もしなかった素晴らしい幸福感を与えてくれるものは、なにひとつ。

「そうなんです」ケイトは言った。「傷つきました、もちろん。家具も処分しなきゃならなかったから、なおさら。ほとんどの家具は壊れていて……汚れていて……家はいま空っぽなんです」

「なのに、その家に住んでるんですか？」

「ここで、その……取材をするあいだだけです」

今朝のケイトは、デイヴィッドに変に思われるかもしれないと心配していた。ところが、デイヴィッドは感心したようだった。「空っぽの家に住むのか……寝袋とキャンプ用の調理器具を持って？」

ケイトは笑った。「キッチンは作り付けだから、まだあります。コンロも。でもそのほかは、確かにそのとおり。寝袋と食器が少し、それに折り畳み椅子がふたつ。あと猫一匹」

「猫？」

「賃貸人が置きざりにしていったんです。いまは私と一緒に暮らしてます」

「それはぜひ見てみたいなあ」デイヴィッドが言った。「その空っぽの家に住んでる女性と猫。きっと特別な雰囲気があるんだろうな。確かに悲しいけど、でも新しい可能性に満ちてもいる。

そうじゃないですか?」

　この人は私の家に招待されたがっているんだろうか? 　ケイトは自問した。

「私も一歩足を踏み入れたとき、そう思いました」「この空っぽの家はなにかの終わりってだけじゃない、始まりでもあるんだって」

「買い手候補はもういるんですか?」

「ええ。でも最初の候補は追い返しちゃいました。感じが悪くて傲慢な人たちだったから。あの人たちに家を明け渡すなんて、絶対できなかった」

「よくわかりますよ」デイヴィッドが言った。「もしかしたら、そもそもまだそこまで準備ができていないんじゃないですか。心の準備が。家を売ることに対して」

「変だと思いますか?」

「いいえ。家に愛着を感じておられるのは見ればわかります。だからその家と別れるのが難しいのは当然ですよ」

　なんていい人なんだろう。それに私を理解してくれる。本当の意味で理解してくれる。

「よければ一度見に来てください」ケイトは言った。勇気がしぼまないうちに、急いで。

「ぜひ。明日の晩は?」

「奥様は反対なさいませんか? 　二日続けて夜、留守にするなんて」そう訊きながら、熱がかっと頭に昇るのを感じた。やだもう、なんてぶざま。これ以上馬鹿でカッコ悪い質問のしかたってある?

デイヴィッドがにやりと笑った。「結婚してないんで。それに最後の彼女と別れたのも、もう一年くらい前ですよ。いまは誰もいません。そちらは？」

「私も、誰も」最後の彼氏に関しては言及を控えた。そもそもそんな人はいないからだ。だがわざわざデイヴィッドにそれを伝える気にはならなかった。

「嬉しいな、明日また会えるなんて」デイヴィッドが言った。それから厨房に目を向けた。「デザート、頼みませんか？　ここのクランブル・パイはかなりいけますよ」

振り向いたケイトは、なぜデイヴィッドがそう言い出したのかを理解した。マーヴィン・ベントがちょうど厨房から、大量のクリームが載ったアップル・クランブル・パイの皿を二枚持って出てきたところだったのだ。マーヴィン・ベントは、弟のケヴィンをそのまま少し年上にしたような外見で、ケイトにはすぐに誰だかわかった。見るからに疲れているものの、非常に熱心に仕事に取り組んでいるこの男性にもまた、醜い疑惑の影が貼り付いている。もちろん、周りの人間が皆そのことばかり考えているわけではないだろう。けれどケヴィンの場合と同様、疑惑そのものはそこにある。完全に払拭《ふっしょく》されることなく。周りの人間たちから「でも、もしかしたら？」という目で見られる瞬間を、ふたりとも繰り返し体験しているに違いない。

一瞬ケイトは、兄弟ふたりが八年の時間差で似たような疑いをかけられたのは偶然だろうかと考えた。だがそこで、ケイトにしては珍しい決断をした。今晩はもうそのことは考えないことにしたのだ。いまのケイトは警察官でもなければ、記者でもない。ただのケイトだった。

今朝早くに、アラード一家が暮らす家に行ってみた。そして通りの向かい側に車を停めて、玄関ドアを眺めた。外はまだ暗かったけれど、街灯の明かりで充分だった。みすぼらしい家々のなかにはもう明かりの灯っている窓もあった。わびしく悲しい地域だ。ここの住所は電話帳で調べた。スカボローにアラードという名前はひとつしかなかった。まったく聞き覚えのない通りだったけれど、いまこうしてマンディが育った場所をこの目で見ると、いろいろなことに納得がいく。マンディが家出をしたことにも、それに、あんなに下品なことにも。

七時に玄関ドアが開いて、女の子が出てきた。マンディより少し年上だ。おそらく姉だろう。マンディは姉がいるという話はしたことがないが、そもそもマンディが私と口をきいてくれた時期はもう過去のものだ。いまはただ敵意むき出しで怒ってばかり。私を罵《ののし》る言葉はあまりに下品で、いまではマンディを連れていったのは間違いだったと強く感じている。最初はまさにうってつけの相手に見えた。オープンで、信頼を寄せてくれて、寒さと路上でのひどい生活から救ってくれたといって、とても感謝してくれた。ところがいまは出ていきたがるばかり。そして、私が彼女を引き留めているという事実に怒り狂い、わめき散らす。ときには泣くこともある。

姉（?）は感じのいい、おとなしそうな子だ。服装は私の好みではない。擦り切れたジーンズに、ミリタリーブーツ、黒い革ジャケット。男の子のような短い髪。どうしてああいう外見の娘が少なくないのだろう？　美しいロングヘアにすることだってできるのに。いまどきは若い男のような見た目の娘がどんどん増えている。口には煙草、鼻にはピアス、不格好なごつい靴。まったく理解できない。

マンディの姉はどこかへ出かけていき、その後しばらくのあいだ、通りにはなんの動きもなかった。ほかの家からときどき人が出てきた。車に乗り込む人も、歩いて去っていく人もいる。だがアラード家は静かなままだ。おそらく定職についているのはあの姉だけなのだろう。別に仕事をしていない人間を一様に軽蔑しているわけではない。本人にはなんの落ち度もないのに厳しい状況に陥る人だっている。だがアラード家の人間はそうではない。マンディを見れば推測できるレベルなのだ。

どんどん体が冷えてきて、そのうち、こんなことをしていてもしかたがない、少なくとも今日は姉以外の家族に会うことはなさそうだと思い始めた。ところが八時半頃、またしてもドアが開いて、女が出てきた。おそらくあれが母親だ。なんということ！　外ももう明るいので、彼女の姿がよく見えた。小柄だ。マンディよりずっと小さい。木の枝のように細い。藁のような髪はカラーリングに無惨に失敗していて、なんとも奇妙な醜い金色。どちらかといえばオレンジに近い。ジーンズにセーター、スニーカー。玄関ドアの前で立ち止まると、煙草に火をつけた。そして深々と吸い込む。まあ、少なくとも家のなかでは吸わないわけだ。寒さは気にならないようで、その場に立ったままニコチンを楽しんでいる。栄養摂取を煙草で代用してきたためにプロポーションを気にする必要がない女たちのひとりのようだ。けれど、その分肺のことは気にするべきだろう。でもああいう女は毎朝鏡を見たりはしない。だから、なにかがおかしいと気づいたときにはもう遅い。

マンディが十月初旬から行方不明である割には、母親はあまり心配しているようには見えなかった。ましてや絶望しているようには見えない。確かに陽気で朗らかにも見えないが、おそらく彼女はもともとそうなのだろう。世をすね、苦り切って、自分の人生に満足できず、おそらくは不公平だと思っている。自分を押しつぶすいまの環境を自分で変えることもできたのではないかとは、一度も考えたことがないのだ。ふとサスキア・モリスの母親のことを思い出した。彼女のこともやはり何度か遠くから観察したことがあるが、心痛でぼろぼろになり、魂がゆっくり死んでいくかのようだった。一日一日と、周りの人間たちの見ている前で。ところがこの女、ミセス・アラードは、あまりくよくよ考えてはいないようだ。娘のマンディになにかよくないことが起こったかもなどとは思っていないのだろう。きっと娘はどこかの男と逃げたに違いない、そのうち小悪党のちんぴらになってロンドンの路上に行き着くだろう、とでも考えているのだ。もちろん、それはたいていの親が娘に望む立派な生き方ではないが、ミセス・アラードは不吉な予感を繰り返し意識下に追いやるのも得意なのだろう。

あの女は自分が幸運なのを知らない。マンディが私のもとで安全な環境にいることを知らない。

　やがて彼女は煙草を地面に投げ捨てて踏みつぶし、家のなかに戻ってドアを閉めた。そこで私はエンジンをかけて、ヒーターをつけた。

　マンディのところへ行こう。

　どんどん寂しく荒涼となる景色のなかを長いあいだ走った。マンディを一時的に滞在させているあの場所を、本人があまり気に入っていないのはわかっている。けれど彼女がいまのような態度を取り続ける限り、文明人のもとへ戻すことなど考えられない。今日もまた、マンディはなにをしでかすかわからない怒った猛獣のように私を迎えた。見た目はずいぶんひどい。髪もとかしていないし、体を洗ってもいないし、目は赤く充血しており、肌は蒼白で染みが浮き出ている。

「いったいあんたどうなってんだよ?」マンディは私を怒鳴りつけた。「どんだけ変態なんだよ?　頭沸《わ》いてんのか?　病気かよ?」

「もう少し違う話し方をしたほうがいい」と、私は冷たく言った。「そっちのそういうレベルにはとてもつき合えない」

　マンディはこちらに向かって唾を吐いたが、私にはかからず、唾は背後の壁のどこかに飛んだ。マンディは右手首にはめられた鎖を引っ張った。鎖の反対の端は、壁に固定されている。

「お腹すいた。それに喉渇いてんだけど!」

　私は微笑んだ。「そんな態度を取っておいて、私が食べ物と飲み物を持ってくるとでも?

年頃の娘らしくできないか？」

マンディの目が怒りで細められた。「クソくらえ！」と叫ぶ。

私は肩をすくめた。「全部持ってきてる。マヨネーズ入りのターキーサンドイッチ。バターとピーチジャム付きのスコーン。レモネード」

マンディの顔色がいっそう蒼白になった。本当に空腹なのだ。だがもっと辛いのは喉の渇きのほうだろう。

「体を洗いたい」マンディはそう要求した。「それに腕の包帯も取り替えないと」

「体を洗うためのお湯もある。それに包帯も」電気も水もここには来ていないので不便だ。特に私にとって。蛇口はあるが、ひねってもなにも出てこない。コンセントはあるが、機能しない。最後のかなり古い水はトイレの洗浄水タンクのなかにあった。だがサスキアがすべて飲んでしまっていた。便器のなかの黄ばんだ汚い水も。もしこれが、生きるか死ぬかという状況にまで追い込まれたら人はどれほどのためらいを乗り越えることができるかという実験だとしたら、興味深い結果を得られることだろう。だがこれは実験ではない。まったく違う。

「私を自由にしろっつってんだよ。私はなにか食べたいし、水が飲みたい。体を洗いたい。包帯がほしい」マンディは言った。

「そういうときに使う言葉があるね」私はマンディに思い出させた。

マンディは憎悪にぎらつく目で私を見つめた。マンディの誇りが、空腹や体を清潔にすることや痛む腕の手当てなど、あらゆる切羽詰《せっぱつ》まった欲求と闘っているのが目に見えるようだった。

「お願い」結局、マンディは小声でそう言った。

私は車からバケツを取ってきて、そこにふたつの小型タンクから湯を注いだ。湯はあらかじめ沸かしておいたものの、いまではかなり冷えてしまっていた。マンディはすぐにまた怒り始めた。「頭おかしいのかよ！　私はシャワーを浴びたいの！　いい加減にしろ！　バケツでなんか洗えるか！」

路上で暮らしているあいだは何週間も体を洗うことができなかったくせに……いまになって突然、バスルームとルームバー付きのスイートでも求めているのだろうか。

「ここにはシャワーはない」

「あるじゃん！」

「でも使えない。水が止まってるから」

「なんちゅうボロ家だよ、クソ！」

この娘はなんとも下品だ。どんどん明らかになってくる。彼女を選んだのは間違いだった。ほかの娘たちのことは自由に歩き回らせておけた。怖がって委縮していたから。ところがマンディときたら……殴りかかってくる可能性も捨てきれない。体は弱っていて、火傷した腕の痛みも辛そうだ。それでも私はリスクを冒すつもりはない。マンディだって本当は怖がっているのかもしれないが、まったくそんな様子は見せない。

それに、怒りが恐怖よりも大きいようだ。

「トイレ行きたい」

マンディはもう何日もバケツに排泄している。バケツを何度も空にして、洗っているのは私だ。マンディはもちろんそれも屈辱的だと考えている。けれどしかたがないではないか。

「あとからバケツを洗ってくるから」

マンディは、一瞬壁から鎖を引きちぎるんじゃないかと思うほど激昂した。「まさか私がこれからもそのバケツ使うとでも思ってんの？ おとなしく文句も言わないと思ってんのかよ？頭沸いたケツの穴野郎が！」

鎖を引っ張りながら、マンディはわめき散らした。

「協力する姿勢を見せてもらわないと」マンディがようやく暴れるのとわめくのをやめて、ぐったりと黙り込んだ隙を見て、私は言った。「ふたりでなんとかうまくやっていくしかないんだから」

マンディはぎらつく目で私をにらんだ。「うまくなんかやってたまるか、クソが」マンディはそう言ったが、初めてその声に恐れのようなものが混じるのが聞こえた気がした。マンディは、私が本気であることを理解し始めたのだ。どうしてすぐに理解できなかったのかは謎だが、どうやらこれまでずっと、すべてはなにかの冗談で、やがて合理的に解決するだろうと思っていたようだ。

「明日また来るから」私は言った。普通なら彼女ともっと長く一緒に過ごしたいところだ。すべてはそのためなのだから。けれどマンディと一緒にいると、苛立ちと怒りを感じてしまう。以前ほかの娘たちに感じたよりもずっと強く。うまく行けば、それも変わるかもしれない。マンディは変わってくれるかもしれない。だが正直言って、あまり大きな期待はしていなかった。これは選択ミスだった。ただ悲しいのは、これまでの全員が選択ミスだったことだ。マンディのように最初からはっきりしていたわけではない。マンディは人としてのレベルが低く、粗野で、私に合わないのは明白だ。それに教養がない。たとえ私を罵り、攻撃するのをやめたとしても、この娘と多少なりとも深い会話が成立するかどうかは疑わしい。とはいえ、やり方こそ違えど、結局のところ皆が私に反抗した。私が彼女たちの最善を願っていること、一緒に幸せになれることを、誰にもわかってもらえなかった。

私はマンディのほうに袋を押しやった。なかには新しい包帯と、傷を冷却するためのジェルの大きなチューブが入っている。

「ほら。これで手当てしなさい」

「てめえのケツにでも突っ込んどけ！」マンディがわめいた。私は肩をすくめた。マンディはきっとこれらを使うだろう。体を洗うためのバケツも、排泄のためのバケツも、やはり使うだろう。それに、食べたり飲んだりもするだろう。生存本能は常に勝つ。常に。

それ以上一言も話さず、私は外に出た。その前に、部屋の隅に置かれたガスストーブがまだついていることを、最低でもあと二十四時間は燃え続けるだけのプロパンガスがまだ残っていることを確認した。部屋は暑いとまでは言えなかったが、充分暖かかった。ストーブの火が消えれば、この部屋はマンディにとってこのうえなく不快になるだろう。夜には気温は零下に近づく。海沿いのこのあたりでは珍しいことだが、どうやら今年の冬は厳しくなるようだ。マンディがまったく感謝していないことに腹が立った。私がどれだけ気を配っていることか。彼女が暖かく過ごせるようにしてやっている。毎日のように遠路はるばる食事と飲み物を届け、様子を見るためにここまでやって来る。それが当たり前ではないことを、はっきり言ってやるべきかもしれない。ほかの娘たちは泣くか嘆くかばかりで、家に帰りたがり、私を愛するのを拒むから、そのうち馬鹿ばかしくなって、ここまでやって来ることはなくなった。わざわざ長い道のりを運転することも、食事と飲み物にお金を使うこともやめた。感謝されることもないまま延々と尽くすことに、うんざりしたからだ。

マンディに対しても同じところに行き着くまで、それほど時間はかからない気がする。

マンディの怒りのわめき声は、私を車まで追ってきた。

帰り道で、あとで地下室に行くべきだろうかと考えた。様子を見てみるべきだろうか。うん、そうするかもしれない。あくまで「かもしれない」だが。

十一月十日金曜日

1

アメリー・ゴールズビーには調子のいい日と悪い日がある。今日は悪い日だ。

ヘレン・ベネットは自分のことを我慢強い人間だと思っていた。それにアメリーのことは好きだし、彼女が辛い体験をしたことも理解していた。それでもアメリーは心の片隅のどこかで、もうことさら努力はしないと決めてしまったのではないかと、ときどき思うことがあった。一度は劇的な進展があった。車に隠れて逃げたことを話してくれたときだ。だがそれ以来、ふたりは一歩も前進できずにいる。けれど時間は無限にあるわけではない。ケイレブ・ヘイルに毎日のように報告をしているから、上司と捜査チームとが、またすぐに少女が行方不明になるのではないかと非常に恐れていることを、ヘレンはよく知っていた。

「話してもらわないと」つい昨日も、ヘイル警部は電話でヘレンにそう言った。「まったく、いい加減に話してもらわないと！」

ヘイル警部が思わず口走ってしまったであろうその切羽詰《せっぱつ》まった望みを聞いて、彼の手元にはなにひとつ、本当になにひとつないのだと、ヘレンは理解した。ヘイル警部はなすすべもなく立ち尽くしているのだ。

いまふたりは、いつものように屋根裏のアメリーの部屋に座っている。これからも延々とこんなふうに座り続けるのだろうと考えて、ヘレンはときどきため息をついた。アメリーは窓の下のベンチに腰をかけている。

ヘレンは肘掛け椅子だ。手にはお茶のカップ。

アメリーは元気がなさそうだった。顔色は不自然に青白い。三週間も新鮮な空気を吸っていないのだから、無理もない。ヘレンはこれまで何度も、海辺を一緒に散歩しようと誘ってきた。だがアメリーはほとんどぶっきらぼうに拒絶するばかりだった。「行きたくない！」

今朝のアメリーは泣きはらした目をしていた。だがヘレンがどうしたのかと訊いても、答えようとしなかった。「なんでもない。どうしたって、なにがよ？　私は以前の生活をなくしちゃったのよ。そういうことよ」

「ねえ、あなたをそんな目に遭わせた男が刑務所に閉じ込められたら、以前の生活に戻るのも少しは楽になるんじゃないかしら」ヘレンは思い切ってそう言ってみた。「アメリー、警察が、犯人を捕まえて、裁判にかけて刑務所に入れるために頑張ってるのよ。あなたがもう少しだけ犯人のことを話してくれれば、あなたがどこにいたのかとか、犯人がなにを言って、なにをしたのかとか、どんなことでも、本当にどんなことでも、警察の助けになるんだけど」

アメリーはヘレンをじっと見つめた。「憶えてない」

「思い出したくないだけよ。それは無理もないわ。でも……私たち一歩も前進していないでしょう」

「毎日うちに来て退屈してくれって頼んだ覚えはないけど」

「退屈なんかしてない。ただあなたの助けになりたいの」

「犯人の特徴はもう話したでしょ」

「ええ、確かにとても助かった。それでも、まだ足りないの。あれだけでは……曖昧すぎるの。あのモンタージュ画像に当てはまる人はいくらでもいる。あなたはいろいろ細かい点をあまり憶えてなかったから」

「私みたいな目に遭ったら、自分ならどれくらい細かいことを憶えてられると思うの？」

「アメリー、非難してるんじゃないのよ。ただ事実を言ってるだけ。犯人を見つけようと思ったら、具体的な描写が必要なの」

「もう全部話した」

「あなたのいた場所はどんなところだった？」

「もう憶えてない」

ヘレンはため息をついた。「憶えてるはずよ。ただ脳がブロックしてるだけ」

アメリーは肩をすくめた。「脳のすることとなんて知らないし。とにかく真っ暗なの。バーニストン・ロードで車に引っ張り込まれて、そこからは真っ黒。なんていうか……空っぽなの。なんにもないの」

「でも、そのあとのことでは、思い出したこともあったじゃない。もう一台の車のこととか。その車に隠れて逃げたのよね。どうやったの、アメリー？　どうやって気づかれずに車のなかに隠れられたの？　信じられない快挙よ。勇敢で、大胆で、決然としてて。ねえアメリー、すごいと思わない人なんていないわ。どうしてそんなことができたのか、もう憶えてないの？　気づかれずに乗り込むことができたその車は、どこに停まってた？　ガレージ？　外？　どうやら自由に歩き回れたみたいだけど、いつもそうだったの？　それとも誘拐犯が不用心になったほんの一瞬だけ？」

「憶えてない」

「思い出して。思い出そうとしてみて！」

アメリーは窓から外を眺めていたが、突然叫びだした。「やだ！　やだって言ったらやなの！」

「わかった、私……」

アメリーがヘレンのほうに体を向けた。「ここを出たい。この部屋にはもう耐えられない。この家にも！」

「わかるわ。ねえ、それじゃあやっぱり海に行きましょうよ。なにも危ないことがないように、外にいるふたりの巡査が一緒に来てくれるから。ね、どう？」

「散歩なんて行きたくない。マムは散歩してばっかり。いつも海岸を。風が吹こうが、雨が降ろうが。鈍感なのよ。檻《おり》の中の動物みたいにぐるぐる同じところを回ってばっかり。私はあの人とは違う」

「じゃあどこに散歩に行きたいの？」

「散歩になんて行きたくない。車でどこかに行きたいの。どこでもいい。そのへんをぐるぐる回るとか。町に行きたい。ショッピングしたい」

「きっとそれも大丈夫よ。ヘイル警部に相談してみる。それから一緒に……」

アメリーは暗い目でヘレンを見つめた。「ひとりで。ひとりで行きたいの」

「ひとりで？　それは無理よ。私と巡査たちとが……」

「巡査たち……うん、それはいい。でもヘレンはだめ」

傷ついたりしてはならないことは、よくわかっていた。トラウマを抱えた十代の少女だ。ヘレンが何週間にもわたって、思い出したくないことを思い出せとせっついてきた少女。アメリーがヘレンにうんざりするのも無理はない。それでも……。

「わかった、掛け合ってみる」ヘレンはそう約束した。

これは新たな一歩かもしれない。アメリーにとって日常生活への小さな一歩だ。それに、彼女のなかのバリアが壊れるきっかけになるかもしれない。

2

デボラはただただきまりが悪いばかりで、とにかく早く終わらせてしまいたかった。できる限り早く。もともとはジェイソンがひとりで行くと言ったのだった。

「あの男に金を渡すのに、のこのこふたりで行く必要はないだろう」ジェイソンはそう言って、朝食のテーブルの向かい側から充血した目でデボラを見つめた。その目は眠れない夜を過ごしたことを物語っていた。「私ひとりで充分だよ。あいつに小切手を渡して、そのあとはおそらくもう二度と会わない。これであいつが私たちを放っておいてくれるのを願うよ」

三万ポンドという金額は、ジェイソンを打ちのめしていた。一家には本来そんな金はない。ジェイソンは家を買うために組んだ銀行のローンを上積みせねばならなかった。ただひとつの利点は、すでにここまで借金が多額になると、三万ポンド上積みしたところでたいして変わらないことだ。皮肉な口調でジェイソンはそう言った。実際、もうなんとなく投げやりな気分になっていた。

あの停電の晩（ちなみに、本当に隣家の庭のクリスマス・イルミネーションが原因だったことがあとから判明した）、ベッドに入ってから、ジェイソンは暗闇に向かってこうつぶやいた。

「三万ポンドとはな！　どうかしてる。あり得ない！」

「子供が行方不明になったら、もっとずっとたくさんの報奨金を用意して、見つけてくれと呼びかける人だっているわ」デボラはそう答えた。

「我々は報奨金なんて用意しなかったし、なんの呼びかけもしなかった。なんというか……どういうわけか、思いつかなかった」

「だからってアレックス・バーンズみたいな人にお金を払っちゃいけないことにはならないわ。あの人はアメリーを救ってくれた。ある意味、アメリーを連れ戻してくれたのよ」

ジェイソンはため息をついた。「あとから金を出すとなると……難しいな。金額を決めるのが。アメリーの命は我々にとっていくらの価値があるのか？　一万五千ポンド？　二万？　十万？　金で測れるものじゃない。百万ポンドでも、それ以上でも無理だ」

「別に私たち、アメリーの命の価値が三万ポンドだなんて言うつもりはないじゃない。ただ感謝の気持ちを伝えたいだけよ。アメリーがあの人にしがみついていたあいだ、あの人が手を放さなかったことへの」

ジェイソンはベッドのなかで体を起こし、照明をつけた。額には深い皺が刻まれていた。

「我々があいつに金を渡すのは、放っておいてもらうためだ。なぜなら我々はあの男を好きじゃないという事実と折り合えないから。好きじゃないのに感謝しなきゃならないという事実と。だからおそらくあいつと二度と会わないのが一番いい方法なんだ」

デボラもまた起き上がった。「じゃあ、お金を渡すのね？」

「ああ」

翌日、ジェイソンは銀行に行った。そしてローンを認めてもらった。簡単ではなかったが、ジェイソンは医師で、安定した勤め先があるため、銀行も目をつぶってくれた。だが同時に、組めるローンはこれが最大限ですよとはっきり告げられた。その夜、ジェイソンは眠れずに寝返りを打ち続け、デボラは何度もそのせいで目を覚ました。翌朝、デボラは一緒に行くと言ったが、ジェイソンは嫌がった。それでもデボラは食い下がった。

「私にとって大切なことなの。私だってけじめをつける必要があるの」

ふたりが訪ねていったとき、アレックス・バーンズはみすぼらしいフラットに在宅していた。

建物はボロボロで、狭苦しい各戸の窓からはニコラス・クリフにある広い駐車場が見える。アレックスのフラットには家具はほとんどなかった。そもそも家具を置ける場所自体がない。わびしい裏庭を見下ろす窓の前に、古い肘掛け椅子が二脚置いてあった。粗大ゴミ置き場から拾ってきたか、とうに亡くなった先祖から受け継いだものに違いない。折りたたんで部屋の隅に置かれた簡易ベッドが、夜には広げられて寝床になるのだろう。細長いキッチンスペースとリビングとを区切るカウンターの上には、いくつもの汚れたコーヒーカップと、食事の残りがこびりついた皿が一枚。部屋には古くなった食べ物と汗のにおいがこもっていて、まるで何日も窓を開けていないかのようだった。デボラはこのあからさまな貧困の光景に衝撃を受けた。アレックスは若く、健康で、丈夫な男だ。どうしてこんな生活をしていられるのだろう？　どうしてなんらかの職業訓練を受けて、仕事をしないのだろう？

アレックス・バーンズがそのことでコンプレックスを感じているかどうかは、外からはわからなかった。いずれにせよ彼はいつもと同じ傲慢な態度だった。

「おふたりに会えるなんて嬉しいな。どうぞ入ってください。コート、預かりましょうか？」

「ありがとう、でもすぐにお暇《いとま》しますので」ジェイソンがこわばった声で言った。

「でも、コーヒーくらいはいかがですか？」

デボラはこの家のキッチンにあるカップでなにかを飲む気にはなれなかった。「いえ、せっかくですけど」

ジェイソンはアレックスに封筒を差し出した。「どうぞ。三万ポンドの小切手です」

アレックスは封筒を受け取ったが、封を開けようとはしなかった。「ありがとうございます、ジェイソンさん」

「どういたしまして」ジェイソンは言った。彼の敵意は手で触れられそうなほどあからさまだった。金が惜しくてしかたなかった。この金は、もともと彼の心をさいなんでいた心配ごとをより大きくした。それに、ひとつ疑問が残ったままだ――我々は誰に金を払ったのか？　まさか娘を誘拐した犯人に、ではないだろう。アメリーの証言によれば、犯人はまったくの別人だったのだから。

けれどこの男は犯人の友人か、共犯者なのでは？

「中古車を見に行ったんですよ」アレックスが言った。「高い車じゃありませんけど。これで買うことができます。嬉しいな。これで面接に行くのもずっと楽になる」

「もちろん、なるべく早くお仕事が見つかることを祈っていますよ」ジェイソンは礼儀正しく言った。「ああ、それから――私どもは今月末でこのフラットの賃貸契約を切ります。その金があればご自分で家賃を払えるでしょう。このフラットの契約をそのまま引き継いでもいいんじゃないですか」

「いや、もっといい家を探しますよ」アレックスが言った。「こんなところにはとても住めない」

ジェイソンとデボラがこれまで家賃を支払ってきたことへの感謝の言葉は、一言もなかった。そんなものを期待していたのか？　ジェイソンは心のなかで自分に問いかけた。

「さて、これ以上お邪魔はしません」慌ただしくそう言った。とにかくここを出たくてしかたがなかった。この家が不愉快でたまらなかった。みすぼらしいフラットが、散らかりようが、においが。それにこの男が。なにより不愉快なのはこの男だ。

デボラは嫌悪感を克服して、アレックスに手を差し出した。「それじゃあ、もうお会いすることもないでしょうけど、ミスター・バーンズ」と言った。「これからもどうぞお元気で」

アレックスはデボラの手を握り、ぶんぶんと勢いよく上下に振りながら、にやりと笑った。「おふたりも、どうぞお元気で！　アメリーも。彼女が普通の生活に戻れることを祈ってますよ」

「それに警察が犯人を捕まえてくれることも期待しています」ジェイソンは付け加えた。

アレックスは眉ひとつ動かさなかった。「そうですね、そのとおりですよ。ところで、本当に飲み物はなにも……？」

「ええ、結構です」ジェイソンとデボラは同時に言った。

二分後、ふたりは通りに出た。

「これで永遠にあいつとおさらばできたと思うか？」ジェイソンは訊いた。

「万一また現われても、これからは追い返せるわ」デボラは言った。「だって、あの人は私たちを脅す材料をなにか持ってるわけじゃないんだもの。私たちの義務感に訴えかける以外に、あの人にはなんの要求もできない。私たちはいまその義務を果たしたのよ。これからは、あの人を私たちの生活に立ち入らせる必要はないわ」

「そうだな」とジェイソンは言ったが、ひとつの厄介ごとが終わったことを信じている人の顔ではなかった。「問題は、アレックス・バーンズがそうすぐには定職を見つけられないだろうということだ。見たところ、そう必死で探してもいないようだし。あの金を使い切ったらまたうちに顔を見せる可能性は充分あると思うね。そしてそのときは、あっという間に来るだろう。なにしろまずは車を買って、それからもっと高いフラットを探すわけだから」

「私たちには関係ないわ。あの人がまたやって来たって、無視すればいいのよ」

「なんだか嫌な予感がするよ」ジェイソンは言った。

デボラは答えなかった。彼女もまた嫌な予感を抱いていた。まるで、本物の厄介ごとはまだこれからであるかのような予感を。

デボラはジェイソンの腕を取った。「行きましょ。どこかでコーヒーを飲みましょうよ。それくらいの時間はあるでしょ。そのあとあなたは病院に行って、私は家に帰る。そして過去のことはもう忘れるのよ。私たち、家族でしょう。みんな無事で一緒にいる。あんなことがあったあとでも。これからまた私たちの生活を取り戻しましょうよ」

ジェイソンがなにかをつぶやいた。

デボラに賛意を表わす言葉ではなさそうだった。

3

デイヴィッドは七時半にやって来ることになっていた。ところがその直前、よりによってコリンが電話してきた。ちょうどキッチンで、これといった道具もないままピザの生地をなんとかものにしようと奮闘していたケイトは苛立った。

「なに?」と、挨拶もせずに訊いた。

コリンはむっとしたようだった。「僕の電話がよっぽど嬉しいみたいだね!」

「ごめんなさい。ちょっといま忙しくて」

「忙しいってどうして? 仕事してるわけでもないのに」

「それでも忙しいことはあるのよ」携帯を耳に当てたまま、ケイトは客用のトイレに移動した。そこにはまだ壁にはめ込まれた鏡がある。その鏡で自分の姿を厳しくチェックした。午後、町に出たケイトは、とあるワンピースに一目ぼれした。体の線がはっきり出る、ぴっちりした青いワンピースだ。それに丈もかなり短い。迷ったが、スタイルについてコリンが言ってくれた言葉を思い出し、思い切って買った。とてもセクシーに見えるその服を。ところがいま急に、やはりやりすぎだと思い始めた。服はケイトに似合っていない。どこから見ても男に気に入られようと無駄な努力をする女そのものだ。必死なくせに、盛大に失敗している。デイヴィッドはきっと心のなかでケイトを嘲笑うに違いない。

明らかにやりすぎだ。ケイトは急いで唇から口紅をぬぐい取った。だがそのせいで顔に口紅が移って汚らしくなってしまった。

クソ、とケイトは内心毒づいた。

「どう思う?」コリンの質問が聞こえた。

自分の外見に意識を集中していたので、コリンの話をまったく聞いていなかった。

「どう思うって、なにを?」

「明日そっちに行こうかって言ってるんだよ。朝早くにロンドンを出れば、遅くとも昼にはスカボローに着く。週末を一緒に過ごせるよ」

ケイトは鏡のなかの顔を見つめた。デイヴィッド・チャップランドにはなにひとつ期待せずにおこうといくら努力しても、心のなかの非理性的な声が、彼がまた会おうと言ってくれますように、と祈る。もちろん、それでふたりの関係がどうこうなることなどないのはわかっている。それでも大胆な白昼夢のなかで、ケイトはときどきデイヴィッドと一緒にいる自分を思い浮かべる……このおかしなワンピースを買ったのは、そんな空想上の光景に導かれてのことだった。

「こっちに来たいの?」ケイトは訊いた。

「いま二回もそう言ったところだけど」コリンが少し怒った声で答えた。

万一デイヴィッドが土曜日にも会おうと言ってくれたら、コリンがここにいるのは非常にまずい。なんて皮肉なんだろう、とケイトは思った。何年も、何十年も、ケイトにわずかなりと興味を持ってくれる男性などひとりもいなかった。永遠に終わらないあまたの陰鬱な週末をひとりきりで過ごしてきた。そんな週末に誰かと会う約束ができたなら、ケイトはすべてを差し出しただろう。たとえ相手が世界一退屈な人間であったとしても。ところがいま、週末に会いたいと言ってくれる男性がふたりも——そのうちひとりに関しては希望的観測ではあるが——現われ、どちらかを断わらねばならない事態になっている。

たぶん断わったことをいつかひどく後悔するに違いないと、ケイトは思った。

「ごめんなさい、コリン。ちょっと都合が悪いの」

「え、どうして？　空っぽの家で買い手を待ってるだけだろう。僕がいれば一緒に映画に行ったり、買い物して料理したりもできるし……それに例の家族にもぜひ会ってみたいんだ。ほら、娘が行方不明になって、また戻ってきた……」

ゴールズビー家のことだ。それは彼らもさぞ喜ぶことだろう。

「自分ひとりの時間が必要なの」ケイトは言った。

「へ？」というのがコリンの反応だった。

ケイトは時計を見た。ピザをまだオーブンに入れていない。それに、いまではやはり絶対に着替えようと決意を固めていた。このワンピースでは馬鹿にしか見えない。あまりにあからさまだ。

「コリン、いまちょっと急いでるから」ケイトは慌ただしく言った。

その瞬間、玄関の呼び鈴が鳴った。

「あれ」コリンが言った。「誰か来ることになってたのか。それなら最初からそう言えばいいのに。邪魔するつもりなんてないんだからさ」

電話が切れた。コリンは怒っていた。

どうでもいい。もっと大きな問題は、もはや着替える時間がないことだ。ケイトは口の周りの口紅を急いで拭き取ると、背筋を伸ばし、玄関に向かった。自分が不完全に思われ、あまりに不安で、できればどこかの穴に潜ってうずくまってしまいたかった。けれどもう遅い。なんとか最後までやり通すしかない。

私、どうして誘ったりしたんだろう？　そう思いながらケイトは玄関ドアを開けた。


デイヴィッド・チャップランドは気難しいところのない、一緒にいて楽な人だと、ケイトはあらためて思った。彼はまずピザづくりを手伝ってくれた。ピザをついにオーブンに入れると、ケイトは彼に家のなかを見せて回った。デイヴィッドは感心してくれた。

「いい家だ」と彼は言った。「それに、不思議なことにまだすごくいい雰囲気が残っていますよ。空っぽで、塗りたてのペンキのにおいがするっていうのに。本当ならもっとがらんとした雰囲気でもおかしくないのに、なんだか温かい空気を感じるな」

デイヴィッドは猫のメッシーを撫でてくれた。メッシーはそれ以来デイヴィッドのそばを離れなくなった。デイヴィッドが持ってきた赤ワインの栓を開けて、ふたりは居間の電気式暖炉の前に腰を下ろした。キッチンからは熱いピザ生地と香辛料の香り。窓際の蠟燭《ろうそく》には先ほど火をつけておいた。

なにか新しいことが始まるときってこんな感じなんだろうか？　ケイトはそう思った。いまだに不安がほかのすべてを凌駕していた。誰かを信頼して、あとから傷つくことへの不安。拒絶と傷とは、ケイトのこれまでの人生における忠実な伴走者だった。気をつけなくては。用心して。デイヴィッドはケイトのことを気に入ってくれているのかもしれない。だが、単に今晩ほかに予定がなくて、ひとりで家にいるよりは、ロンドンから来た魅力のない「記者」を訪ねるほうがましだと思ったにすぎないのかもしれない。

ケイトは最悪のバージョンを覚悟しておくことにした。そうすれば、そのバージョンが本当だったとわかるか、嬉しい驚きがあるかのどちらかだ。

「いつも犯罪についての記事を書いているんですか？」デイヴィッドが訊いた。「つまり、その分野が専門なんですか？」

「たいていは」ケイトは答えた。犯罪についてなら、少なくとも話ができる。なにしろ本当に犯罪がケイトの日常の一部なのだから。もちろんデイヴィッドが考えているのとはまったく違う意味でだが。

「で、今回のことに興味を持ったのは、故郷で起きた事件だからですか？」

「そうです。それに、たまたまこの事件を身近で体験することになったので。最初の頃に」ケイトは、ゴールズビー家の経営する宿に宿泊したこと、翌日にアメリーが行方不明になったことを話した。「つまり私、事件の始まりを間近で見てたんです。その後ロンドンに戻ってから、アメリーが帰ってきたことを知って。これは絶対に面白いストーリーになると思いました」

「確かに不思議な事件ですよね。もっとずっとひどい結果になっていてもおかしくなかった。だってアメリーが行方不明になった日に、別の女の子の死体が発見されたじゃないですか。新聞には、警察は同一犯だと考えてるって載ってましたよ」

「いわゆる〈ムーアの殺人鬼〉ですね。ええ、確かに同一犯であることを示唆する事実は多いですから」

「アメリーが逃げ出せて本当によかった。でも海に飛び込んだのは危険でしたね」

「ええ。そこでデイヴィッドさんが登場するわけですね……」

デイヴィッドは考え込むような顔で、ケイトを見つめた。「警察は私たちふたりともを容疑者だと考えているでしょうね。アレックス・バーンズと私を。だってあんな時間に、あんな天気のなか海辺を歩いているなんて、どう考えても変ですからね」

ケイトはうなずいた。「ええ。でも警察は特にバーンズ氏のほうに注目しているみたいですね」

「昨日の晩は全然この話をしませんでしたね……私のところにいらしたのは、やっぱりそれが理由なんですか？　私が事件となにか関係があるかもしれないと？」

デイヴィッドの問いかけはさりげない調子だった。それでもケイトは慎重に行くことにした。

「調査をするときには、事前になんらかの意見は持たないようにしようと心がけてます。私がデイヴィッドさんとお話ししたかったのはただ、あなたがあの事件にある部分で関わっていらっしゃるからです」

「ええまあ、確かにね。でも人ってなんらかの意見は持つものでしょう。少なくともなんらかの可能性は視野に入れているはずだ」

「デイヴィッドさんがなんらかの形でアメリーの誘拐に関わっている可能性は非常に低いと、私はもともと考えていました」

「で、いまは？　私と直接会ってからは？」

「その可能性はほぼ除外しました」

「『ほぼ除外しました』は『完全に除外しました』とは違いますよね」

「習慣なので。明白な証拠なしにはなにかを完全に除外したりも、逆に完全にそうだったと決めつけたりもしないようにしてます」

デイヴィッドが笑った。「それは記者として非常にいい心がけですね。同業の人たちのなかには、ちゃんと調べもせずに自分の意見を吹聴するだけの人も多いですから」

「私はそういう人たちとは違うやり方をしたいと思ってます」

「ところで、アレックス・バーンズにはもう話を聞きましたか？」

ケイトは首を振った。「まだなんです。これからです。バーンズさんにはどんな印象を受けました？」

「私がですか？　うーん、私たちはふたりで、あれだけの暴風雨のなか、何度も何度も冷たい波をかぶりながら、防波堤の脇に腹ばいになって、女の子を海から引き上げようとしてたんですよ……お互いに相手をどう思うかなんて考えてる余裕はなかったな。ある意味一緒に闘ったわけですけど、だからってお互いに深く知り合ったわけじゃないですし」

「でも、あとから……想像ですけど、救急車のなかに並んで座っていたときに……肩に毛布をかけて……手には熱いお茶を持って……そんなとき、お互いについてなにか思うものじゃないですか。なにか話したり。見当違いかしら？」

デイヴィッドは考え込んだ。「いいえ、その光景はそのとおりですよ。救急車とか毛布とかお茶とか……でも、お互いに話なんかしたかな？　バーンズはもうへとへとでしたしね。完全にへばってました。駆けつけた警察官に、なにがあったかを簡単にまとめて話してたのは憶えてますよ。助けてっていう叫び声が聞こえて、アメリーを見つけたこと、でもアメリーを陸に引っ張り上げることができなかったこと。両手がかじかんでしまって、とか……実際、そのとおりだったと思いますよ。私の手だって氷みたいでしたからね。私なんて彼に比べれば、アメリーの手をつかんでいた時間はずっと短かったのに。バーンズが最初、お茶のカップを持てなかったのも憶えてます。で、やっとカップを口までもっていったときにも手がぶるぶる震えていて、全部こぼしちゃうんじゃないかと心配になったくらいでした」

「なるほど。で、デイヴィッドさんには、バーンズさんはなにも話さなかったんですか？」

デイヴィッドが懸命に記憶を掘り起こしているのは、見ればわかった。「そうですね。バーンズは警察官と話したあとは、もうなにも言わなかったな」

「バーンズさんは、アメリーになんらかの形で接触しようとはしましたか？」

「しようとしてもできませんでしたよ。救急車は二台来て、アメリーはそのうち一台ですぐに運ばれていきましたから。接触するチャンスなんてありませんでした」

「じゃあデイヴィッドさんは？　どう考えましたか？」

「どうって、なにを？」

「バーンズさんのことです。それに、あの出来事全体のこと」

「たぶん、バーンズについてはなにも考えなかったと思います。あの女の子のことを考えていたので。あのときはまだ、あの子があらゆる新聞に載っていたアメリー・ゴールズビーだとは知らなかった。写真を見てはいたけど、そうとはわかりませんでした。なにしろびしょ濡れで、ぐったりしてて、力尽きる寸前でしたから、どの写真とも全然違っていました。たぶん現場に駆けつけた警官もすぐにはわからなかったんじゃないですか。私が考えていたのは、あの子はどうして海のなかにいたんだろうってことでした。ただの事故であってほしい、自殺未遂じゃありませんようにって思いました。あんなに若い子が、もう逃げ道が見つからないと思って人生を投げ出してしまうなんて、これほど悲しいことはないですからね」

「そのこともバーンズさんとデイヴィッドさんのあいだでは全然話題にならなかったんですか？　あの少女になにがあったんだろうって疑問は話し合わなかったんですか？」

「ええ。バーンズはへとへとで、話しかけられるような状態じゃありませんでしたから」デイヴィッドは首を振った。「申し訳ない。記事の材料をあまり提供できていませんよね？　でも本当に、ただ黙って並んで座ったまま、お茶を飲んでただけなんですよ」

「状況を考えたら当たり前ですよね」ケイトはデイヴィッドに訊きたいことがまだあるだろうかと考えたが、なにも思いつかなかった。けれど、事件のこと以外になにを話せばいいのかもわからなかった。

「そろそろピザの様子を見たほうがいいな」その瞬間、幸いなことにデイヴィッドがそう言ってくれた。

ふたりは暖炉の前で、紙皿から手づかみでピザを食べた。少なくとも、食べようとした。というのも、ケイトは生地の材料配分でなにかを間違えたらしく、ピザは石のように硬くて、ノコギリを使っても切ることができないほどだったのだ。二口目を食べたところで、デイヴィッドが申し訳なさそうな顔でケイトを見つめた。「気を悪くしないでほしいんですけど、これ以上食べたら歯をなくしそうだ。どうやったらピザ生地がこんなに硬くなるんだろう?」

やはり自分の歯のことを心配し始めていたケイトは、しょんぼりと肩をすくめた。「私、全然料理できないんです。なにを作ってもだめにしちゃって」

「かまいませんよ。まだワインがあるし」

ふたりはピザをキッチンに置いたゴミ袋に捨てた。ケイトは作り付けの棚のなかに封を切ったソルトクラッカーがあるのを見つけた。なにもないよりはましだ。ふたりは座り心地の悪いキャンピングチェアからリビングの床へと移動した。ケイトは、この晩はどんなふうに終わるのだろうと考えて、憂鬱になった。朝食以来なにも食べておらず、骨のように硬いピザ二口ではなんの足しにもならなかったため、重い赤ワインがすごい勢いで頭に回るのを感じた。酒はケイトにとって決して無害な存在ではない。酒が入るとしゃべりすぎ、あからさまに愛情を求め始める傾向がある。

「子供時代と青春時代をずっとこの家で過ごしたんですか?」デイヴィッドが訊いた。

ケイトはうなずいた。「ええ。家を出たあともしょっちゅう戻ってきてました。母はもう何年も前に亡くなっていて、父は……三年前に……」それ以上は話せなかった。

「どうしたんですか?」

「父はこの家で殺されたんです」本当はこの話はしないつもりだった。ワインのせいだ。

デイヴィッドが驚愕の目でケイトを見つめた。「殺された?」

「そう。昔の恨みで。長すぎて、いま全部お話しするのは無理なんですけど……父は高い階級の刑事で、昔あることに巻き込まれて……そのせいで結局命を失うことになったんです」

「なんてことだ」デイヴィッドが言った。「ひどい話だ」

ケイトはこんな話を始めたことを悔やんだ。デイヴィッドはいま、殺人事件の被害者の家族などとはあまり関わり合いになりたくないと考えているかもしれない。「ええ。父について、それまで知らなかったことをいっぱい知ることになりました。ショックなことばかりでした」

「そんなにひどいことだったんですか?」

「父はずっと私にとって英雄だったんです。私が知るなかで一番素晴らしい人。どんな疑念を抱く余地もない。私……あれは……とても理解できなかった……」最悪なことに、目に涙が浮かぶのを感じた。

いまは。泣いちゃ。だめ。

「お父さんを殺したのは誰だったんですか？」デイヴィッドが淡々と訊いた。

「それは……ううん、やめましょう。とにかく父は二月の夜、この家で襲われたんです」その光景が目に浮かんだ。実際に目にしたわけではないが、話に聞いた犯行現場の光景。父はパジャマ姿で、キッチンに置かれた椅子に縛り付けられている。頭にはビニール袋がかぶせられている。父はそのビニール袋のなかで、苦しみながら窒息死した。

「恐ろしい話だ」デイヴィッドが小声で言った。

「ええ」ケイトも囁き声になっていた。

そのとき、腕にデイヴィッドの手が載せられるのを感じた。そして彼の声が聞こえた。「泣かないで。ああ、辛いですよね、よくわかります。胸が痛いでしょう」

いつの間にか涙が頬を流れ落ちていることに、いままで気づかなかった。デイヴィッドの温かな手と共感の言葉は、当然事態を悪化させた。もはやどうしても泣き止むことができなくなった。

「そう」ケイトはしゃくり上げた。「胸が痛い。すごく痛い」

しかも、痛みは消えなかった。それが一番辛かった。もう何年もたったというのに、痛みは決して消えない。父の残酷な死も、父が自分の目に映っていたとおりの人間でなかったという事実も、乗り越えることができない。

いつの間にかデイヴィッドの腕に抱かれて、彼のセーターを涙で濡らしていることに気づいた。デイヴィッドの腕がケイトをしっかりと抱きしめていた。

「泣くといい」デイヴィッドが囁いた。「これまで充分に泣いてこなかったのかもしれないから」

彼の言うとおりだった。確かに泣きはしたが、受けた衝撃と傷とを思えば、流した涙の量はあまりに少なかった。絶望や失望や混乱といったあらゆる感情を心の片隅に追いやり、閉じ込めてきた。それらにしじゅう悩まされることがないように。痛みに不意に襲われたりしたくなかった。そうなれば決して痛みの魔の手から逃げられなくなるのではないかと怖かったからだ。だから痛みがこちらへやって来そうになるたびに、押し返してきた。そして、そうしていれば痛みはどんどん小さく、弱くなり、いつかは消えることもあるのではと考えていたのだ。

けれど、間違いだった。痛みはいまだに歯をむき出した獣だった。いまだにケイトを思いのままにいたぶる機会を待ち構えていた。

ケイトは泣きに泣いた。そのあいだデイヴィッドはずっと抱きしめていてくれた。そのうちケイトはふと、会おうというコリンの誘いを受けておけばよかったと思った。デイヴィッドはきっといま、二度とこんな目には遭いたくないと思っているだろうから。まずはカチカチになったピザを食べさせられ、その後この家で殺人があったと聞かされ、挙句の果てにケイトに延々と泣かれている。突然、笑いがこみ上げてきた。朗らかなものではなく、ヒステリックな笑いだ。自分が毎回ここまで確実に男性との関係を芽の段階で摘み取る才能を持っているとは。ところが、本物の笑いとは似ても似つかないとはいえ、笑ったことで少なくとも涙は止まった。

ケイトはデイヴィッドの胸から体を離すと、新しいワンピースの袖で不器用に頬の涙をぬぐった。

「ごめんなさい」と謝る。「本当に、なんてことを……そんなつもりじゃなかったの、ああもう」自分の顔を想像する勇気はなかった。赤らんだ肌の上にマスカラが線状に広がって、きっと顔は抽象画のようになっていることだろう。もともと天から恵まれた美貌などないというのに、平凡な顔をわざわざ醜く変えてしまうとは。

「きっとひどい顔よね」ケイトはしょんぼりと言った。

「そんなことないよ」デイヴィッドが言って、近づいてくると、ケイトの唇にキスをした。

ケイトは硬直した。

まさか、そんなことがあるはずがない。

デイヴィッドがケイトから離れた。「もし嫌なら、僕は……」

呆然としながらも、ケイトはこれが一世一代のチャンスであることをとっさに認識した。同時にケイトの本能が、二度目のチャンスはないだろうと囁いた。もしいまそっけない対応をしたら——そしてたいていの場合、ケイトは無意識に自分が思っているよりずっとそっけない対応をしてしまう——デイヴィッドは退却を始めるだろう。そうなればケイトのほうでデイヴィッドをもう一度その気にさせる必要が出てくるが、どうすればそんなことができるのかは、さっぱりわからない。

「ううん」ケイトは小声で言った。「嫌じゃない」

デイヴィッドは再びケイトにキスをした。彼の唇はかすかに赤ワインの味がして、温かかった。

ケイトはキスに応えた。とはいえ、正しいやり方をしているかどうかは自信がなかった。なにかの本で、キスというのは誰でも本能的にできる行為だと読んだことがあった。だがケイトには本能が常に思考に抑えつけられているという問題がある。ほかの人たちには当然のようにできるらしいことが、ケイトには難しい。理性が長々と分析を始めて、そのうち当初の無邪気な勘や感覚が消えてしまうからだ。

いまは考えちゃだめ。彼にすべてを任せて。

自立した現代的な女性にふさわしい台詞《せりふ》とは思えないが、男性関係に関してほぼまったくの無知であることを考えれば、それ以外の可能性はなかった。学校のパーティー会場の片隅の暗がりで体験した、男の子たちとの慌ただしい抱擁のことが頭をよぎった。皆が酔っぱらって、誰が誰にキスをしようがどうでもよくなった真夜中過ぎの出来事だった。同じように、パーティー、暗がり、酒といった道具の助けを借りて、ケイトは十七歳のときにようやく、なんとか初体験を済ませることができた。だがそれも、相手の男の子が本当はケイトの女友達を狙っていたのに、その子がその晩は別の相手とどこかへ行ってしまい、振られたという経緯があったからにすぎなかった。ケイトにもそんな事情はわかっていたが、どうでもよかった。どうしてもほかの子たちと同じ体験をして、話の輪に入りたかったからだ。それは相手の少年が父親から借りてきた車の後部座席での、ロマンティックなところなどかけらもない慌ただしい行為だった。あっという間の出来事だった。

二度目の体験はそれから何年もあと、とあるクリスマスパーティーでのことだ。本当のところクリスマスパーティーは大嫌いだった。皆がべろべろになるまで酔っぱらい、夜が更けるにつれてジョークがだんだん浅薄になり、卑猥なほのめかしがどんどんきわどくなっていく。そのパーティーへの出席は義務というわけではなかったが、もし顔を出さなければ、ケイトは同僚たちからますます疎外されることになっただろう。その席で、ケイトはコーラとなにかを混ぜたカクテルを飲み、馬鹿みたいな紙の帽子を頭に載せて、陽気に浮かれ騒ぐほかのみんなになんとか溶け込みたいと必死だった。その願いはかなわなかったが、夜が更けた頃、ひとりの同僚がしきりに言い寄ってきた。普段はケイトのことなど視野にも入れない男だったが、その晩は酔っぱらっていて、目の前にいる女がこれほどの馬鹿騒ぎの場でなければまったく自分の好みではないことに気づいていないようだった。ケイトはのこのことその男の家についていき、翌朝見知らぬベッドで目覚めた。隣では酒くさい男がいびきをかいていた。白々した冬の太陽の光が窓から射し込み、靴、セーター、靴下、下着があちこちに散らばる寝室を照らしていた。ケイトはそっと起き上がり、自分の衣類をかき集めると、バスルームで身に着け、忍び足でフラットを出た。翌週の月曜日、スコットランド・ヤードの廊下で再び顔を合わせたケイトとその同僚は、ふたりともかたくなに相手から目をそらしたまま、ほとんど聞き取れない声で挨拶の言葉をつぶやいた。ふたりとも、その後あのときのことを口にしたことは一度たりともない。

ケイトの男性経験は、この二度きりだ。四十二年間のあいだに。

こんなことは決してデイヴィッドに知られてはならない。

彼のキスはどんどん激しく執拗になり、手がケイトのワンピースのファスナーをまさぐり始めた。彼がファスナーを下ろし、ケイトはきついワンピースを脱いだ。おそらくとてつもなく不格好に。デイヴィッドもいつの間にか自分の着ているセーターを頭から脱いでいた。ふたりともすぐに一糸まとわぬ姿になるだろう。

ケイトが深く息を吸い込むと、デイヴィッドが動きを止めて、「大丈夫？」と囁いた。

あらゆるアドバイス本が読者に何度も繰り返し叩き込む鉄則を、ケイトはよく知っていた。決して、決して、決して最初のデートで相手と寝てはならない。二度目もだめ。早くても三回目。あまりに早く体を許すと、関係は始まる前に終わってしまう。ケイトはこれまでそういう忠告を聞いたり読んだりしてきた。だが結果的に知ったのは、自分の場合は別で、本とは異なる作戦を展開する必要があるということだった。なぜなら、男たちはケイトと二度と会おうとはしないからだ。だから三回目のデートまで待つなどそもそも意味がないのだ。ケイトの場合は、手に入るものはすぐに手に入れたほうがいい。または、相手の男を嫌な奴だと思うなら、最初からなにも手に入れないほうがいい。あのクリスマスパーティーの翌朝の体験がケイトに教えたのは、壁の花としての人生は確かに悲しく不満なものではあるが、嫌悪以外なにも感じない男の隣で目覚めることは、それよりずっとひどく、吐き気を催すものだということだった。

だがデイヴィッドは違った。デイヴィッドのことは魅力的だと思った。親切で、神経が細やかで、理解があると。デイヴィッドはケイトをパブに誘ってくれた。今晩この家に来てくれた。

ケイトとの関わりを維持し続けてくれているのは明白だ。それにデイヴィッドの自宅を訪ねたときを数に入れれば、これがすでに三回目のデートということになる。だから例の馬鹿らしい鉄則に反することもない。

答えの代わりにケイトはストッキングを下ろし、スリップとブラジャーだけになった。デイヴィッドもジーンズを脱いだ。ふたりは床に膝を突いた格好で向かい合った。どちらも相手の体から発散される熱を感じていた。緊張も感じていた。そのときケイトは理解した――デイヴィッドも緊張しているんだ。私だけじゃない。この人も全部うまくやろうと懸命なんだ。

「間違いなんて起こりっこない」ケイトはデイヴィッドに囁きかけた。「そんなこと、あり得ない」

デイヴィッドが腕を体に回してくれて、ケイトはそのなかに沈み込んだ。温かさと安心感と力との大きな波に体を沈めた。それに情熱の波に。生まれて初めて、男性への性的な欲望がどんなものかを知った。そして、私はどんなふうに感じるんだろう、と想像した。人生で初めて、酔っていない男と寝ることになるのだ。

自分がなにをしているかわかっている男と。

週末だ。寒い。こんな秋は珍しい。この地の十一月は、普通ならそれほど寒くはなく、代わりに雨が多い。滅多にないとはいえ、二月には気温が下がって少し雪が降ることもある。それでも薄く積もるだけの雪で、どちらかといえば霜に近い……ところが今年はもういまから空気に雪のにおいが混じるほど寒い。もしかしたらホワイトクリスマスになるかもしれない。誰もがホワイトクリスマスに憧れている。けれど私にはどうでもいい。寒さで参ったのはただ、金曜日と土曜日の夜に何度か、マンディがいる場所のプロパンガス暖房はまだついているだろうかと考えたときだった。あの部屋はとても広くて、ほぼ全体がタイル張りだ。タイルはあまり熱を溜め込まないだろう。違うだろうか？　今日は日曜日で、私は遅くまで寝ていた。起きたときにはもう昼だった。ひとりでいるのは苦にならない。朝食はひとりで取るのが好きだ。ゆっくりと、穏やかに、誰とも会話する必要なく。

午後のあいだずっと、マンディのところへ行くべきかと考えていた。あまり行く気がしない。このあいだのあの態度はひどいものだった。いまではもう、あの娘を選んだのは間違いだったとほぼ確信している。これは最速記録だ。ほかの子たちのときは、もう少し長いあいだ、きっと事態は改善するだろうという希望を持ち続けた。彼女たちはいい家庭の子供だったから、敵意むき出しの態度はとらなかった。その代わりめそめそ泣いてばかりいた。それも私にとってあまり嬉しかったとは言えない。とはいえ、マンディのあの怒りようときたら……あの憎しみ……あのわめきよう……あんなふうで、どうやったら関係を築けるというのだろう？

結局、三時半頃、私はなんとか重い腰を上げた。外は暖かい家を出たいと思わせる天気ではなかった。できれば暖炉に火を入れて、温かいお茶を飲んでいたい。

けれど、結局私が靴とコートとマフラーを身に着けたのは、暖炉とお茶のことを考えたからだった。マンディの部屋のプロパンガス暖房がまだついているかどうかを確かめなければ。最後に彼女に食べ物と飲み物を持っていったのは木曜日だ。きっと空腹で、喉が渇いているだろう。マンディを長いあいだ待たせたこと、本音ではもっと長く待たせておきたいと思っていることを、かすかに疚《やま》しく感じた。いまの私はもうマンディを諦める寸前だ。残念ながら、これまでも毎回のように最後にはこの地点に到達したとはいえ、これほど早かったのは初めてだ。始まりはいつも、娘たちのもとに行く気がしなくなることだ。そして訪問はどんどん稀になり、どんどん辛くなる。そしていつか、重い腰を上げることができなくなる。それは少女たちにもはやなにも――ほんとうになにひとつ――感じることがなくなったときに起こる。

ミネラルウォーターの瓶一本を持ち、プラスチックのパックに入ったチェダーチーズとトマトのサンドイッチを冷凍庫から取り出した。キッチンにはこういうサンドイッチを大量に保存してある。車のなかでは暖房をがんがんかけるつもりだから、向こうに着くまでに解凍されるだろう。

こうして私は出発した。

車を出したとたんに気分がよくなった。やはり一日じゅう家にいるのはよくない。ぼんやりして、なにをするのも億劫《おっくう》になり、悪いことばかり考えてしまう。外の灰色の景色には独特の美しさがある。北に行くにつれて風景はどんどん寂しく、どんどん荒涼としてくる。右手にたびたび海が現われる。空と同じ濃い灰色だ。その灰色が、風になびく背の高い枯れ草の黄色と混じり合う。雲は水平線からむくむく湧いてきて、分厚い層になる。ほかの車とはごく稀にしかすれ違わない。しばらくのあいだ、この世界にただひとりきりでいるような気分だった。そんな感覚ももはや私を怖がらせることはない。セラピストたちとしょっちゅう話し合ってきた。ひとりではいられないという問題を。ひとりでいるといつも、なにか悪いことが起こるような気がしていたのだ。

「なにが起こると思うんですか?」どのセラピストも私にそう尋ねた。

「わかりません」と、私は答えた。本当は答えを正確に知っていたのだが。

セラピストたちは諦めなかった。「考えてみてください。ひとりでいると実際になにが起こり得るのか、想像してみてください」

あるとき、ついに私は答えた。「死んでしまうんです」

そう、それこそが私の感覚だった。孤独と死が同じものであるという感覚。

そんな想像に囚われて苦しむことがなくなったのがいつだったか、憶えていない。少女たちがやって来たときだろうか？　彼女たちのおかげで、あんなふうに考えることがなくなったのだろうか？

けれど、少女たちとはうまく行かない。あの子たちは私を受け入れない。だから、あの感覚がまた戻ってくるのではないかと、怖くてたまらない。ひとりになって死ぬという感覚が。だからこそ、見つけなければならない。たったひとりを。私と私の人生のために存在するたったひとりを。

ニューカッスル郊外を通過してからは海沿いを走り続け、ノーサンバーランドに入った。荒れ放題の狭い駐車場に車を停めたときには、家を出てから二時間半が経過していた。実のところ、駐車場などと呼べる場所ではない。アザミやイバラばかりでなく海浜植物までが生い茂り、すべてを覆い尽くしている。けれど私が何度もやって来るため、植物に浸食されていない道が一本だけ残っている。アスファルト舗装された場所さえある。ところどころ割れているとはいえ。寒さのせいだろうか。それとも地中で伸びる根に持ち上げられたのだろうか。

車を降りると、北海から吹いてくる冷たい風に、思わず息が止まりそうになった。ここイングランド最北部は、いつになく寒いスカボローよりさらに一段気温が低い。マフラーをきつく巻き付けて、ミネラルウォーターの瓶と解凍済みのサンドイッチが入った小さな籠を持ち、何度も歩くうちに自然にできた道を通って、家に向かった。玄関はサンザシの生垣に塞がれそうになっている。夏にはこまめに剪定《せんてい》するのだが、冬のいまは放ってある。だが、このまま枝がのびるがままにしておけば、すぐにこの家は道路からはまったく見えなくなるだろうと気づいた。そうなったら、この家は海からでなければ見えない。でもそんなことを気にする人間などいるだろうか？　誰も興味などないだろう。

玄関ドアを開けたとたん、家のなかの気温が外とそれほど違わないことに気づいた。とはいえ屋内には涙が出てくるほどの強風は吹いていない。私は用心のために、しばらくその場から動かずにいた。もしマンディが鎖を外すことに成功していたら——ありそうにもないことだが、ないと言い切れることなどなにひとつない——どこで私を待ち構えていても不思議ではない。だが一歩踏み出すと、玄関わきの小さな部屋のなかに、いまだに鎖につながれたままのマンディの姿が見えた。マンディは私が置いておいた毛布にすっぽりと包まれていた。部屋にはマンディの排泄物の悪臭が漂っていた。それに氷のように冷え切っている。ストーブの火は消えていた。家の壁に沁み込んだ湿気——目の前にある海から来る塩を含んだ湿気——が、あらゆる割れ目や窪みから這い出してきていた。このあたりはいつも湿度が高いが、夏ならそれほど不快ではないし、冬でも暖房をつければ問題ない。だが、冬に暖房なしとなると……ここに住むのは非常に難しい。

時間がたちすぎたのだ。

毛布が動いて、マンディの頭が出てきた。額に貼り付いた髪は脂じみている。おそらくまだ体を洗っていないのだろう。マンディの目は腫れ上がっており、唇はかさかさで、ヒビが入っていた。魅力的なところなど、もうかけらもなかった。

「水」小声でマンディは言った。「それに寒い」

この寒さでは、毛布一枚では足らないだろう。それに水も、遅くとも金曜日には飲み干してしまったに違いない。体を洗うための水が入っていたバケツに目を走らせてみた。空っぽだった。あの水も飲んだのだ。この子は馬鹿ではない。

「食べ物と飲み物を持ってきた」私は言った。

マンディは空腹でぎらついた目で私を見た。

瓶とサンドイッチを足でマンディのほうに押しやった。マンディに近づきすぎないように気をつけながら。彼女はストリートファイターに似たタイプだ。厳しい環境でたいした保護も受けずに育ち、小さな頃からたいてい自分の身は自分で守ってきた。闘うことに慣れている。いま現在は見るからに弱っているとはいえ、もしチャンスが訪れれば、すかさずつかみ取らないとも限らない。

マンディは即座に瓶の蓋を開けて、がぶがぶ飲んだ……貪欲に、いつまでも。

「どうしてこんなことすんの?」やがてマンディはそう訊いた。声はまだ小さかった。このあいだよりも明らかにおとなしくなっている。空腹、喉の渇き、寒さ——実際のところ、人の心を折るのは簡単だ。ただ、私はそんなことがしたいのではない。マンディに愛してほしいだけだ。だがいまのところ私は、その目的をかなえるのに最適の道を歩んでいるとは言い難いようだ。

マンディの質問には答えなかった。私の思い、私の希望、私の行動はあまりに複雑で、どうせ彼女には理解できないだろう。答える代わりに、マンディがトイレとして使っているバケツを素早くつかみ、外へ持っていって、家から少し離れた崖の縁に生えている茂みのなかにあけた。崖の下では打ち寄せる波が岩にぶつかっている。海の轟音が聞こえる。頭上ではカモメたちがわめき声をあげながら風に身を任せ、大きな弧を描いて揺れている。なんと美しい場所だろう。私にもし充分な資金があれば、この小さい家を全面的に改装して、毎日この崖の上に立ち、海を眺めることだろう。

　家に戻る途中にも、バケツはまだ悪臭を放っていた。洗うことができなかったからだ。洗おうと思ったら、海まで崖を降りていかねばならない。だがそんなことをするには寒すぎるし、岩も滑りやすくなっている。このバケツに自分が強い嫌悪感を抱いていることに気づいた。私は懸命に、マンディにはこれを使う以外に方法がないのだ、少なくともいまの状況では、と自分に言い聞かせた。もちろんこんな状況に陥った責任の一端は、マンディ自身にもある。ほかの娘たちはトイレを使っていた。水はなかったけれど、私が二リットルの水のボトルを何本も持ってきて、それですべてを洗い流した。水道が止まっていることは、この家の大きな問題だ。だがマンディがバケツを使う羽目になったのは、彼女を自由に動き回らせる危険を冒すわけにはいかないからだ。そういうわけで、排泄が必要以上に複雑な問題になった責任は彼女にある。身を切られるようなこの日の寒さにもかかわらず、私は胃に大きく熱い穴が開くほどの激しい怒りが燃えるのを感じた。この怒りには恐怖を感じる。なぜなら覚えがある感情だからだ。私の場合、怒りが一定の度合いを超えると、相手との関係はもう修復不可能となる。つまり関係は終わる。ほかの娘たちのときも、私はこの地点に達した。彼女たちが私を拒絶し、泣きわめき、家に帰してほしいと懇願してばかりで、私のもとでなら最高の人生を送れることを理解しようとしなかったから。そして、やがて怒りで胃が燃えるように感じたとき、もう終わりだと悟った。そのあとは彼女たちがなにをしようと——ひざまずいて愛してくれと私に懇願したとしても——もうどうにもならなかっただろう。

そこまで来たら、私はただドアを閉めて出ていくことしかできない。文字どおりの意味で。

マンディとは、いまもうその地点に達してしまった。

間違いなくマンディの態度のせいだ。私を罵るときの下品な言葉のせいだ。最初から選択ミスだったのだ、もともとうまく行く可能性などなかったのだ。

だが、この段階に至るまでの時間がどんどん短くなるのは、私が変わったせいでもあるかもしれない。私が忍耐力をなくしたから。時間はどんどん失われていくばかりだ。人生に残された時間の大部分を、明らかに無駄な努力で浪費したくはない。

家のなかに戻ると、マンディはすでにサンドイッチをがっついたあとだった。水の瓶も空になっていた。

「もっとなんかないの?」マンディは訊いた。

私は困って肩をすくめた。「悪いけど、それ以上は持ってきてない。せめて水はもう少し節約すればよかったのに」

マンディは呆然とこちらを見つめた。「は? これで全部?」

「水の大瓶と、分厚いチーズを挟んだパンだったのに!」

マンディはせわしなく部屋じゅうに目を走らせた。まるで私の言葉がまったく信じられず、どこかに彼女の問いの答えがあるに違いないと探しているかのようだ。

「次はいつ来る?」やがてマンディが訊いた。

私は彼女を見つめた。とても醜い。とても野卑。

「わからない」そうはぐらかした。

突然、マンディの顔にパニックが見られた。「私はどうなんの? 凍え死にそうなんだけど。お腹すいてるし、喉も渇いてる。自由に動くこともできない。ここには誰もいないんだよね?」マンディは窓に目をやった。彼女のいる場所からは、おそらく空しか見えないだろう。

だが空以外のものが見えたところで、彼女の推測を裏付けることにしかならない。そう、ここには誰もいない。どこまで行ってもただ荒涼とした自然だけ。高原。崖。海。風。カモメ。

ほかにはなにもない。

マンディは突如わめき始めた。サンドイッチと水で元気が出たようで、狂ったように鎖を引っ張る。金属が肌に食い込み、皮膚に血がにじむのが見えた。だがマンディは気にかけていないようだった。

「ここから出せ! すぐに出せ! 頭おかしいクソったれが、薄汚い……」

それ以上は耳に入れまいと努めた。またしてもこの筆舌に尽くし難い下品な振る舞い。私はこの娘が育った家を見た。この子が育った地域を。それに母親を。だからもう不思議にも思わない。

私は籠を持ち上げた。マンディが叫ぶ。

「ちょっと、私をここに置いて出ていくなんてあり得ない！　人殺し！　出せ！　この鎖をすぐに外せ！」

私は玄関ドアに向かった。

マンディは泣き始めた。態度が変わり、哀願するかのような口調になった。「お願い。置いていかないで。お願いだから。私があんたになにしたっていうの？　あんたのことなんか知りもしない。お願いだから帰らせて。あんたの名前だって知らないんだよ。誰にもなんにも言わないから。あんたが誰で、どこに住んでるか、なんにも知らないんだから、心配することなんかないじゃん。お願いだから！」

私は玄関ドアを開けた。もうマンディの姿は見えない。

マンディは罠にかかった獣のようにわめき続けている。「お願い、お願い、お願い！」

私は外に出た。

マンディがわめく。「ここにいろ！　行くな！　置いていくな！」

思わず笑いが漏れそうになった。頭のおかしいクソったれだのなんだの、さんざんなことを言っていたくせに。他人をそんなふうに罵っていいかどうか、最初からきちんと考えるべきだったのだ。いまになって、ここに残って面倒を見てくれと哀願するとは。いや、正確に言えば、マンディが私に一番望んでいるのは、彼女を解放してやることだろう。出ていきたいのだ。皆が出ていきたがった。誰ひとりわかってくれない……。

でもいつかはわかってくれる娘が現われる。

諦めるつもりはない。

マンディのわめき声は、車に乗り込んでもまだ聞こえていた。取り乱し、パニックとヒステリーに襲われている。

エンジンをかけて、車をターンさせた。

こんなところ、離れるに限る。とにかく離れるに限る。

別の娘が必要だ。できるだけ早く。

いまだに地下室へは行っていない。

十一月十三日月曜日

I

キティ・ウェントワース巡査は、ふたりのボディガードと一緒に出かけたいというアメリー・ゴールズビーの望みに、滅多にないほどの感謝の念を覚えた。ついに動くことができる。あちこちに移動することができる。ひたすら変わることのない道路や家々とは違うものを見ることができる。あの晩の停電と、同僚のジャック・オドネル巡査が許可なく持ち場を離れたことで、ふたりは注意を受け、キティはこれでこの仕事から外されるのではと、ほとんど期待さえした。しかし怒り狂ったケイレブ・ヘイル警部は、キティの抱く魅惑的な推測にはっきりと釘を刺したのだった。

「いつもどおりうちはひどい人員不足なんだぞ！」ヘイル警部はキティに向かってそう怒鳴った。まるで人員問題の責任がキティにあるかのように。「それに有能な人材はもっと重要な仕事に必要なんだ！」

これはこたえた。キティはその場で泣きださないよう、歯を食いしばらねばならなかった。

「だから君とオドネルはとりあえずいまの仕事を続けろ。あと一度でもこんなことが——または少しでも似たようなことが——あったら、残りの警察官人生ずっと駐車違反の取り締まりをさせるからな。そうなったら大きな仕事をする望みはかけらもなくなると思え。わかったな?」

「イエス、サー」

キティが泣いたのは、その晩、家に帰ってからだった。泣いた理由は、あまりに不公平だったからでもあった。間違いを犯したのはジャックなのに、ヘイルはまったく区別せず、ふたりを同じように罵倒した。以前のキティは、ヘイル警部のことを非常に公正な人だと思っていた。だが最近の彼はときどき人が変わったようになる。皆がそう言っている。いつも機嫌が悪く、運悪くたまたま出くわした人間を誰彼かまわず怒鳴りつける日も多い。部下の失敗は細かなことまで容赦なく罰する。警察の〈ムーアの殺人鬼〉捜査はまったく進展していない、犯人が次の犠牲者をさらうのは時間の問題だ、という新聞記事を毎朝のように読まされるのは、確かに楽しい体験ではないだろう。

ちなみに署では、命が惜しければ〈ムーアの殺人鬼〉などという呼称を使ってはならない。その名を口にした実習生をケイレブ・ヘイルがめちゃくちゃに罵倒したことを、誰もが知っているからだ。この署であと一度でもそんな愚かしい名前を口にする奴がいたら、とっとと新しい仕事を探してもらう、とケイレブは怒鳴ったのだった。実習生は翌日もう署には現われず、その日は全員が忍び足で署内を歩いた。誰もが心のなかで、ケイレブがすぐに犯人を捕まえるのが無理ならば、せめて些細なことでもいいから、なんとか手柄を立ててくれないかと祈っていた。ケイレブ・ヘイル警部はもはや一緒に働きたいと思える人間ではなかった。誰にとっても。

少なくとも、とにかく今日は仕事に変化が出る。アメリーは午前中遅めの時間に出発したいと言っており、ケイレブは一行に夕方まで外出する許可を与えた。ケイレブもやはり、アメリーを永遠に家に閉じ込めておくわけにいかないことはわかっていたのだ。アメリーは日常生活を取り戻す必要がある。少なくとも日常生活の一部を。ケイレブはいまでもアメリーを通学させるのは危険が大きすぎると思っていた。だがその問題はいずれにせよ考える必要がない。なにしろアメリー自身が、学校へ行くことをきっぱりと拒絶しているのだから。外に出れば、アメリーも少しは心の均衡を取り戻すかもしれない。キティはもちろん、上司が心の奥でなにを期待しているのかわかっていた。アメリーが話をすることだ。なんでもいい、とにかくなにかがきっかけになって、アメリーが話をしてくれれば。

アメリーは頑として、カウンセラーのヘレンも母のデボラも一緒に来てほしくないと言い張った。ふたりの警察官とだけ外出したいのだと。ジャックが車を運転し、キティは後部座席にアメリーと並んで座った。アメリーはまず中心街へ行くようジャックに頼み、いろいろな店を覗いて回った。アメリーの歩調がためらいがちで、とても慎重なことにキティは気づいた。自分の歩みに集中している。長いあいだ部屋から出なかったのだ。すでにクリスマスの装飾が施された歩行者専用道路も雑踏も、混沌とした恐ろしい印象を与えるに違いない。ごく普通の月曜日の午前中だから、町はそれほど混雑してはいない。けれどアメリーのようにいったん引きこもってしまった人にとっては、きっとストレスだろう。アメリーがジーンズを一着買いたいと言うので、三人は〈マークス・アンド・スペンサー〉に向かった。アメリーは腕にジーンズを八着かけて試着室に消え、ジャックがため息をつきながら試着室前の肘掛け椅子にどさりと身を沈めた。

「女が服を買うのにつき合うの、大嫌いなんだ」そうつぶやく。「延々と時間がかかるし、全然決められないだろ。この遠足がいい考えかどうか怪しいと思うな！」

自分も服を品定めしていたキティは、笑った。「まあそこは耐えてもらわないと。家の前に停めた車に延々と座ってるよりはましよ。そう思わない？」

「正直言って、どっちがましか自信がないよ。ああ神よ、あとどれだけかかるんでしょう？」

永遠にも思えるほどの時間がたった頃、アメリーは試着室から出てきた。ジーンズを腕にかけ、混乱と、ほとんど怒りにも似た表情を浮かべて、「わかんない」と言った。

「ほらな」ジャックがキティに向かってつぶやいた。アメリーが決断できないのを、ジャックは最初からわかっていたのだ。

アメリーはふたつ目の肘掛け椅子に腰を下ろした。疲れ切っているようだ。「なにも買えない。もういっぱいいっぱいで」

「なにも買う必要なんかないんだから」キティは言った。「長いあいだ外に出ていなかったものね。いっぱいいっぱいになるのも無理ないわ。気持ちはよくわかる」

アメリーはいまにも泣きだしそうに見えた。「ねえ、いつかはもとに戻ると思う？　私の人生」

「もちろんよ」キティは言った。「まだ若いんだから。全部乗り越えられる。そうしたら、今回のことは全部、過去の一部になる。何度も思い出すだろうけど、いつかは生活になんの影響も与えなくなるのよ」

アメリーは首を振った。「とてもそんなふうに思えない。いまでももう昔の生活をちゃんと思い出せないのに。普通に学校に行ったり、友達とチャットしたりしてたなんて……全部、遠い世界の話に思える。あの頃はまだ小さい子供で、いまはもう子供じゃないみたいな」

アメリーの顔は青白く、痩せた小さな体で肘掛け椅子に座る姿は悲しく、寄る辺なく見えた。キティは思わずアメリーを抱きしめたい衝動に駆られた。だがアメリーがそれを喜ぶかどうか、自信がなかった。

この子は本当に辛いんだ、とキティは思った。初めて真の意味で気がついた――アメリーが心の奥で苦しんでいることに。おそらく昼も夜も、失われた生活を思って悲しんでいることに。そして新しい生活が見えず、感じられず、見つからずにいることに。

誘拐されていたあの七日間は、実は始まりにすぎなかったんだ、とキティは思った。そのあとにはアメリーが自分を取り戻すのに必要な長いプロセスが何週間も、何か月も続く。起こった出来事と折り合いをつける道が見つかるまで。アメリーは慣れ親しんだ世界から残酷に引き離された。そしていま、自分がどんな世界で生きればいいのか、もはやわからないのだ。

キティはアメリーの肩に優しく触れた。「ここは初めの一歩にふさわしい場所じゃないかもね。クリスマスの飾りとか、音楽とか、照明とか……どこか別のところに行く？　もっと自然のあるところは？」

アメリーはうなずくと、立ち上がった。車に戻る途中、アメリーはずっとキティの手を握っていた。ジャックはふたりの後ろを歩いた。店を出られてほっとしてはいたものの、なにもかも自分の手には余ると考えていた。ジャックは今回の事件を現実的にとらえていた。アメリーは確かにひどい目に遭った。それは間違いない。けれど、とても運がよかった。それに勇気と決断力があった。そしていま、すべてが丸く収まった。これからは前を向かなくては。そして事実に向き合わなくては——記憶を抑圧せず、警察に対してなにがあったのかを正確に話し、できることなら犯人とその居場所へと警察を導くこともその一環だ。そうすれば犯人は捕まり、もう誰ひとり恐れる必要はなくなる。アメリーはもはや警察の護衛のもとで部屋に閉じ込められることもなく、同じ年頃のほかの少女たちと同様、ごく普通に学校に通い、友人に会い、土曜の夜には町に踊りにいく。ジャックにとって、すべては単純明快だった。彼の目には、アメリーは自分で自分を苦しめているようにしか見えなかった。

「で、次はどこへ行く?」全員が車に乗ると、ジャックは訊いた。

「ムーアは?」アメリーが提案した。

そこで一行はムーアへと出発した。灰色の暗い日で、太陽はまったく姿を見せない。周りの風景は荒涼としていて、荒々しく、寂しかった。キティは突然、ムーアなんかに行ってアメリーの心は大丈夫なんだろうかと不安になった。なにしろいま一行は、アメリーが監禁されていたあたりを走っているかもしれないのだ。そもそもアメリーのバッグはムーアの真っただ中で見つかったではないか。けれどアメリーは少しも動揺を見せなかった。いまもまだ後部座席にキティと並んで座っているが、もう会話したいようには見えない。新しいスマートフォンを手に持ち、イヤフォンを耳に挿して、窓から外を眺めながら音楽を聴いている。

昼頃、一行は単調な谷が連なる風景の真っただ中にある、みすぼらしい外観のパブに寄った。店は開いていたが、店主は十一月の月曜日の昼に客が来るとは思っていなかったようで、あまり嬉しそうには見えなかった。メニューに載っている料理の半分は、今日は出せないとのことだった。結局三人は、奇妙な味のハーブソースがかかったジャガイモのホイル焼きと、味のしないサラダを食べた。ジャックの機嫌はどんどん悪くなる一方だった。アメリーはいまではすっかり心ここにあらずで、一言も話さず、ほとんどなにも食べず、ただ窓から外を眺めていたが、目の前のなにひとつとして、きちんと見てはいないようだった。

ひどい昼食のあと、三人はしばらくのあいだ目的もなくあたりを巡った。やがて家に戻るためにジャックがハンドルを切ったときには、すでに夕暮れどきだった。

「この暗い季節は最悪だな」ジャックは言った。

「私はきれいだと思うけど」アメリーが言った。この数時間でアメリーが口にした最初の言葉だ。

ジャックはバックミラーでアメリーの様子を確かめた。彼女の声があまりに悲しそうだったからだ。キティもそこに気づいた。アメリーは憂鬱とさえ言えそうな様子だ。キティはヘレンと話してみようと決めた。アメリーにはプロの助けがいまよりもっと必要なのかもしれない。

三人はスカボローに戻ってきたが、ジャックはアメリーの家へと続く曲がり角を素通りした。

「ガソリンを入れないといけないんだ」ジャックは言った。「いいかな?」

うつらうつらしていたキティは、はっと目を覚ました。「ええ、もちろん」と答えて、あくびをした。

通りを少し行くと、左手にガソリンスタンド〈ガルフ〉があった。一行が到着するのとちょうど同時にガソリンが必要だと気づいた人が多かったのか、狭いスタンドの敷地には車が溢れ返っていた。三人は列に並んで、給油ホースが空くのを待つ羽目になった。ジャックが苛立ち、うなった。「クソ、急になんなんだよ? まずふたりを家に送っていこうか?」

「ううん、大丈夫。ほんの数分だし」キティは言った。すっかり目が覚めて、注意力を取り戻していた。迫りくる夕闇、街灯、大勢の人と車でごった返すスタンド……実際、即座に五感のすべてを研《と》ぎ澄ますべき状況だ。確かにアメリーにとって危険であり得る人間がこの場にいる可能性はおそらくゼロに近いだろう。この場にいるためには、三人が車にガソリンを入れるつもりであることを、あらかじめ知っていなければならない。ジャック自身でさえほんの数分前までまだ知らなかったことを。相手が三人の車を一日じゅう追っていた可能性はさらに低い。ムーアの寂しい道路でなら、すぐに気づいただろうから。ジャックは常にバックミラーを視界に収めていた。

それでも、だ。キティは注意力を研ぎ澄ました。

アメリーが耳からイヤフォンを引き抜いた。「トイレ行きたい」

「すぐに家に帰るから」ジャックが言った。

アメリーはあたりを見回した。「順番が来るまでかなりかかるよ。トイレ、急ぐんだけど」

「ここにはトイレはないと思うけど」キティは言った。

アメリーは決然と車のドアを開けた。「見てくる」

キティも即座に車を降りた。「一緒に行くわ」

ジャックが怒りの声をあげた。「おい、やめろよ。それならいますぐ家に送っていくからさ……」

だがアメリーはもう聞いていなかった。給油後に料金を払ったり、飲み物や菓子やプラスチック包装されたサンドイッチなどを買えるスタンド内の小さな店のほうに歩いていく。キティはその後ろをぴったりついていった。

結局、ガソリンスタンドの客用のトイレは本当にないことがわかった。だが従業員用のトイレはあり、レジの女性はアメリーに鍵を渡して、使っていいと言ってくれた。

「本当はだめなんだけどね。だからそっと行ってね。でないと、みんなが使いたがるから」

売り場の横に狭い廊下があり、ドリンク類の詰まった箱や赤いプロパンガスボンベが所せましと置かれていた。アメリーは「従業員用」と書かれたドアに向かい、なかに消えた。キティは物で塞がれていない壁の隙間にもたれて待った。ジャックと違ってキティには、アメリーがなぜ家に帰るまでほんの数分待つこともせず、魅力的な訪問先とは言い難いこのトイレにどうしても行きたがったかが、よくわかった。アメリーは移動の自由を手放したくなかったのだ。あまりに長いあいだ奪われていた自由を。それにこれは、日常生活に戻ること、慣れ親しんだ生活に戻ることの一環でもある。そのための最初の一歩を禁じることなどできない。むしろアメリーにとって重要なことなのだ。たとえ護衛にとってはストレスであっても。

ジャックは悪い警官じゃないけど、とキティは思った。でも人の身になって考えるってことができないのよね。

キティは待った。すぐ隣の売り場では、大勢の人がレジに押し掛けていた。いまいる廊下は寒く、キティはまたしても温かいお風呂のことを夢想し始めた。そして、夕飯にはなにを作ろうかと考えた。なにかこってりした、高カロリーのものがいい。マカロニグラタン。チーズたっぷりの。こんな一日のあとに必要なのは、それだ。

キティは待ち続けた。いま頃ジャックはもう給油ホースにたどり着いたに違いない。けれどキティがいる場所からは彼の姿は見えない。

アメリーはいつになったら出てくるんだろう？

キティは廊下に置かれたたくさんの物をよけながらトイレのドアまで行き、ノックしてみた。

「アメリー？　大丈夫？」

答えはない。もう一度ノックしてみた。今度は強めに。「アメリー？　大丈夫なの？」

沈黙。キティはドアノブをつかんで揺さぶってみたが、ドアは開かない。「アメリー！」

沈黙。

キティは売り場に駆け込んだ。「トイレの鍵、もうひとつありますか？」レジの女性に大声で尋ねた。女性は苦々しい顔で振り向いた。「ありません。それに、あんまり目立たないようにしてって言いましたよね」

　店には大勢の客がいて、全員がキティのほうを見ていた。

「クソ」キティはうなった。そして廊下に戻り、もう一度ドアを揺さぶってみたが、やはり開かなかった。外に出て、ちょうど車の給油口の蓋を閉めていたジャックを手招きした。「ジャック！　来て！」

　ジャックは秒速で駆け付けた。

「アメリーがトイレにいるんだけど、答えがないの。ドアも開けないし」

　ジャックもドアノブを揺さぶってみた。いつの間にか、店にいる全員が、なにかが起きたことに気づいたようで、狭い廊下へと押し寄せてきていた。レジの女性がガシガシと人混みをかき分けて近づいてきた。「どうしたの？　ドアになにしてるの？　あのねえ、なにか壊したりしたら……」

　ジャックが彼女の目の前に警察証を突きつけた。「警察です。このドア、開けてもらえますか？」

「無理です。同僚の方にもいま言ったところですけど、鍵は一本しかないの。あの女の子が持っていったやつ、私が善意で……」

　ジャックが彼女の言葉を遮った。「トイレに窓は？」

「ええ、裏に面した窓があるけど、どうして……」

　ジャックはすでに彼女の脇をすり抜けて、外へと駆けだしていた。キティはドアの横に立った。「これからしばらくは、誰ひとりここから出ないでください！」

不平の声もあがったが、たいていの人にはキティの指示など最初から不要のようだった。なにかの事件に立ち会うチャンスを絶対に逃すものかという顔をしている。

ジャックが再び現われた。携帯に向かってなにか話している。応援を呼んでいるのだとわかって、キティは息を呑んだ。

「窓がちょっと開いてる。外から見えた限りでは、なかには誰もいない」ジャックはキティに囁きかけた。「窓の向こうは裏庭で、高い木の柵で囲まれてる。でも乗り越えられないほどじゃない。柵の向こうは住宅街で、細い抜け道から脇道に出られる」

「どうしてアメリーが窓から出て、逃げたりしなきゃならないわけ？」

「別の質問だ――誰かがアメリーをそうやってさらうことは可能か？」ジャックは混乱し、苛立っているようだった。なにしろ上から下まで理屈が通らない。アメリーがこのトイレを使うことを誰が知っていたというのか？　窓から出てこいなどと誰がアメリーを説得できるというのか？　窓からトイレに侵入し、無理やりアメリーを連れ出すことなど、誰にできるというのか？　しかもドアの向こう、二メートルと離れていない場所にいたキティに気づかれることなく。アメリーの喉にナイフを突きつけた？　もちろん、そうされればアメリーは抵抗せず、悲鳴もあげなかっただろう。

どうしてこんなことに？　どうしてこんなことに？　どうしてこんなことに？

キティの頭のなかを、その問いばかりがぐるぐると駆け巡った。誰かにあとをつけられていた？　その誰かが、アメリーがトイレに行くのを見た？　そして外から窓に近づいた？

　私が長く待ちすぎたんだ、とキティは思った。泡の立つお風呂と夕食のことをぼんやり思い描いていて、アメリーがちっとも出てこないことに気づくのが遅すぎたんだ。決定的な数分間を、ぼんやりと過ごしてしまったのだ。

　ジャックは再び外に出ていた。キティはなかで待った。やがてふたりの制服警官が駆けつけた。ひとりはその場にいた店の客たちの身元を記録し、もうひとりがレジ係の女性の怒りの抗議にもかまわず、ドアを蹴り破った。狭いトイレは、ジャックが先ほど言ったとおり空っぽだった。キティは素早く視線を走らせたが、なかのものに手は触れなかった。格闘の痕跡らしきものはなにひとつない。残された物もない。アメリーのバッグも、携帯も、イヤフォンも、なにひとつ。窓はそれほど大きくはないが、大人でも通り抜けることはできそうだった。小柄で華奢なアメリーなら簡単だろう。ただ、便座に立たなければ窓には体が届かず、窓をくぐったら反対側に飛び降りることになる。だがそれも、それほど難しいことではないだろう。アメリーが宙に消えたわけでないのは明らかなのだから、この窓から出たに違いない。自分の意思でなのか、強要されたのかはともかくとして。キティが外で見張りに立って、頭のなかでブロッコリとチーズ入りマカロニグラタンのレシピを考えているあいだに。

　キティは小さくうめいた。ケイレブ・ヘイル警部は、きっとキティを八つ裂きにするだろう。これから長いあいだ、昇進のチャンスのことは頭から締め出さねばならない。だがそのこととはまったく別に、キティはなによりアメリーが心配でたまらなかった。あの子になにがあったんだろう？

犯行現場かもしれないその場所をふたりの同僚に任せて、キティは外に出ると、コールディーヒル・レインに曲がった。ティーハウスと二軒の会社の前を通り過ぎ、隣の通りへの抜け道にたどり着いたところで、ジャックに出くわした。

「目の前がスーパーの〈プラウドフット〉だ」ジャックが言った。「あそこの駐車場もちょうど混雑してる。誰かがアメリーをさらったとしても、すぐに人混みに紛れて車までたどり着けるだろうな」

「十代の女の子を無理やり引きずっていく男なんて、目立つに決まってるじゃない！」キティは必死で言った。

「ピストルをアメリーの脇腹に突きつけてても、誰にも見えない。アメリーはそれでおとなしくなっただろうな」ジャックが言った。街灯の明かりのもとで、ジャックの顔色は真っ青に見える。彼がアメリーの身を心配していることはわかっていた。だが同時に、自分の身の心配もしていることだろう。ガソリンスタンドなどに寄ってはならなかったのだ。遅くとも、見通しがきかないほど混雑しているとわかったところで、引き返すべきだったのだ。アメリーをトイレに行かせるべきではなかった。キティは事前にトイレに窓があることを確認すべきだった。なかから鍵をかけないよう、アメリーを説得すべきだった。それに、なにかがおかしいと、もっとずっと早くに気づくべきだった。

「もしアメリーが自分から逃げたんなら」ジャックが言った。「それなら……ええと、どうしてなんだ？」

「アメリーが家に帰ってないか確認しないと」

ふたりは一瞬、黙り込んだ。それはつまり、アメリーの両親に再び娘が消えたと伝えることを意味する。

「俺たちと一緒に帰ったって、数分の違いだったんだぞ」ジャックがつぶやいた。

確かにそうだ。

ということは、おそらくは誘拐犯がいたのだ。どのようにかはわからないものの、アメリーは彼女の存在を最大の脅威と考える男の手に落ちたのかもしれないのだ。

2

これ以上ひどくなる一方の事件があるだろうかと、ケイレブ・ヘイルは自問した。〈ムーアの殺人鬼〉をめぐって彼とチームがもう何か月も足踏みしているところへ、今度はアメリーがまたしても姿を消した。しかも、彼がアメリーの護衛にと配置した部下ふたりの目の前で。

現場であるガソリンスタンドのトイレからは、事件がどのような経過をたどったのかの手がかりは見つからなかった。アメリーは自分の意思で窓によじ登ったのか？　それとも誰かに強制されたのか。だが強制されたのだとすると、その「誰か」はアメリーがまさにあの時間にあの場にいることを知っていたことになる。ジャック・オドネル巡査は蒼白な顔で、尾行されてはいなかった、ムーアの寂しい道を走り回るあいだ前方にも後方にも常に注意を払っていたし、そもそも長いあいだ他の車は一台も見かけなかった、人も視野に入らなかった、と誓った。キティ・ウェントワース巡査も同意見だった。

「あり得ません」キティはそう言った。「絶対にあり得ません」

ガソリンスタンドの人だかりを見て、ケイレブはかんしゃくを起こした。

「じゃあ、この混雑のなかにアメリーを連れていったのはどういうことなんだ？」ケイレブは怒鳴った。「いったいどういうわけで、アメリーを家に送り届けて次のシフトと交替するまで給油を待てなかったんだ？」

「危険な徴候はどこにも見えなかったもので」キティがそう弁解するあいだ、ジャック・オドネルは歯を食いしばっていた。彼が本当はケイレブに怒鳴り返したいのは、その顔を見れば明らかだった。ただキャリアを完全に棒に振りたくないから、我慢しているのだ。「尾行されていなかったのは絶対に確実です。犯人が偶然このスタンドにいたなんて……予測がつきませんでした……」

「まさにそういう危険を予測しておくのがおまえたちの仕事だろうが、クソ！　それこそがもう長いあいだ我々の悩みの種なんじゃないか。犯人はおそらくスカボローでごく普通の生活を送る人間で、どこでアメリーとすれ違ってもおかしくないんだぞ。歩行者専用道路でも、港でも、歯医者でも、またはクソいまいましいガソリンスタンドでもな。それこそが悪夢なんだ――奴にとっても、我々にとっても。だからいいか、犯人はもちろん偶然あそこにいたんだよ！　この世界っていうのはな、信じられないような奇妙で残酷な偶然に満ちてるんだ。たくさんの人間がいて、たくさんの車があって、見通しのきかない状況だったことを考えれば、百歩譲ってもおまえたちはアメリーを車から出しちゃいけなかったんだ」

「ですが、アメリーはどうしてもトイレに行きたいと……」

「それなら家に送っていくべきだった。ほんの数本先の通りじゃないか」

　ふたりはそれ以上一言も話さなかった。賢明なことに。ケイレブは我を忘れるほど怒っていたから、それ以上なにか言えば取り返しのつかないことになっただろう。

　その後、ロバート・スチュワート巡査部長がアメリーの両親のもとに向かった。そしてケイレブは、ふたりの刑事を伴ってアレックス・バーンズを訪ねた。確かにバーンズ犯人説に反する事実がいくつもあることはわかっていた。なにより、アメリーが彼を犯人ではないと言っている。それでもケイレブは、アレックス・バーンズという男に対して、ことあるごとに嫌な感覚を抱くのだ。

　アレックスのフラットのある建物の呼び鈴を鳴らしたが、応答がなかった。だが、アレックスと同じ階に住む女性が、建物の玄関ドアの解錠ブザーを押してくれた。

「バーンズさんはお留守ですよ」と、その女性は言った。「一、二時間前に車で出かけていくのを見ました」

「車で?」ケイレブは尋ねた。「こちらの持っている情報によれば、バーンズ氏は自家用車を所有していないはずですが」

女性は肩をすくめた。「先週の金曜日以来、持ってるんですよ。真向かいのニコラス・クリフに停めてあります。言ってみればうちの目の前に。だからその車に乗ってるところを何度も見ましたよ」

「レンタカーということは？」

「知りません。かなり古くてガタがきた小型車ですよ。ルノーだと思います。買ったんだとしたら中古でしょうね。すごく古いはずです。それでも急にそんなお金ができたなんて驚きですけど」

その点はケイレブも同様だった。それにもうひとつ――もしアレックス・バーンズが、どうやって手に入れたにせよ車を持っているなら、あのガソリンスタンドにいた可能性も充分にある。もちろん信じ難いほどの偶然ではある。だがケイレブはこれまでにも奇妙きわまりない出来事に遭遇してきた。だからあり得ないとは言い切れない。決してあり得ないとは言い切れない。

「今日見かけたとき、彼はひとりでしたか？」ケイレブは確認した。

「ええ。あの人、だいたいいつもひとりですよ。まあ、ここに住むようになってからの話ですから、それほど長い時間じゃありませんけど」

ケイレブと部下たちは女性に別れを告げた。バーンズは本当に家にはいないようだった。それはなにを意味していてもおかしくないし、なにも意味していないかもしれない。ケイレブはふたりの部下に、バーンズがスカボロー近辺のどこかで車を借りたかどうかを調べるよう指示した。それに最近車両保有者として登録されたかどうかも。どちらの場合も正確な車種とナンバーが必要になる。

そのあとケイレブは、デボラとジェイソン・ゴールズビー夫妻のもとに向かった。


アメリーはトイレの窓から外へ出て家へ帰ったのではないかというわずかな希望は、いまや関係者の誰もが捨て去っていた。アメリーは家に帰ってはいなかった。警官たちが可能性のある帰り道をすべて調べたが、どこにもアメリーの痕跡はなかった。硬直したようにリビングに座るデボラとジェイソンは、たったいま彼らの身に再度起きたことを、とても理解できないでいるようだった。娘が行方不明になったことを。悪夢が現実になった。警察はアメリーを守ることができなかった。アメリーは消えてしまった。

「犯人に捕まったんだ、そうですよね？」ケイレブがリビングに足を踏み入れたとたんにジェイソンの口から出たこの言葉は、問いというよりは確認に近かった。「アメリーを一度さらった男が、またやったんだ。アメリーが証人になるのを防ぐために」

ケイレブ・ヘイルはなだめるように両手を上げた。「まだわかりません。そうでないことを示す事実もたくさんあります。部下たちは一日じゅう誰にもあとをつけられてはいなかったと確信しています。アメリーがあの時間にあのガソリンスタンドにいることを、犯人が知っていたはずはありません。あそこに行くのは、オドネル巡査がとっさに決めたことですから。誰ひとり事前には知らなかったんです」

ジェイソンは手で顔をぬぐった。突然、実年齢よりもずっと年を取ったように見えた。「犯人が偶然そこにいた可能性はある」

「偶然の出番をあまり増やしすぎるのはどうかと思いますよ」そう言いはしたが、ケイレブ自身、もう何時間も前からジェイソンと同じことを考えていた。信じられないほどの偶然だったのだと。警察は、近い将来アメリーが日常生活に戻ることになったら、まさにそんな偶然があるかもしれないと恐れていた。アメリーを気絶させて誘拐し、監禁した犯人が、アメリーがその顔を終生忘れないであろう犯人が、偶然どこかに居合わせるのではないかと。なんらかの状況で、なんらかの場所で、なんらかの瞬間に。そしてそのチャンスにすべてを賭けようと決意するのではないか。アメリーの存在によってもたらされる大きな危険を取り除こうとするのではないか。つまりアメリーを消そうとするのではないかと。

「でも、可能性はあります」ジェイソンが言った。

ケイレブはまたしてもごまかした。「考え得る可能性はほかにもたくさんあります。先ほどヘレン・ベネット巡査部長とあらためて話をしてみました。彼女はここ数週間で誰よりもアメリーの近くにいた人物です。彼女によれば、アメリーの心理状態はかなり悪かったということです。苛立っており、自分の殻に閉じこもり、心のなかのあれこれに思い悩みながら、口には出そうとしなかった。今日の外出中ずっとアメリーの隣にいたウェントワース巡査は、アメリーは鬱状態だったとまで言っています。ですから、アメリーが自分の意思で窓から出て、行方をくらました可能性もあります」

ここでデボラが初めて口を開いた。「どこへですか?」その声はかすれていた。「わかりません。でも、いまの状況から逃れたかったんでしょう。もう何週間も普通の生活を送れず、事件のことで思い悩んでいたんですから。同時に、彼女が事件について思い出して話してくれるのを我々皆が熱望していることも感じ取っていたでしょう。そのプレッシャーにも耐えかねたのかもしれません」

「でも、あの子はどこにも行きようがありませんよ」ジェイソンが言った。「行く場所なんて……あの子が行けそうな場所なんてどこにも……」

「アメリーが前回行方不明になったときに作った、友人と知人全員の名前と住所のリストがまだあります。すでに彼ら全員にあらためて連絡を取り始めています。ほかにもなにか思いつきませんか? 人とか、場所とか?」

ジェイソンは絶望的な顔で首を振った。「あのときにもう全部お話ししました。全員の名前をお教えしました」

「それでも、ふとした拍子になにか思いつくこともあります」

沈黙。やがてデボラが両手で顔を覆い、「もう耐えられない」とつぶやいた。「もう耐えられない。もう耐えられない」そう繰り返しながら、上半身をゆらゆら揺らす。「もう耐えられない」

ジェイソンが妻の肩を抱いた。デボラは嗚咽《おえつ》をこらえて、息を漏らした。

ケイレブは唇を嚙んだ。彼らが再度これほどの絶望を味わうところを目にするとは……。

それでも仕事を続けなければ。質問を続けなければ。アメリーが姿を消してから二時間半がたっている。時間はどんどん過ぎていく。

「アレックス・バーンズの自宅を訪ねたところ、留守でした」ケイレブは言った。

ジェイソンが驚いたようにケイレブを見つめた。「まだアレックス・バーンズを疑っているんですか？」

「どのような形にせよ、事件に関わった人物だと考えているだけです」ケイレブは答えた。「これからミスター・チャップランドからも話を聞くつもりです。事件になんらかの形で関わる人間は誰ひとり除外しません」

「なるほど」ジェイソンが言った。「私がアレックス・バーンズに対して深い嫌悪感を抱いていることはご存じですね。それでも……あの男が誘拐犯かと言われると……」

「そういった判断は、ときに大きく間違うことがあります」ケイレブは言った。そして、自分がこれまで何度「そういった判断」で間違ってきたかを考えた。

「とにかく」と続ける。「我々はアレックス・バーンズには会えませんでした。ですが隣人の証言で、彼が数日前から車を所有していることがわかりました。彼が持ち主なのか、借りた車なのか、いま調べているところです。いずれにせよ、バーンズが急にどこから金を手に入れたのか不思議に思っています」

ジェイソンはほんの一瞬ためらったが、いまは隠しごとをするべきときではないと判断した。

「バーンズは先週、我々から三万ポンドを受け取りました。その金ですぐに中古車を買うと言っていましたよ」

「三万ポンド?」ケイレブはわけがわからなかった。「とんでもない金額じゃないですか!」

「ええ」ジェイソンが言った。「そのとおりです」

「どうしてアレックス・バーンズにそんな大金を渡したんですか?」

デボラが顔を覆っていた両手を下ろした。その目が大きく見開かれていた。「本人が言った金額なんです」

「なんの金額ですか? なんのための金なんです?」

ジェイソンは深く息を吸い込んだ。そして、あの停電の夜になにがあったかを話した。

ケイレブは爆発しないよう自分を抑えねばならなかった。アレックス・バーンズがあの晩ゴールズビー家を訪ねたことは知っていた。だが恥知らずにも金を要求していたことは、ジェイソンからもデボラからも聞いていなかった。だからいつものようになにかをせしめに来たのだと思っていた。バーンズはそれまでにもいつも、そのためにアメリーの家族を訪ねていたから。

「あれは一種の……最終取引だったんです」ジェイソンが言った。「バーンズは、それだけの金を受け取ったらもう二度と私たちの前に現われないし、二度と連絡しないと約束したんです……私たちも一晩じゅう、眠れないほど悩みましたよ。警部、それは信じてください。我が家の経済状態はバラ色とはほど遠いんですからね。でも結局……」

「もうあの人に関わり合いたくなかったんです」デボラが言った。「でもあの人がうちの娘の命の恩人であることには変わりありません。だからなにか差し上げなくてはと思ったんです。

でないと自分たちが恩知らずで礼儀知らずな人間になるような気がして」

「あのままずるずる続けるわけにはいかなかった」ジェイソンが口を挟んだ。「あの男にぴったりはりつかれて、あれもこれもとねだられて……フラットの家賃を払え、あちこちへ車で送っていけ……デボラはバーンズに新しい服まで一揃い買ってやったんですよ。ずっとそんなことばかりで、いつまでも終わらなかった。だから思ったんです。あの男にこれだけの大金をくれてやれば、はっきり感謝の念を伝えたことになるんじゃないかって。もちろんアメリーの命はもともと金に換算できるものじゃありません。でもおわかりでしょう……そうすればバーンズはもう過去の人になる。すべてが過去のことになる。そう思ったんです」

「わかります」ケイレブは言った。「でも、私に知らせていただきたかった。話してくださるべきでした」

「お話ししたら止められるんじゃないかと、怖かったんですよ」ジェイソンは言った。「私たちにとっては、それしか道がないと思えたので」

「わかります」ケイレブは再び言った。同時に必死で頭を働かせた。一週間ほど前、アレックス・バーンズはゴールズビー夫妻に、三万ポンドを払えば知り合わなかったことにしてやると提案した。ゴールズビー夫妻は承諾し、バーンズに金を渡した。バーンズは夫妻に話したとおり、すぐにその金で車を買った。その後いくらもしないうちにアメリーが自宅の近所にあるガソリンスタンドで姿を消した。

「つながっている」ケイレブはつぶやいた。「すべてつながっている」

それ以上大きくなりようがないように思われたデボラの不自然に見開かれた目が、さらに大きくなった。「なにか違ってたんですか？　いまのこの事態のことです。もしも彼にお金を渡さなかったら、なにか違ってたんですか？」

ジェイソンはすでにケイレブの思索の流れを読んでいた。「アメリーはガソリンスタンドで連れ去られた。バーンズは最近、車を買った。そこにつながりがあると考えておられるんですね」

「なんてこと」デボラがつぶやいた。

ケイレブは落ち着かせようと両手を上げた。ゴールズビー夫妻がケイレブに相談もなしに行動したことに怒ってはいたが、ただでさえ絶望しているこのふたりをさらに責めてもしかたがない。「いまのところ、そもそもアメリーが誘拐されたのかどうかさえ不明なんです。それにバーンズが関係しているのかもわかっていません。単に車でどこかに出かけているだけで、今回のこととはなんの関係もないのかもしれませんし」

「でも警部さんは、バーンズが関係あると考えているんでしょう」ジェイソンが言った。

「その可能性を排除するわけにはいかないというだけです」ケイレブは言った。確かにそのとおりだった。可能性を排除できないという事実以上のものは、なにひとつ手のなかにない。アレックス・バーンズが今回の件に首までずぶずぶに浸かっていて、近いうちに塀の向こうに消えることになるだけの確たる証拠を、喉から手が出るほど欲しているというのに。

バーンズは車を所有している。決定的な瞬間に、決定的な場所にいた。バーンズはゴールズビー家を見張っていたのかもしれない。そして、アメリーと警官ふたりが車で出かけていくのを見たのかもしれない。

経験豊かなジャック・オドネル巡査にも、頭がよくて有能なキティ・ウェントワース巡査にも気づかれることなく車を尾行することが、バーンズにできただろうか？

非常に考えにくい。だがもちろん、絶対にあり得ないとまでは言えない。

「これからどうするんですか？」デボラが訊いた。

「地域一帯を隈なく捜索します。どうかおふたりはご自宅にいらしてください。アメリーが帰ってくるかもしれませんから。アレックス・バーンズの車のナンバーを調べて、捜索を手配します。事件のあった時間にガソリンスタンドにいた人間の住所氏名はもう手元にありますので、これから身元を調べていきます」法的に許される範囲で、と、心のなかで付け加える。自由に捜査ができる余地はあまりない。だが、それはいまアメリーの両親と話し合うべきことがらではない。

「それに、これからすぐにデイヴィッド・チャップランドを訪ねます」ケイレブは言った。

「どうして彼を？」ジェイソンが訊いた。

「チャップランドもあの晩港にいたんですから」ケイレブはそう言って、またしても心のなかで付け加えた。それに、なぜ港にいたのかについてのあの男の説明にはとても納得できないので、と。

それもまた他人の耳に入れるべきことがらではなかった。

3

　ケイレブ・ヘイルがシー・クリフ・ロードにあるデイヴィッド・チャップランドの自宅の呼び鈴を鳴らしたとき、家の主はちょうど料理をしていた。チャップランドの家はケイレブ自身の自宅のすぐ近くだ。ケイレブは先ほど通りの一番端にある海を臨む駐車場まで行ってみた。もちろん、チャップランドがあの晩港から帰る際に、まずは海岸沿いの道を通り、その後ここまで急な砂利道を上るつもりだったとしても理屈は通る。その道順だったから、必然的にバーンズが海のなかにいるアメリーの手をつかんでいた場所を通りかかることになったわけだ。だがこの通りのほうが街灯があって明るいし、ずっと近道だったことも事実だ。

「海が好きだから、嵐の夜に海沿いを歩いていた」ケイレブはつぶやいた。実際にそのとおりなのかもしれない。好みは人それぞれだ。それでも、やはり……奇妙ではある。

　玄関ドアを開けたチャップランドはジーンズにTシャツ姿で、素足だった。上階からはおいしそうなにおいが漂ってきていた。ケイレブは朝食以来なにも食べておらず、激しい空腹を感じた。だがいまはそんなことにかまっているときではない。少女が行方不明なのだから。

　ケイレブは警察証をチャップランドの鼻先に突きつけた。「ケイレブ・ヘイル警部です。以前お話をうかがったことがありますが」

　チャップランドはうなずいた。「ええ、憶えています。海から引っ張り上げるのを私が手伝った女の子のことで」

「少しお邪魔してもかまいませんか?」ケイレブは訊いた。

「どうぞどうぞ!」チャップランドは一歩退いて、ケイレブを通した。「キッチンに来ていただいてかまいませんか? ちょうどコンロに鍋が……」

「もちろんです」ケイレブはチャップランドについて階段を上がり、明るい照明の灯った暖かなキッチンに入った。中央に置かれた大きなテーブルの上では蠟燭が燃えていて、蠟が木製の天板に滴っていた。その横にはオレンジが入った器、使い終わったコーヒーカップがいくつか、それに食べかけのケーキ。コンロでは素晴らしい香りを放つなにかがくつくつと煮えている。窓には星形のクリスマスの飾り。デイヴィッド・チャップランドが自宅にいるときは主にこの空間で生活していることは明らかだった。このキッチンに座り、新聞を読み、サイドボードに置かれた小さなテレビでサッカーを見て、料理をし、客を迎え入れるのだろう。このキッチンを見るだけで、チャップランドという人に好感を抱くには充分だ。ケイレブはそう感じたが、その感覚に引きずられることはなかった。外部に見せる素晴らしい人物像とはまったく異なる実態を持つ人間を、これまで見すぎてきたからだ。

コンロの隣のサイドボードの上に、栓を開けた白ワインのボトルが置いてあった。ケイレブはキッチンのドアを入った瞬間、すでににおいを感じ取っていたが、いま初めてその出所がわかり、気を引き締めなおした。

酒のことは考えるな。別のことに集中しろ!

その対処方法は、依存症治療クリニックのセラピストの忠告とは違っていた。むしろ正反対だ。

「残念ながら、我々人間は必死で考えまいとすればするほど、そのことを考えてしまうものなんです」セラピストはかつてそう説明した。「なにかを頭から締め出そうとするその努力のせいで、逆にそのなにかに意識を集中してしまう。ですから、もしアルコールに対して反応することがあったら、放っておくことです。ありのままを受け入れるんです。抵抗しなければ、悪魔は力を失います。言ってみれば、抵抗を感じないと悪魔も面白くないんですよ」

その説明に当時のケイレブは深く納得した。だが、どうしても実行に移すことはできなかった。あのセラピストは依存症の人間について多くの知識を持ってはいた。だが彼自身は依存症患者ではなかった。だからアルコールに対する反応がどんなものかを、理論上でしか知らなかった。一方ケイレブには豊富な実地体験があった。不思議なことに、いつもまず脚が熱くなり、肌がぴりぴりし始める。同時に頭のなかにかすかな感覚が広がる。めまいに似た感覚だが、世界が目の前でぐるぐる回るわけではない。ただ頭が重力を感じなくなり、周りの光景や音が遠のいていく。手が軽く震え始める。そして唐突に顔にべったりと汗の膜が貼り付く。ケイレブが一番辛いのはそれだった。体のその他の部分の不快な反応は、少なくともケイレブひとりが感じるもので、誰にも知られることはない。手の震えさえ、いつもなんとか隠すことができる。だが汗は他人の目に映る。そして、事情を知っている者がそれを見れば、やっぱり、と思うだろう。

ケイレブはアルコールに対する自分の反応を受け入れることができない。これからもできないままだろう。とにかく反射的に抵抗してしまう。どうすれば抵抗をやめられるのか、見当もつかなかった。

チャップランドは食器棚からグラスを取り出して、ワインボトルをつかんだ。「ワインを一杯いかがですか?」

ケイレブは手を振って断わったが、自分の動きがあまりにぎこちなく、せわしないような気がした。「ありがとうございます。でも結構です。勤務中ですので」

「それは残念ですね。素晴らしいワインなんですよ。南フランス産の」

「せっかくですが」突然、顔に汗がにじんだ。熱くじっとりした汗が。同時に秒速で口が乾き、ぼってりした舌の詰まったからからの空洞になった。唾を飲み込もうと奮闘しながら、同時にハンカチで汗を拭きたい衝動に抗《あらが》った。そんなことをすれば、自分の状態をさらにはっきりと人目にさらすことになるのではと心配だったからだ。おまけに両手が激しく震え始めた。それも汗との組み合わせで余計に目につくことだろう。そして目の前の相手は、正しい答えを導き出すことになる。

チャップランドは自分用にワインをグラスに注ぐと、コンロの前でトマトソースをかき回し始めた。「どうぞお座りください、警部。ご用件はなんでしょう?」

ケイレブは立ったままでいた。座るということは、栓の抜かれたボトルに近づくことでもある。そんなことをすれば、いま出ている症状がひどくなるだけだ。

「アメリー・ゴールズビーの件です」ケイレブは言った。「姿を消しました」

ケイレブはチャップランドの表情を注意深く観察した。彼の顔には驚きが表われた。混乱しているように見えた。だがそれは悪事が暴かれた人間の顔ではなかった。

「姿を消した？　また、という意味ですか？」

「再度誘拐されたと考えています。犯人にとってアメリーは依然として非常に危険な存在ですから。なにしろ犯人の顔を見分けることができるんですからね」

「なるほど」チャップランドが言った。そしてワインをがぶりと一口飲んだ。「恐ろしい話ですね。いつのことですか？　見張りはついていなかったんですか？」

「ついていました。ですが不幸な偶然が重なって、人の多い公共の場所で、見張りの目の届かない時間ができてしまったんです。ただ、アメリーがその場所にいるのをどうして犯人が知ることができたのかは、いまだに謎なのですが。まあ、どういうわけか知っていたのだと考えざるを得ません」

「なんてことだ」チャップランドが言った。そして片手で髪をかき回した。「かわいそうに。あの子も、ご両親も！」

「ミスター・チャップランド、お訊きせねばならないことが。今日の夕方四時半から五時半のあいだ、どこにいらっしゃいましたか？」

チャップランドの顔に驚きの表情が浮かんだ。それはすぐに理解の表情に取って替わった。たとえこれまでそれほど目をつけられてはいなかったにせよ、自分はいまだに容疑者のひとりなのだと。

「ここにいました」チャップランドは言った。「自宅に」

「四時半にもう？　港に会社をお持ちですよね。今日そこを出たのは何時でしたか？」

「三時半です。早いですよね、確かに。でも冬にはそれほど仕事がないんです。それに自宅で仕事をすることも多いですしね。ほとんどはインターネットで済みますから」

「会社から直接ご自宅に？」

「買い物に寄りました。夕食の材料を買いに」そう言って、チャップランドはコンロを指した。

「そのあとは直接家に帰りました」

「誰かそれを証言できる人は？」

チャップランドは一瞬ためらった。「買い物にはひとりで行きましたからね。それに帰ってくるときもひとりでした」

「そのあとは？　あなたが四時半以降この家にいたことを証言できる人は？」

「います」ケイレブの背後で声がした。「私です。私が証言できます。ここにいたので」

ケイレブは驚いて跳び上がった。文字どおり空気を求めてあえいだ。

目の前にいたのはケイト・リンヴィルだった。

そもそもなぜここにケイトがいるのかもさっぱりわからなかったが、さらにわけがわからないのはケイトの格好だった。髪は濡れていて、むき出しの脚に素足、おまけにケイトには大きすぎる紺色のバスローブを着ている。おそらくデイヴィッド・チャップランドのものだろう。ちょうどシャワーから出てきたばかりのようだ。

いったいどうして、と、なかなか回転しようとしない頭でケイレブは考えた。どうしてケイトがチャップランドの家でシャワーを浴びて、チャップランドのバスローブを着ているんだ？

「ケイト？」ケイレブは訊いた。まるでそう訊けば、目の前の女性はやはり別人で、ただ彼の知っているケイト・リンヴィルに信じられないほど似ているだけだと判明するのではないかというように。

「ええ」ケイトが言った。

ケイレブはケイトからチャップランドへ、そしてまたケイトへと視線をめぐらせた。

「ここでなにを？」ケイレブは訊いた。

「え、知り合いなのかい？」チャップランドが驚いたように訊いた。

「ヘイル警部は父の殺人事件を捜査してくれたの」ケイトが言った。「そのときに知り合ったの」

「へえ」チャップランドが言った。突然この場の空気が張り詰めたことには気づかないようだ。

「ケイト、驚いたよ、あの女の子がまた誘拐されたんだって。アメリー・ゴールズビーが」

「なんですって？」ケイトは驚愕の目でケイレブを見つめた。「護衛がついていたじゃない！」

「誘拐されたのかどうか、まだはっきりとはわからないんだ」ケイレブは言った。「だが、いずれにせよアメリーは姿を消した。ガソリンスタンドのトイレに行ったときに。護衛ふたりと一緒に外出した帰りだった」

「信じられない！」ケイトが言った。

「ああ」とケイレブは答えた。ことの次第をかいつまんで説明できる程度には、頭は明晰《めいせき》に働いていた。だがそうしながらもケイレブは、この状況を理解しようと必死だった。ゆっくりと事態が飲み込めてきた。ケイトは――ケイトが？――どうやらデイヴィッド・チャップランドと関係を持っているようだ。ケイトは男性と関係を築けない。ケイトと男性関係――それだけですでに、想像の限界を超えている。ケイトは男性と関係を築けない。情事であろうと、恋愛関係であろうと。理由はともかく、それが事実だった。それこそがケイトの悲劇だった。その状況が変わるなどと、ケイレブは夢にも思ったことがなかった。

だがさらに不思議なのは、ケイトがケイレブの捜査する誘拐事件の、いや、場合によっては殺人事件の容疑者のひとりと寝ている――ほかに言いようがない――ことだった。

なんとも……不可解だった。

このキッチンでいま三人が顔を突き合わせているのも、やはり不可解な状況だった。

「誰かがトイレでアメリーに襲いかかって、どうやってかはともかく、誘拐したっていうの？」ケイトが訊いた。

そうだ、ケイトも刑事だ。あらゆる事情をすぐに知りたがるのは当然だ。

「一般用のトイレじゃなかった」ケイレブは言った。「ガソリンスタンドの従業員用だったんだ。アメリーは従業員に頼んで鍵をもらって、例外的に使わせてもらった。ウェントワース巡査がドアのすぐ前で見張りについていた。だが、トイレのなかには窓があった。それほど高い窓でもないし、人が通り抜けられる程度の大きさもある。その窓が開いていた」

「ウェントワース巡査は事前にチェックしなかったの？」

「しなかった」

「その窓はどこに面してるの？」

「修理が必要な車が何台か置いてあるだけの裏庭だ。あの時間、そこに人はいなかった。とはいえ、裏庭の周囲は住宅街だ。部下たちが住人に聞き込みをしているが、いまのところなにかを見たという人間はいない。すでにかなり暗くなっていたし」

「でもその裏庭には照明があったはずよね」ケイトが言った。「それに、女の子が抵抗しながら無理やり引きずられていったんなら目立ったはず」

「抵抗したのならな。だが犯人が武器を持っていて、それで脅したとしたら、アメリーはおとなしくついていくしかなかったかもしれない」ケイレブは言った。

「裏庭からはどうやって出るの？」ケイトが訊いた。

デイヴィッドが微笑みながらケイトを見つめ、それからケイレブのほうを向いて言った。

「さすがは犯罪事件が専門の記者だ。そう思いませんか？」

ケイレブは驚いて、突然こわばったケイトの顔を見つめた。ケイレブはなにも言わないでおいたが、すぐに事情を悟った——だからケイトはチャップランドと知り合ったのだ。ケイトはまたしても管轄外の事件に首を突っ込んでいるのだ。だが少なくとも今回は用心して、刑事だとは明かさず記者を装って情報を手に入れようとした。そして話を聞きに行った相手のひとりと関係を持ち、いまさら嘘だと言えなくなってしまったというわけだ。

おめでとうケイト、とケイレブは思った。いつか本当のことを知ったら、チャップランドはさぞ喜ぶだろうな。

ケイトの私生活はケイレブには関係のないことだ。だが、ケイレブの管轄である事件に彼女が首を突っ込んでいるとなれば話は別だ。だがいまはそのことを話し合うときではない。そのうち機会が訪れるだろう。

ケイトの問いにまだ答えていないことに、ケイレブは気づいた。

「裏庭は柵で囲まれている。乗り越えるのはそう楽じゃないが、不可能でもない。表のガソリンスタンドを通って逃げるのは事実上不可能だ。オドネル巡査がちょうどガソリンを入れていたから、当然気づいたはずだ」

もちろんだ。さっきは怒りのあまり、ふたりの巡査に無能の烙印を押したが、実のところふたりがきちんと訓練を受けていることも、決して馬鹿ではないことも、ケイレブはよくわかっていた。

「住宅街の小道に続く抜け道があるんだ」ケイレブは続けた。「犯人はそこに車を停めていたのかもしれない。またはすぐ向かいの大型スーパーの駐車場に。あの時間、スーパーは非常に混み合っていたから、おそらく誰にも気づかれなかっただろう」

「なるほど」ケイトが言った。彼女の頭のなかが高速回転しているのが目に見えるようだった。

「なるべく早く見つけてください」チャップランドが言った。「あの子がいまどんな気持ちでいるか。でも残念ながら、私は本当にこれ以上お力になれないんです。ケイトと一緒にここにいましたから」

「そのとおりよ」ケイトが言った。ケイトの濡れた髪から水が滴り、バスローブのふわふわの生地に沁み込んでいく。

彼女はどこか変わった、とケイレブは思った。以前より柔和になった。張り詰めたところがなくなった。

だがひとつ、確かなことがある。ケイト・リンヴィル巡査部長は、たとえ心底ほれ込んだ男のためであっても、嘘をついたりはしない。この種の事件に関連することでは、決して。だからチャップランドは自分と一緒にここにいたとケイトが言うならば、そのとおりなのだ。そしてデイヴィッド・チャップランドにとって、スコットランド・ヤードの刑事の証言にまさるアリバイはないだろう。

ケイレブの携帯電話が鳴った。画面を見ると、ロバート・スチュワート巡査部長からだった。ロバートは興奮していた。「サー、アレックス・バーンズが車を買ったことがわかりましたよ。先週の金曜日に車両登録所に登録しています。ナンバーと車種もわかりました。ルノーです。ちなみにまだ自宅には帰っていません」

「手配しろ」ケイレブは言った。

ケイトがケイレブに素早く視線を投げた。ケイレブはそれを受け止めたが、なにも言わなかった。それでも、誰の話をしているのかをケイトが理解したのがわかった。その顔には疑念が見えた。

かまうものか。これは俺の事件だ。責任者は俺だ。バーンズを仕留めてやる。

あとは捕まえるだけでいい。

十一月十四日火曜日

寒い。死ぬほど寒い。それに死ぬほどお腹がすいた。

マンディは毛布をさらにきつく体に巻きつけようとしたが、もうすでに繭《まゆ》のなかの蛹《さなぎ》のようにしっかりと包まれていて、これ以上は無理だった。腹立たしいのは、右手が壁の鎖につながれていて使えないことだ。そのせいで毛布を首元にきつく巻くことができない。肩がどうしてもはみ出てしまい、そこから寒気が入り、全身に沁み込んでいく。しかも腕にはすでに血が巡っておらず、しびれていて、指にもほぼ感覚がなかった。もう一方の腕には火傷があり、痛む――いや、燃えるようだ。左腕はマンディの全身でほぼ唯一の熱を持った場所だったが、それは快適な熱ではなかった。皮膚の下がどくどくと脈打っていることから、傷が炎症を起こしているのがわかる。もう包帯はなかったが、冷却用のジェルはまだ少し残っていた。すぐに傷にジェルを塗らねば。そして使用済みの包帯を巻き直すしかない。このうえ全身に菌が回ってはたまったものではないとはいえ。

マンディは一日と一晩泣き続けた。そしていま、涙は枯れ果てた。力も残っていない。座り直して、毛布を少しどかし、火傷の手当てをする力さえない。

でもやるんだ、とマンディの内なる声が言った。やるんだ!

うめきながらも体を起こした。部屋の反対側にある窓には格子がはまっているものの、鎧戸は付いていない。だからマンディのいる場所からは空が見えて、いまが昼なのか夜なのかがわかる。いまはちょうど、早朝の薄闇が曇った昼間の弱々しい光に代わりつつあるところだ。部屋のなかのものが、夜のあいだ包まれていた闇から抜け出て輪郭を現わしつつある。だが目新しいものはなにひとつない。もうこの部屋のことなら知り尽くしている。タイル張りの床。そこに敷かれた何枚かの古いカーペット。格子のはまった窓、白いペンキが剝がれかけた窓枠。角を曲がった奥には廊下があり、玄関ドアに続いている。部屋の向かい側にも廊下があり、こちらは家の裏に続いている。部屋の窓の下には肘掛け椅子が二脚、向かい合って置かれている。それに壁際には背の低い本棚があり、読み古されたボロボロの本が何冊か入っている。マンディは本棚に手が届かないが、たとえ届いたとしても、本を読みたい気分かどうかは疑問だった。置いてあるのは主に恋愛小説で、もともとマンディの好きなジャンルではない。美しい女と逞しい男ばかりが出てくるゴミみたいな話だ。いまのこの監禁状態は言うに及ばず、マンディの住む世界とはかけ離れていて、さっぱり魅力を感じない。マンディは本を読むときには、いつも自分とのなんらかのつながりを探す。とはいえ、もともとそれほど読書をするわけでもない。

部屋にはほかになにもない。目の前にある必需品以外には——体を洗うための水が入ったバケツ。ただし、水は飲んでしまったので、いまはなにも入っていない。排泄用のもうひとつのバケツ。ペットボトル一本。これももともとは水が入っていたが、いまはやはり空っぽだ。それにサンドイッチが入っていた空っぽのプラスチックのパック。ジェルのチューブ。それだけ。ほかにはなにもない。部屋の隅に置かれたちゃちなガスストーブを除けば。ストーブの火はもう何日も前に消えてしまった。おそらくガスがもうないのだろう。だがマンディはある意味、少し安心してもいた。少なくともこれで、ガス爆発が原因でこの家が突然火に包まれることはない。もし選べるなら、焼け死ぬよりは寒さに震えながら死ぬほうがましだ。マンディには焼死がなにより怖かった。

だがもちろん、どういう形であれ死にたくなどない。ゆっくりと苦しみながら死んでいくのはなおさら嫌だ。

毛布が肩からずり落ちた。マンディは一瞬動きを止めて、さらなる寒さが襲ってくるのを覚悟した。だが実のところ違いはほとんどなかった。すでにもう骨まで凍えている。こんなボロボロの毛布一枚では、もともと足りないのだ。

鎖が伸び切るところまで壁から体を離し、ジェルのチューブを手に取った。それから火傷をした腕に貼り付いた包帯を苦労しながら少しずつ剝がしていった。痛いうえに、鎖で片腕をつながれているため難しい。いったいどうしてこの家を自由に歩き回ることを禁じられているんだろう？　窓には格子がはまっているし、ドアにも錠が下りている。ここから出ることなど、どうせ不可能だというのに。それに大声で叫んで誰かの注意を引くという方法も無意味だった。ここに連れてこられたのは夜遅くで、あたりは暗かったとはいえ、ここがどこかの荒野にぽつんと建つ完全に孤立した家だということはわかった。あたりは荒涼とした高原で、東には海があり、海岸はおそらく急な崖になっているのだろう。近くをハイキングコースが通っているのかもしれないが――イギリスでは、海岸地域にはハイキングコースが張り巡らされている――この季節に誰かがここまでやって来る可能性は非常に低い。そもそもこんなところに家があること自体が不思議だ。もしかしたら以前はハイカーたちが体を休め、食べ物や飲み物を買うことのできる場所だったのかもしれない。だが採算が取れなくて廃業になったのだ。そうだとしたら、このあたりにやって来る人間の数はやはり知れているということだ。つまり、ほとんど誰も来ないのだ。

腕はひどい有様だった。包帯を取るのがどうしてあれほど痛かったのか、ようやくわかった。傷は膿《う》んでいて、膿《うみ》が包帯にへばりついていたのだ。もともとの火傷はいまや獣に嚙まれた傷かなにかのように見えるが、その周り一帯の皮膚が赤くてらてらと腫れ上がっていた。

「やばい」マンディはつぶやいた。

ジェルを腕に塗りつけた。だが本当はもっとちゃんとした薬が必要だ。ただ冷やすだけのこんなジェルでは足りない。この火傷がここまで手に負えなくなったのは、いつのことだろう？以前は確かに重傷ではあったけれど、一度でも医者に行ってきちんと手当てを受けていれば、ここまでひどいことにはならなかったはずだ。だがマンディは、何週間も通りをうろうろし、怪しい場所で寝泊まりしていて、腕の手当てはたまにしかできなかった。あのムカつくブレンダン・ソーンダースの家に泊まっていたときが、まだ一番よかった。あの男は鬱陶しいことこのうえなかったとはいえ、きちんとしたフラットに泊まれて、シャワーも浴びられたし、ブレンダンが毎日何度も包帯を取り換え、効き目のありそうな薬を塗ってくれた。あの男が警察に通報さえしなければ……あのままあそこにいてどうなったにせよ——いま頃家に帰っていたか、施設か里親のもとに引き取られていたか——どんなことでもいまのこの状況よりはましだった。

「マミー」マンディはつぶやいた。「マミー、会いたいよ」

こんなふうに思ったことは、これまで一度もなかった。考えたことがないから、もちろん口に出したこともなかった。パツィ・アラードには「マミー」らしきところはまったくなく、マンディはこれまで母親に守ってもらいたい、傍にいてほしいと自分が願ったことがあったかどうか思い出せなかった。パツィは子供を守ることも、傍にいてやることもできない人間だ。だからそんなことを願っても無意味だった。だがいま、命の危機に瀕したこの状況でなら……パツィは助けてくれるはずだ。もちろん。彼女がどんな人間であろうと、どんな状態にあろうと、これほどの危機にある娘を見捨てたりはしないはずだ。

マンディは包帯をまた腕に巻いた。片手で巻くこと自体がすでに難しかったが、その手が鎖でつながれているとなるとなおさら重労働で、失敗と再挑戦の繰り返しだった。包帯はかなり汚れていて、毛布の毛がくっついていた。包帯のせいでむしろ傷が悪化することがありませんようにと、マンディは祈った。

なんとか包帯を巻き終わると、ぐったりとへたり込んだ。一日たつごとに、一時間過ぎるごとに、体が衰弱していく。もう三十六時間以上なにも食べていないし、飲んでもいない。しかも最後の食事はパサパサのサンドイッチひとつだ。ただ、一番の問題は喉の渇きだった。渇きを癒やすためなら、水溜まりの水だって飲んだことだろう。なにも飲まずに、人はどれほど生きられるものだろう？　マンディはよく知らなかったが、それほど長い時間でないだろうと想像はついた。激しい空腹を感じてはいたが、それは水に比べれば些細な問題だった。喉の渇きのせいで感じるパニックのほうがずっと大きい。

空っぽのペットボトルをつかんで、乾いてひび割れた唇に当て、ボトルを握りつぶすほど押してみたが、水はもう一滴も落ちてこなかった。怒りのあまりボトルを部屋の向こう側へ投げつけそうになったが、最後の瞬間に思いとどまった。そして手の中のボトルをじっと見つめた。先ほどの疑問がよみがえってきた――私はなぜ鎖につながれているのだろう？　この牢獄からはどちらにしても逃げられないというのに。

いや、逃げられないと考えるのは間違いかもしれない。なぜなら、答えは明白だからだ。自分が鎖につながれているのは、逃げることに成功する可能性があるからだ。この家は結局のところ、見かけほどしっかり閉ざされてはいないのだ。

ということは――この腕から鎖を外して、ここから脱出する道を探さなければ。

以前、スティーヴン・キングの本を読んだことがある。その本に出てくる女性は、いまのマンディとほぼ同じ境遇に陥った。つまり、寂しい場所にある一軒家で鎖につながれたのだ。壁にではなく、ベッドに。とはいえ彼女は誘拐されて連れてこられたわけではなく、そこは彼女自身の別荘だった。彼女はそこで夫とともに情熱的な週末を過ごしていた。「情熱的な週末」にはセックスと手錠も含まれていた。マンディはなんとも気持ちが悪いと思ったし、実際、小説のなかの女性がその行為に同意したのも嫌々ながらだった。ところが性行為の途中で夫が心臓発作に見舞われ、ベッドの脇に倒れ込んだ。そして、妻のほうはその恐ろしい状況のなか、身動きが取れなくなってしまった。おまけに半分裸だった。

実際、私のいまの状態よりもヤバいことってあるんだな、とマンディは思った。

いずれにせよ、その女性はなんとか頭上にあった水のグラスをつかんで、それを割ると、破片で自分の皮膚を削り、ぬるぬるした血の助けを借りて手錠から手を抜くことに成功した。小説の結末がどうだったか、マンディはもう憶えていなかったが、その女性がそうやって手錠から抜け出したのは確かだった。マンディの場合もそれで足りるだろう。いずれにせよ鎖から抜くのは片方の手だけなのだし。

手の届くところにガラス製のものはなかった。けれどこのペットボトルがある。プラスチックの破片だってかなり鋭利だ。決して簡単ではないだろう。むしろ極度の痛みを伴う、残酷で気持ちの悪い行為だろうし、本にあったとおり慎重にやらなければならない。さらに、たとえ無事に鎖を外せたとしても、まだ問題は残っている。この家には外から鍵がかかっているのだ。ところがマンディは一刻も早く外に出なければならない。でないと場合によっては出血多量で死んでしまう。けれど、失うものはない。内なる声が、そうすぐには誰も食べ物や飲み物を持ってきはしないと告げていた。このクソいまいましい壁につながれたまま死ぬか、なんとかして自由になるか。それ以外の選択肢はない。

マンディは手の鎖を見つめた。自分の手首も手も細い。それでも、何度もやってみたにもかかわらず、金属の輪から手を引き抜くことはできなかった。けれど、輪を外すために足りないのはあとほんのわずかだ。たぶん数ミリ。あの本のように血を利用する方法なら、うまく行くかもしれない。

マンディはペットボトルを噛みちぎり始めた。

やれ、と自分に言い聞かせた。まだ力があるうちに、やれ、やれ！

十一月十五日水曜日

I

ケイトはいまデイヴィッドの家のキッチンにいる。体が冷えないよう、デイヴィッドの温かなウールのセーターを着て、コーヒーを淹れている。まだ早朝で、窓の向こうは暗い。キッチンは裏の庭に続いている。庭の向こうは一本上の通りに立ち並ぶ家々の裏側にあたる。いくつかの窓にもう明かりがついているのが見えるほかは、まだ誰も起きてはいないようだ。

メッシーがキッチンにやって来て、ケイトのむき出しの脚に体をこすりつけ、小さな声で鳴いた。ケイトはデイヴィッドの家を訪ねるときには、メッシーを連れてくることにしていた。なにしろいまではほとんど毎日のように夜をここで過ごしており、メッシーをずっとひとりにしておく気にはなれないのだ。皿にキャットフードを少し入れて、メッシーが食べるのを見守る。

なんて素晴らしい気分なんだろう、とケイトは思った。半ば打ちのめされるような心地で――なにしろ「素晴らしい」よりも、むしろ「嘘みたいな」のほうが、実際のケイトの気持ちを言い当てているのだから。ついこのあいだまで、たったひとりだった。なのにいま、私の人生にはひとりの男性と、一匹の猫がいる。

ケイトは腕を上げて、鼻先をセーターのやわらかなウールに埋めた。デイヴィッドのにおいがする。デイヴィッドのシャワージェル、デイヴィッドのデオドラントスティック、デイヴィッドのシェービングローションのにおい。それにデイヴィッドの肌のにおい。このセーターをできれば一生脱ぎたくないと思った。

そして、これは奇跡だ、とも。

この家で、私はいまコーヒーを淹れている。愛する男性と一緒にベッドのなかで飲むために。一晩じゅうその男性と過ごしたあとで。幾夜も一緒に過ごしたあとで。

こんなことが自分に起きるなんて。このケイト・リンヴィルに。誰かを自分のものにしたことがなく、ましてや誰かを魅了することなどできたためしがなかった人間に。そんな自分がいま、素足でこのキッチンに立っている。人生のすべてが、ほんの一週間前とはすっかり変わった。ケイト自身がすっかり変わった。外の世界はこれまでどおりだけれど、ケイト自身の世界は完全に別ものになった。

メッシーが鳴いた。ケイトはさらにキャットフードを与えた。幸せだった。だから皆を幸せにしたかった。朝食をもっと食べたがっているこの小さな猫のことも。

ダディの言ってたとおりだ、とケイトは思った。いつかその日が来る。いつか人は奇跡に出会う。まったく期待などしていない、まさにその瞬間に。そんなことがあるとは思ってもみないときに。もうすっかり諦めていたときに。

もちろん、ケイトにも不安はあった。すべてがあまりに完璧すぎるように思われる瞬間がある。ふたりが互いにどれほどよくわかり合えていることか。感じ方や考え方がどれほど似ていることか。なんの躊躇もなく互いに身を委ねられる。なにもかもがどれほどスムーズに進むことか。

ケイトはデイヴィッドにすべてを委ねていた。身も心も。これまで常に慎重で、常に人を信頼してこなかったため、充実した生き方に飢えてすっかり空っぽになってしまった人間特有の貪欲さと無防備さで。だが、疑念が頭をもたげる暗い一瞬には、舞い上がった場所から深淵を覗き込んで、めまいに襲われるのだった。

特に心にのしかかる懸念がひとつあった。デイヴィッドがいまだにケイトの正体を知らないことだ。

どういうわけか、ケイトはなかなかデイヴィッドに真実を打ち明けられずにいた。ちょうどいい機会はいくらでもあったというのに。

そういえば、ずっと話そうと思ってたんだけどね、私、記者なんかじゃないの。ロンドン警視庁の巡査部長なの。行方不明になった女の子たちの事件を正体を隠して調べることにしたの。それであなたにも会ってみたいと思って……。

ケイトは一日百回は、たいしたことじゃないと自分に言い聞かせていた。事件はケイトの管轄ではないから刑事だと明かすわけにはいかなかったと、デイヴィッドに説明すればいい。管轄というのが厄介で微妙な問題だということは、彼にもわかるはずだ。もちろんデイヴィッドは、どうして自分のことを疑わしいと思ったのかと訊くかもしれない。だがそう訊かれたら、

「疑わしい」というのは正しい言葉ではないと答えればいい。デイヴィッドはただ事件の一部なのだ、と。刑事というのは事件のあらゆる細部を調べるものだ。偏見なしに。

私、どうしてそう言わないんだろう？　一日一日と、打ち明けるのがより難しくなることはわかっていた。長いあいだ秘密にしていたとわかれば、いつか当然デイヴィッドは不快に思うだろう。騙されたと感じ、ケイトは自分を信頼してくれているのかと疑問に思うだろう。それがわかっているにもかかわらず、ケイトは打ち明けるのが怖かった。いまではその理由も明白だった――不安だ。ふたりの関係が変わってしまうのではないかという大きな恐ろしい不安が、もうすでにケイトを蝕《むしば》んでいるのだ。デイヴィッドがほんの少しでも怒ったら――彼にほんの少しでも、ケイトのことを理解できないと思われたら。小さなひびが巨大なものになり得ることを、ケイトは知っていた。小さなひびが終わりの始まりになるケースがあまりに多いことを。

二日前、ケイレブがこの家に現われたときには、冷や汗が滝のように流れた。ケイレブに「ケイト」ではなく「巡査部長」と呼ばれていれば――第三者のいる場ではケイレブはよくそうする――それだけでケイトは問題に直面していただろう。そして、新たに関係を築き始めた女性が思っていたのとは違う人物だということを、デイヴィッドがケイト本人でなく第三者から知ることになっていたら、間違いなく事態はより複雑になっていただろう。

とはいえ、デイヴィッドはいつでもグーグルでケイトの名前を検索することができる。彼がそんなことをしませんようにと、ケイトは息を詰めて、祈るような思いでいる。なにしろインターネット上には、ケイトの父親の殺人事件に関するニュースがまだたくさん残っているし、ほとんどの記事では、被害者の娘である「スコットランド・ヤード勤務のケイト・リンヴィル巡査部長」の果たした役割が強調されているのだ。

それに、もしデイヴィッドが知り合う人すべてを即座にインターネットで検索する類の人間ではなく、ケイトがその点では難を免れたとしても、こんなことがいつまで続くというのだろう？　今週末にはケイトはロンドンに戻らねばならない。とても考えられない。デイヴィッドなしの生活などいまからもう想像できない。私生活上の変化を考えると、スカボロー警察に応募しないかというケイレブのかつての誘いが、まったく新しい意味をもって見えてくる。ケイトはこの可能性を真剣に考え始めていたが、いまのところ、その考慮の原因であるデイヴィッドにはまだなにも話していなかった。なんといってもデイヴィッドはケイトの職業をまったく別のものだと思っているのだから。

言わなくちゃ、とケイトは思った。できるだけ早く言わなくちゃ。彼がいままで自分で見つけ出さなかっただけでもすごい幸運だったんだから。一日たつごとに危険は大きくなる……。

「どこにいるかと思ったら」デイヴィッドの声がした。ケイトは驚いて振り返った。デイヴィッドがドアの前に立っていた。ボクサーショーツとTシャツ姿で、髪はくしゃくしゃに乱れ、キッチンの照明にまぶしそうに目を細めている。その顔が微笑んだ。「君、ずいぶん前に僕たちの温かい快適なベッドから出ていったとき、コーヒーがどうとか言ってなかったかな？」

ケイトは彼に微笑みを返した。「ちょっと考えごとをしちゃって」

デイヴィッドが注意深くケイトを見つめた。「なんだか……悩みごとがありそうだ。どうした?」

ケイトは深く息を吸い込んだ。またもやチャンスがやって来た。このチャンスは逃すまい、今度こそは。まだそれほど時間はたっていない。まだデイヴィッドに理解してもらえる望みはある。

「デイヴィッド、話があるんだけど」ケイトはそう切り出した。ところがその瞬間、昨晩からキッチンテーブルの上に置きっぱなしだったケイトの携帯が鳴りだした。

「なんだい?」デイヴィッドが訊いた。

携帯は無慈悲に鳴り続ける。その音がケイトを苛立たせた。突然、ほんの数秒前にはまだわずかながらも持っていた勇気が、すっかり消えてしまった。

「ううん、いいの、たいしたことじゃないから」ケイトは慌ただしくそう言うと、携帯をつかんで、通話ボタンを押した。かけてきたのはコリンだった。彼からのいくつものメッセージにケイトがまったく返信しなかったせいで、すっかり気を悪くしていた。

「どうなってんだよ?」朝早くに電話してきたことへの謝罪もなく、コリンはとげとげしい声で訊いた。「僕のメッセージ、届いてないとか? 僕、君の気を悪くするようなこと、なにかしたかな?」

ケイトはまたもや深く息を吸い込んだ。この一分間で二度目だ。コリンとは恋愛関係になったことはない。それは間違いない。けれどふたりはパートナー探しのサイトを介して知り合ったのだから、ケイトの私生活のその領域に変化があったことは、彼にも知らせるべきだろう。

コリンは明らかにケイトに興味を持っているようなので、このままなにも知らせずにいるのが正しいこととは思えなかった。

「コリン、あのね、ちょっと話があるんだけど」ケイトはそう切り出した。

この台詞を言うのもこの一分間で二度目だ。

とんでもない朝だ、とケイトは思った。とんでもない人生だ、と。

2

ノース・ベイのクイーンズ・パレード沿いに立ち並ぶみすぼらしい建物の住人たちは、息を呑むような海の眺めと引き換えに、住居の壁に沁み込む絶え間ない湿気に耐えているに違いない。今日のように雲に覆われた灰色の天気のもとでは、ケイトが最初に訪れた夜よりも、建物はどれもずっと惨めに見えた。ここに来たのはほんの一週間前だというのに、少なくとも一年はたったような気がする。この一週間でケイトの人生にはあまりに多くの変化があった。

昼の光のなかで見ると、通り沿いの建物がどれも徐々に荒れ果てつつあるのが、初めてよくわかった。人の住んでいない住居の窓にはカーテンがかかっておらず、なかに家具もないのが見て取れる。外壁の漆喰は剝がれかけている。建物の玄関と通りのあいだの狭い前庭には花も木も茂みも植えられていない。おそらく世話をする人がいないからだろう。ただ、ライアン・キャスウェルが住む建物の前庭にだけは、冬枯れの植物が植えられている。春と夏には美しい花を咲かせるのかもしれない。それに四月には地面から水仙が顔を出すのでは。少なくとも、ケイトはそうであることを願った。とはいえ、あたりの荒れ果てた雰囲気の前には、この前庭のわずかな植物もたいした慰めにはならない。

先ほどデイヴィッドが仕事に行く前に、ケイトは彼とベッドでコーヒーを飲み、コリンのことを話した。デイヴィッドは、自分の知らない相手とケイトが電話を始めると、配慮してキッチンから出ていった。だがそれでも、あとから当然、あんな早い時間に誰が電話をしてきたのかと知りたがった。ケイトはコリンと知り合ったいきさつを話した。だがパートナー探しのサイトのことは言わず、仕事である件を調べているときに知り合ったのだと曖昧に話した。デイヴィッドに出会う前の自分がどれほど必死でパートナーを探していたかを、彼が知る必要はない。

だが同時に、ケイトの心の声がこう言った——また嘘をついてる！　よくない。嘘が多すぎる。

とはいえ、デイヴィッドがコリンと知り合いになることは決してないだろう。コリンは先ほど話の途中で怒って電話を切ってしまった。だからコリンが危険な存在になることはない。

ケイトが話すあいだ、デイヴィッドは携帯が鳴る前にケイトがなにか大切なことを話そうとしていたことは、すっかり忘れているようだった。そういうわけで、ケイトはまたしてもこの問題を先送りすることに成功した。だからといって状況が変わるわけではない。

今日は昼になったらデイヴィッドの会社に行き、そのあと港のどこかで軽くなにか食べる約束だった。夜はデイヴィッドが町で一番のイタリアンレストラン〈ジャンニ〉で夕食をご馳走してくれることになっている。

そのときに話そう、とケイトは決意した。赤ワインと蠟燭の光のもとで。今度こそ絶対！

それまでの時間に、もう少し事件を調べてみるつもりだった。家でじっとしていると気分が沈む。それにケイトはいまだに、ケイレブ・ヘイルがハナ・キャスウェルの事件を捜査対象から外していることを間違いだと確信していた。ケイトは、まさにハナこそが絡まった毛糸玉の先端だと思っていた。さらにもうひとつ思いついたことがあり、あらためてライアン・キャスウェルに会いに来たのだった。

建物の玄関ドアには鍵がかかっておらず、ケイトは問題なく三階のライアンの住居までたどりついた。建物の廊下は壁の塗装が剝がれ落ちており、さらに湿気とカビのにおいが充満していた。外からカモメの鳴き声が聞こえてくる。

呼び鈴を二度押したところで、ライアン・キャスウェルがドアを開けた。ケイトを見て驚いた顔をしたが、すぐに思い出したようだった。

「たしか記者の？」

「はい、ケイト・リンヴィルです。少しお時間をいただけないでしょうか？」

ライアンは悲しそうに微笑んだ。ライアンは苦り切った不愛想な男かもしれないが、人を寄せつけない態度の奥に隠された内心の痛みが垣間見《かいまみ》える瞬間もある。ライアン・キャスウェルはとても孤独な人間だ。

「時間ならある」ライアンは言った。「ただ、いつも話をする気分だとは限らんが」

それでもライアンは、ケイトを狭いリビングルームに案内してくれた。窓の向こうには海が見える。今日の空と同じ灰色の海。

「どんなご用かな?」ライアンは訊いた。

事件のためというより、むしろ個人的な興味から、ケイトはこう訊いた。「まだ以前と同じお仕事をしていらっしゃるんですか?」

ライアンは確かにもう若くはないが、年金生活にはまだ早すぎるように見える。

ライアンは首を振った。「昔はいろいろなところの管理人をやってたよ……そのあとは十五年間、清掃会社で働いた。だが関節炎がひどくなって……もうあんまり動けないんだ。いまは早期退職して、繰り上げで年金をもらってる。それにステイントンデールの家を売った金もあるし。なかなかうまく投資できてるんだ。金持ちじゃあないが、なんとか暮らしていくことはできる」

でもそのせいですっかり孤独になったわけね、とケイトは思った。だが口には出さなかった。結局のところ、ケイトには関係のないことだ。

今回、ライアンはケイトに座るよう勧めなかった。すぐに帰ってほしいという意思表示かもしれない。だからふたりは隙間風の入る窓の前に向かい合って立ったままだった。

「もうひとつお訊きしたいことが」ケイトは言った。「ハナさんが姿を消した日の昼間と夜のことで」

ライアンの唇がわずかにひきつった。「なんだ？」

「ハナさんはあの日、キングストン・アポン・ハルのおばあさまのところにいたんですよね。そのおばあさまというのは、ライアンさんのお母様ですか？　それとも奥様の？」

「私の母だ」

「まだご存命ですか？」

「ああ」

「お母様も当時、事情を訊かれましたか？　警察から、という意味ですけど」

「ああ。ただ、たいしたことはなにも話せなかったがな。ハナが五時頃スカボロー行きの列車に乗るために家を出たことを証言しただけだ」

「そのあと、お母様はハナさんにはもう会っていない？」

「ああ」ライアンは言った。そして一瞬ためらったあと、こう付け加えた。「私はあの晩、まず母を疑ったんだ。ハナを家に匿ってるんだろうって。だが、そんなことはなかった」

「どうして疑ったんですか？」

「ハナは何週間も前から、週末をずっと祖母のところで過ごしたいと私に懇願していた。できれば金曜の午後から日曜の夜まで。だがもちろん、そんなことを許すわけにはいかなかった」

「どうしてですか？」ケイトは思わずそう訊いた。そしてすぐに言った。「すみません、もし不躾《ぶしつけ》な……」

「ああ、そのとおり」ライアンがケイトを遮って言った。「不躾な質問だ」

「申し訳ありません。ただ……いえ、いいんです。とにかく、お母様がハナさんを週末のあいだずっと手元に置いておこうとしたんじゃないかと疑ったんですね？」

「その可能性はあったからな。母はそれ以前にそんなことをしたことはなかったが……それでも、独り暮らしだったし、孫が泊まれば喜んだだろう。それに私にとっても、そうであってくれれば一番よかった。ハナが行方不明になったときに……わかるか？　しばらくのあいだ私は、ハナはハルにいるんだという希望にしがみついていたんだ。そうでないとしたら……ずっとひどいことが起きているわけだから」

「ところがそのあと、ハナさんがケヴィン・ベントと一緒にスカボローへ向かったとわかったんですね」

ライアンは口を一文字に引き結んだ。「ああ。それで全部わかったんだ」

この点をライアンと議論しても無駄だろう。彼にとってはケヴィン・ベント犯人説は揺らがないのだ。

「一度、お母様とお話しさせていただくことはできるでしょうか？」ケイトは訊いた。

ライアンは戸惑っているように見えた。「そんなことをしてどうなる？」

「ただ事件の全体像をつかむためです。お嬢さんが行方不明になった日の全体像を」

「好きにしたらいい。母はいまハルにある介護施設に入ってる。ときどき頭がかなり混乱するが、はっきりしているときもある。たまたまそういうときに当たれば……」

「やってみます。その介護施設の住所を教えていただけるでしょうか？」

ライアンは戸棚へ向かい、引き出しから名刺を取り出して、ケイトに手渡してくれた。

「ほら。ここに全部載ってる」

高齢者介護施設〈トレスコット・ホール〉、キングストン・アポン・ハル。

その下に住所と電話番号、Eメールアドレス、そしてウェブサイトのURLが記してあった。

「ありがとうございます、ミスター・キャスウェル」ケイトはそう言って、名刺をバッグにしまった。「これでもうお邪魔をすることもないと思います」

「ああ」ライアンはうなるようにそう言った。どこから見ても孤独で寂しげなライアンだが、それでも他人と交流する気があるようには見えなかった。せわしなくケイトを玄関ドアへと送り出し、別れの挨拶もなしにドアを閉めた。ケイトは気づくと建物の廊下に立っていた。気難しい、感じの悪い男だ、とケイトは思った。悪人ではないが、傍にいると逃げ出したくなるような雰囲気がある。

ケヴィン・ベントは、ハナが父親に支配され、ぎゅうぎゅうに押さえつけられていたと話していた。ケイトにはありありと想像できた。ハナは絶好の機会をとらえて逃げ出したのではないかという仮説が、またしても頭に浮かんだ。だがハナという少女はそういうタイプではなかったようだ。まだ子供っぽくて、内気な子だったという。それに、父親の携帯とステイントンデールの自宅にハナが電話をかけたことは確認されている。あの晩ハナは何度も父親に連絡を取ろうとしたのだ。永遠に姿をくらまそうと決意する直前の少女が、そんなことをするだろうか？

さらに、ハナがケヴィンとの約束を楽しみにしていたことを、ケイトは思い出した。すぐに友達に電話をして報告するほど喜んでいたという。ケヴィン自身は、ハナをパブの開店パーティーに連れていくという申し出をそれほど真剣にはとらえていなかった。だがハナのほうは間違いなく舞い上がり、興奮し、混乱していた。それほどまでに楽しみにしていることがあるというのに、逃げ出したりするだろうか？

ハナから電話をもらった友人とも話してみなければ、とケイトは思った。

そして勇気を振り絞って、もう一度ライアン・キャスウェルの住居の呼び鈴を押した。引きずるような足音が聞こえてきて、ドアが開いた。

「もう邪魔はしないとさっき言わなかったか？」仏頂面でライアンが訊いた。

ケイトは彼に微笑みかけたが、ライアンは表情を変えなかった。

「申し訳ないんですが、ハナさんの親友の住所を教えていただけませんか？　あの晩ハナさんが電話して、ケヴィン・ベントに誘われたことを報告した友達です」

「その子の名前はシェイラ・ルイスだ。あとは電話帳でも見て自分で調べてくれ」ライアンはそう言うと、ドアを叩きつけるように閉めた。

3

その日の夕方遅く、ロバート・スチュワート巡査部長のもとに知らせが入った。マンチェスター近郊をパトロール中の警察官が手配中の車を見つけ、追跡することに成功したというのだ。報告によれば、複数の人間が乗ったその車は現在空港からほど近いリングウェイ・ロードの脇道に停車中とのこと。

「複数?」ロバート・スチュワートは訊き返した。

「男性ひとりに女性ひとりです」マンチェスターの同僚が具体的に答えてくれた。

「女性? 未成年の少女ではありませんか?」

「距離があるので、それはよくわかりません」

車が停まっているのは、シャトルバスで旅行客を空港まで運んだり、迎えにいったりする大きなレンタカー会社が軒を連ねる〈カー・レンタル・ヴィレッジ〉のすぐ近くの通りで、一種のモーテルがあり、運転者——おそらくはアレックス・バーンズ——とその同行者はそこにチェックインしたとのことだった。

「いまふたりはそのモーテルの部屋にいるということですか?」スチュワートは確認した。

「そうです。我々は通りの向かい側で待機しています。車はモーテルの入口付近に停まっています」

「わかりました。指示を待ってください。車から目を離さないで」

スチュワートは即座にケイレブに知らせ、ケイレブがさらにマンチェスター警察に連絡を取った。

「男は危険人物です」ケイレブは言った。「さらに十四歳の少女を伴っている可能性があります。男が誘拐した少女で、ためらいなく盾《たて》にすると思われます」そう話しながらもケイレブは、なぜアレックス・バーンズがアメリー・ゴールズビーと町をうろうろしているのだろうと考えていた。警察が探しているだろうと簡単に予測できる車でアメリーとともに町をうろついて、どうしようというのだ？　無意味な危険を冒すだけではないか。

「武器は携帯しているんですか？」マンチェスター警察の警部が訊いた。

「わかりません。ですが可能性は排除できません」

警部はため息をついた。「彼らがどこにいるかはわかっています。ですが突入するのは危険が大きすぎる。あのモーテルの部屋は狭いが、入り組んでいるんです。なにしろ部屋の角に小さなキッチンがあるし、もちろんバスルームもありますからね。それに窓にはカーテンがかかっているんで、ターゲットが部屋のどこにいるのか事前に確認することもできません。男が十四歳の少女を人質に取っていて、武装している可能性もあるとなると……」警部はそれ以上は言わなかった。彼の管轄で繰り広げられているのが虫歯並みに歓迎されざる出来事であるのは明らかだ。

ケイレブは迷った。慎重に考慮せねばならない。アレックス・バーンズと一緒にいるのがアメリーだとすると、バーンズは彼女とモーテルの部屋でなにをしているのか？　アメリーは即座に救出されるべき状況にいるかもしれない。だが銃撃戦になる可能性もあり、その場合アメリーはより大きな危険にさらされることになる。より確実なのは、明日の朝になるかもしれないが、ふたりがモーテルから出てくるのを待つことだ。通りに出てきたところを即座に確保する。

だが、もしバーンズがそれまでにアメリーを殺してしまったら？　あと少しアメリーをもてあそんでから、彼女の遺体をベッドに残して逃げることにしたら？

そのあいだじゅうずっと、警察は通りに突っ立って待っていたことになる。そう想像するだけでケイレブの全身に汗が噴き出した。

バーンズはどれほど暴力的な男なのだろう？　サスキア・モリスを飢え死にさせたのはバーンズなのか？　残酷だが非常に消極的な殺し方だ、とあのときの自分が考えたことを、ケイレブは思い出した。アメリーをベッドで絞め殺すか、刺し殺すか、撃ち殺すといった殺人犯の像とは矛盾している。

他方で、バーンズは次第に追い詰められ、余裕を失っている可能性もある。彼にとってアメリーは、いずれにせよ排除せねばならない人間だ。

だが、それならどうしてまだアメリーと一緒にいるのか？

「難しい状況ですね」マンチェスター警察の警部が沈黙を破った。彼がケイレブの代わりに決定を下してくれることはない。

「武装チームを送り込んでいただけますか？」ケイレブは訊いた。

マンチェスター警察は新設された特殊作戦チームによって数々の成功を収めている。

「いいですよ。ですが……」

ケイレブは突然確信を持った。「突入してください。少女が危ない。すぐに介入しなくては。

「いますぐ」

「わかりました」電話の向こうで警部が言った。それ以上はなにも言わなかったにもかかわらず、「そちらの責任で」という言葉がケイレブの耳にこれほど明瞭に耳に響いたことはなかった。

ずっとケイレブのデスクの横に立っていたスチュワート巡査部長がうなずき、「突入ですか？」と訊いた。

ケイレブはスチュワートに、これでいいと思うか、と訊きたい衝動を、ぎりぎりのところで抑えた。突入は一瞬の直感的な確信で決めたが、ほんの数秒後のいま、あのときの感覚は消え去っていた。これこそがケイレブの人生に常にのしかかる問題だった。なにをすべきか、なにをすべきでないかという確固たる明晰な信念をなくしてしまったことが。

自分がたったいま致命的な間違いを犯したのでないことを、ケイレブは祈った。最後には十四歳の少女が命でその代償を払うことになりませんようにと。

「すぐにマンチェスターに向かうぞ」ケイレブは言った。「現場に立ち会いたい」

「了解しました」スチュワートが言った。「コートだけ取ってきます」

スチュワートが部屋を出ていき、ケイレブはほっとした。

引き出しにまだボトルが一本ある。

とりあえず一口飲まなければ。

4

ケイトは〈ジャンニ〉にはこれまで一、二回しか来たことがなかった。そしていま、それをとても嬉しく思っていた。なにしろレストランでケイトを知っている人はいないのだから、不意に困ったことになる心配もない。同伴の女性の正体をデイヴィッドに明かす人はいない。今晩、自分でデイヴィッドに打ち明けるのだ。

確かに遅い。けれど遅すぎることはないだろうと、ケイトは望みを持っていた。

ヴィクトリア・ロードにある石造りの建物には電飾が施されていた。レストランのなかでは蠟燭が燃えている。ケイトとデイヴィッドは二階のテーブルについた。シャンパンの入ったグラスを前にして。おいしそうなパスタの香りが漂ってくる。隣のテーブルでは、陽気な女性グループがプレゼントの包みを交換し合っている。デイヴィッドがちらりとそちらに視線を向けてから、ケイトに向き直った。

「クリスマスの予定はどうなってる？　まだ少し先だけど……」

ケイトはごくりと唾を飲み込んだ。「あなたの予定は？」と訊き返す。

デイヴィッドは笑った。「こっちが先に訊いたんだけどな」

「クリスマスはいつも父と過ごしてたの」ケイトは言った。「父が亡くなってからは……ひとりで」

「僕もクリスマスはたいていひとりだよ。つき合ってる相手がいるときは別だけど」

「寂しい？　クリスマスをひとりで過ごすの」

デイヴィッドは肩をすくめた。「たいていは仕事をしてるからね。で、合間になにか料理する。海に散歩に行く。別にどうってことないよ」

「ロンドンには散歩に行ける海はないな」ケイトは言った。

デイヴィッドは手のなかのグラスをもてあそんだ。「じゃあ、クリスマスのあいだこっちに来たら？」

ケイトは決して前のめりなところを見せたくなかった。「そうねえ、家はそれまでにはまだ売れていないだろうから、確かにあそこに泊まっても……」

「あの空っぽの家じゃなくて、うちにおいでよ！」

すでにほとんどの時間をデイヴィッドの家で過ごしているとはいえ、突然、クリスマスは難題だという気がしてきた。なにしろクリスマスは、人のさまざまな感情と期待が渦巻く祝日だ。

「そうね。まあゆっくり考えてみましょう」

デイヴィッドはシャンパンを一口飲むと、微笑んだ。ケイトは彼の温かな微笑みが好きだった。好き？　いや、愛している。この男のすべてを愛している。この男が変えてくれた人生を愛している。彼が変えてくれた自分を。未来への約束を。

気をつけなさい、と、心の声が警告した。もう少し慎重に！

「デイヴィッド、あのね……」ケイトは切り出した。自分が何者で、なぜこれほど長いあいだそれを隠していたのかをいまこそ話そうと決意して。

ところが、デイヴィッドもケイトと同時に口を開いた。「一昨日思ったんだけど、あの警部のこと、よく知ってるみたいだね。友達?」

「友達は言いすぎ。でも、いい知り合い。父の事件の捜査は……なんていうか、私はすごく感情的になったんだけど、警部はそれを……うまく受け止めてくれた。だから私、あの人のことが好きなの」

「きっと君が書いてる記事の最良の情報源だね。なにしろ事件について一番よく知る人間なんだから。捜査の進捗具合をさ」

ケイトは笑った。「でも私に全部話してくれるわけじゃないわ。そんなことは……してはいけないことになってるから」

実は必ずしもそういうわけではない。ケイレブはケイトにかなりのことを話してくれる。だがそれはケイトが同業者であって、記者ではないからだ。突然ケイトは、ここからどうやって打ち明け話に持っていけばいいのかわからなくなってしまった。

「でも、彼から情報を引き出そうとはしてみたんだろう? あのアレックス・バーンズって男はいまだに警察にとって一番の容疑者なのかな?」

「さあ、それはよく知らない」

「このあいだ警部がうちに来たんで、戸惑ったよ。なんだか……疑われているような気がして」

「事件になんらかの関わりがあった人全員に話を聞いているだけよ。捜査ってそういうものなの。どこかに次の手がかりにつながる突破口が見つかるんじゃないかって、関係者全員に何度も何度も話を聞くのよ」

「警察の捜査のこと、よく知ってるんだな。君を見ればすぐわかるよ、もう長いあいだこの仕事を……」

いまだ、とケイトは思った。いましかない。

「デイヴィッド、あのね……」

「でもね、言っていいかな？」デイヴィッドが続けた。「君が犯罪の記事を書いてるだけで、実際に警察官じゃなくてよかったよ」

心臓が口から飛び出るのではないかと思った。「え……どうして？　いえ、えっと……」余裕を見せようと努力したが、盛大に失敗しているのが自分でもわかった。「警察になにか反感があるの？」

デイヴィッドはシャンパンを一口飲んで、考えた。「よくわからない……まあ、たぶん子供じみた反感なんだと思う。僕にとって警察はいつも敵だったんだ。デモに参加したり、そういうときにさ……いつも対立する相手だった」

ケイトはさりげない口調を保とうとした。「警察と対立したことがあるの？　そういうデモに参加してたの？」

デイヴィッドが笑い声をあげた。「若かったからね。そう、うん、そういうデモに参加してたよ」

いまが絶好の機会だとわかっていた。デイヴィッドと一緒に笑って、面白いことにあなたは数日前から警察官とつき合ってるのよ、でも思ったほど悪くないでしょ、と言うのだ。ユーモアと皮肉をたっぷり効かせれば、この状況を切り抜けられる予感がした。だが残念なことに、ユーモアはケイトの強みではない。皮肉も同様だ。真面目すぎ、内気すぎ、用心深すぎるのだ。それにいまこの状況では、臆病すぎる。不安で死にそうだった。

もしデイヴィッドが怒って私たちの関係を終わらせたら、どうやって生きていけばいいの？ とはいえ、いつかは言わねばならない。これからも共に過ごしながら、職業をこの先ずっと秘密にしておくわけにはいかない。自分の目をぎゅっとつぶって、消えてしまえますようにと願う小さな子供になったような気がした。

わかっていても、目を開けて決定的な一歩を踏み出す勇気がなかった。

「それに、免許のこともあったしね」デイヴィッドが続けた。「あれは本当に大変だったんだよ。車なしで……何か月も……手足をもがれたも同然だった」

自分の言葉が説教臭く響くのではと怖かったが、それでも言わずにはいられなかった。「でも実際に飲酒運転したわけでしょ。それでほかの人を危険にさらしたんだから……」

「わかってる。もちろんさ。僕が馬鹿だったんだ。警察は正しいことをした。それでも、それで僕の警察に対する見方が良いほうに変わったとは言えないね」デイヴィッドはテーブル越しに手を伸ばして、ケイトの手を取った。「ケイト、手がすごく冷たいよ。寒いの？」

店内はどちらかといえば暖房が効きすぎていた。それでもケイトは寒気を感じていた。心の奥からの寒気だ。「わからない。軽い風邪なのかも」

「もっと楽しい話をしよう」デイヴィッドが言った。「今日の午後はどうだった？　例の女の子に会いにいったんだよね……なんて名前だっけ？」

もっと楽しい話をしよう。警察なんて不愉快な話じゃなくて……。

「シェイラ」ケイトは答えた。「シェイラ・ルイス」

「そうだ。行方不明になった女の子の友達だよね」

「そう、ハナ・キャスウェルの。シェイラはハナと話した最後の人間なの。電話で」ケイトは本当に電話帳でシェイラを見つけることができた。まだ両親の家に住んでいて、十六歳のときに学校をやめて美容師の資格を取っていた。いまは歩行者専用区域にあるヘアサロンで働いているが、今日はしつこい風邪を治すために自宅にいた。シェイラの家は駅からそれほど遠くなかった。

シェイラは、ケイトが長年の職業人生で何度も出会ってきた人たちのひとりだった。なんらかの形で犯罪に巻き込まれ、日常生活への暴力の侵入からなんとか立ち直るのに長い時間がかかったか、決して立ち直れないまま、常に混乱と傷を身に帯び続ける人間だ。シェイラはケイトをリビングルームに案内してくれた。髪はもつれ、手にはくしゃくしゃになったティッシュペーパーを持ち、分厚いフェルトのスリッパを履いて。お茶を運んできた母親がケイトに言った。「あの人にこの子はすごく傷つけられました。ハナの父親に。ハナが……行方不明になったあと。ハナから電話があったあとすぐになにか手を打たなかったといって、あの人はこの子を責めたんですよ。私たち親に知らせるとか、あの人に知らせるとか、警察を呼ぶとか、そういうことをしなかったって。あの人は娘にも責任があるって思わせたんです。あんまりひどいんで、最後には裁判所から娘への接触を禁じる命令を出してもらいました。だからいまでもあの人はシェイラに話しかけることも、電話することも、近づくこともできないんです」

ケヴィン・ベントも裁判所命令を出してもらったと言っていた。ライアン・キャスウェルはあらゆる人に罪を着せ、責め立てたらしい。

ケイトはデイヴィッドに、シェイラと会ったときのことを報告した。話題を変えられて嬉しく思うと同時に、胃には重苦しい感覚があった。

「最悪なのは、シェイラが本当に自分に罪があると思ってることなの」ケイトは言った。「あのとき黙っていたからって理由で。でももちろん、ハナに危険が迫ってるなんてシェイラは知りようがなかった。ケヴィン・ベントのことを、ライアン・キャスウェルが主張するようなサイコパスの性犯罪者だなんて思ってなかったんだから。それにハナは無事にスカボロー駅にたどり着いていて、ケヴィン・ベントはもう立ち去っていた。周りの人間に警告して回るような理由は、シェイラにはなにひとつなかった」

結局のところ、シェイラの罪の意識は、ハナとの電話のあとのシェイラ自身の感情にも由来していたことがわかった。

「私、すごく羨ましかったの」シェイラはケイトにそう言い、同時に泣き崩れた。「ケヴィン・ベントと約束したって言うから。ケヴィンがパーティーに連れていってくれるって。だってケヴィン・ベントよ！　あんなすごいイケメン。そう思わない？」

ケイトもケヴィンには好感を持っていた。それに魅力的だとも思ったが、ケイトの好みではなかった。なにしろ若すぎるし、まだあまりに未熟だ。

「確かにカッコいいわね」ケイトはシェイラに話を合わせた。

「誰だってケヴィンとデートするためならどんなことでもしたわ」シェイラは言った。「なのにハナは本当にデートできそうだったのよ！　よりによって……ハナが！　まだあんなに……子供っぽかったのに。電話を切ったあとに、私、思ったの……思ったの……」シェイラはますます激しくしゃくりあげた。

「なにを思ったの？」ケイトは訊いた。

「そのときまでになにかあればいいのにって」泣きながらシェイラは言った。「わかる？　なにかがあって、結局デートがだめになればいいのにって思ったの。そしたら、本当にだめになっちゃった。でも私、そんなつもりじゃ……そんなつもりじゃ……ハナが誰かにひどい目に遭わされればいいなんて！　そんなこと考えなかった」

「もちろん、わかってる」ケイトは慰めた。「それに、ときどき誰かを羨ましく思うのは普通のことよ。あんなことになったのは、そのせいじゃない。絶対に違う！」

その瞬間からシェイラはもう泣き止むことができず、話はなかなか先に進まなくなった。

「それで、なにか新しい情報は手に入った？」デイヴィッドが訊いた。すでに料理が運ばれてきていた。ケイトは無理をしてなんとか少し口に入れた。胃が言うことを聞いてくれなかった。

自分がとてつもない間違いを犯したような気がする一方で、その間違いを訂正するのが怖かった。

デイヴィッドとの会話に集中するには、うんと努力せねばならなかった。「そうね、ハナについて少しわかったことが」ケイトはデイヴィッドの質問に答えて言った。「でもどれも、もともと私が持っていたハナの人物像を裏付けてくれただけだった。シェイラは、ハナが自分の意思で逃げたことは絶対にあり得ないと思っていた。父親に押さえつけられて苦しんではいたけれど、ひ弱すぎて、そんなことができる子じゃなかったって。私がほかから聞いた話のすべてと合致する」

デイヴィッドは考え込むようにうなずいた。「それは……いいニュースじゃないね。だって、ハナがまだ生きているっていう望みはそれで完全に消えてしまうわけだから。そうじゃないか？　つまりハナは誘拐されたってことだよね。そしてこれだけ時間がたったとなると……」

「そうなの。私もそう思う。この件がいい方向に転がることはまずないでしょうね。ちなみにシェイラは、ケヴィン・ベントが犯人だっていうライアン・キャスウェルの説にはまったく賛成できないって。ケヴィンのことはよく知らないけど、そんなことをするような人だとは思えないって」

「僕もそう思うな」デイヴィッドが言った。ケイトが驚いて見つめると、デイヴィッドは付け加えた。「ここ何年か、しょっちゅう港のあのパブに行ってるから。サーヴィスはケヴィンの担当なんだ。兄貴のほうがキッチンで。ケヴィン・ベントはすごく親切で感じのいい奴だと思うよ。それに……」ケイトが口を開こうとすると、デイヴィッドが止めるように手を振った。

「わかってる。いい奴だって悪いことをする可能性はある。でもケヴィン・ベントが？　だってあの男、本当に死ぬほどイケメンで魅力的だろ。女の子を誘拐する必要があるとはとても思えないよ。指を鳴らすだけで、どんな女だって喜んで自分からついていくだろうに！」

「考えられるシナリオはいくつもある」ケイトは言った。「たとえば、ケヴィンが駅まで引き返したとき、ハナは自分の意思でまた車に乗ったのかもしれない。自分の意思で彼とセックスした可能性だってある。でもケヴィンはあとから、ハナがまだ十四歳だって気づいた。彼女が自分とのことをあちこちに自慢して触れ回ったら大変なことになる。これだって誰かを黙らせる理由になり得るでしょ。とはいっても、まあ……ケヴィンが犯罪を犯すとは私にも思えないけど。そんなことができそうな人には見えない」

デイヴィッドがケイトをじっと見つめた。ケイトがいま言ったことを考えているようだ。

「確かに」デイヴィッドが言った。「そのとおりだ。僕が腹が立つのもそこだよ。なにも悪いことをしようとは思っていない人間がいるとする。ところがそこになにかが起こる……なにか……たとえば成人男性が十四歳の女の子と関係を持つとか。確かにそれは良くないことではあるよ、もちろん。でもその男はなにも重罪犯ってわけじゃない。ところが、法律と秩序と社会が男を追い詰める。男にはもう逃げ道がなくなって、その結果……普通なら絶対にしないようなことをしてしまう。そうして男は本当に犯罪者になる。法律と、法律を守らせようと人を監視する人間たちが男をそこまで追い詰めるんだ」

「そうかしら」ケイトは言った。「この点では私たち、考え方が大きく違うみたいね」それからケイトは自分の皿を押しやった。「もう食べられない」

「ほとんど食べてないじゃないか！」

「ごめんなさい。料理のせいじゃないの。ただ食欲がなくて」

デイヴィッドは心配げな顔でケイトを見つめた。「うつったんじゃなければいいけど。シェイラ・ルイスの風邪が」

「だとしても、こんなに早く症状が出ることはないと思うけど」ケイトは言った。「シェイラの家に行ったのはほんの何時間か前よ」

「家に帰ろう」デイヴィッドが言った。「帰ったら君はベッドに行く。僕がお茶を淹れて、足を温めてあげる。なあ、僕の意見を言っていいかな？　この事件のことをつつき回すのが君の負担になってるんじゃないかな。君は事件の関係者に感情移入しすぎなんだよ。心のなかで線を引くことができてないんだ。もちろん、それは君の長所でもあると思うけど、君の負担にもなってる」

ケイトは、デイヴィッドの言うとおりだろうかと考えた。確かに今回の事件はケイトに重くのしかかっている。けれど、現在のところそれよりずっと心にのしかかるのは、デイヴィッド自身のことだった。デイヴィッドとの関係。関係のひずみと、そのひずみを生んでしまった自分。

ケイトはデイヴィッドを失いたくなかった。ひとりの男が蠟燭の光越しに微笑みかけてくれて、お茶を淹れてあげる、足を温めてあげると言ってくれるこんな環境を永遠に失ってしまうのは耐えられなかった。誰かに世話を焼いてもらうのがどんなものかを、ケイトはもうほとんど思い出せないほどだった。子供の頃母親に世話を焼いてもらって以来だ。その後、父親も少しそういうことをしてくれた。素晴らしい心地だった。まるで家に帰ってきたような。たどり着いたのだ。自分自身の人生に、自分自身に。なにより重要なのは、そこだ。すべてがあるべきようにあるという感覚。人生が。人が。自分が。ケイトはデイヴィッドの目を通して自分自身を見つめ、大人になって以来初めて自分を受け入れることができたのだった。

「そうね、帰りましょう」ケイトは言った。「単に寝れば治っちゃうかもしれない。明日にはきっとよくなってる」

それは嘘だった。自分でもわかっている。だがいまこの瞬間、ケイトはただただ眠りたかった。そしてすべてを忘れたかった。

十一月十六日木曜日

I

　すでに夜中の十二時を十分過ぎていたが、ケイレブ・ヘイルにとっては真っ昼間でもおかしくなかった。ケイレブの目は冴えていた。冴えすぎていた。アドレナリンが体じゅうを駆け巡っているに違いない。いまいるのはモーテルのちっぽけな部屋だ。この部屋で数時間前、マンチェスター警察の武装チームがアレックス・バーンズを制圧し、アメリー・ゴールズビーを解放した。

　とはいえ、制圧という表現はあまり適切とは言えない。アレックス・バーンズは武器を持っていなかったし、抵抗もしなかった。その意味では彼は「制圧」される必要などなかった。武装した黒ずくめの男たちが突如部屋になだれ込んできたとき、アレックス・バーンズは即座に降伏した。驚き、ショックを受けて。

　そのあとに明らかになったのは、アメリー・ゴールズビーが「解放された」という表現もまた適切ではないことだった。アメリーはベッドのなか、アレックスの隣ですやすやと眠っており、警官たちが部屋になだれ込むと、悲鳴をあげてアレックスにしがみついた。それだけならまだ、そこまでおかしなことでもない。驚きとショックのせいだと説明もできる。だが武装チームがアメリーの安全を確保すると——つまりアレックス・バーンズから引き離すと——アメリーは彼の名前を呼び続け、最後には泣き崩れた。

「そばにいたいの」アメリーは泣きじゃくった。「お願い、彼のそばに行かせて」

いまアメリーは、ケイレブとともにこのモーテルの部屋にいる。腰を抜かすほど驚いたモーテルの経営者が、部屋の使用を許可してくれた。警察によってアレックスから引き離されたとき、アメリーは服を着ておらず、警官のひとりが素早く肩に毛布をかけただけだった。いまではもう服を着ている。小柄で痩せっぽちのアメリーは、蒼白な顔で不格好な肘掛け椅子にうずくまり、全身を震わせながら、着ているセーターをさらにきつく体に巻き付けていた。ケイレブは部屋の暖房の目盛りを上げ続け、ついには最高に設置したため、あまりの暑さにすでに上着を脱いでいた。まるで南国の太陽に焼かれているようだ。だがそれもアメリーにとっては無意味なようで、彼女の震えは止まらなかった。おそらくショック状態なのだろう。すでに医師が様子を見て、安定剤を与えていた。だがあまり効いているようには見えない。

「いまご両親がこちらに向かってるよ」ケイレブは言った。「それにヘレン・ベネット巡査部長も。ヘレンとはよく話をしてきただろう。全員がそろうまで待ったほうがいいかな、その……なにがあったのかを話してくれる前に」

それまでケイレブがなにを言っても黙りこくっていたアメリーが、初めて顔を上げてケイレブを見つめた。「いや。親とは話さない」

「どうして？」

文字どおりセーターのなかに消えてしまうほど縮こまって、アメリーは言った。「親には会いたくない」

「親御さんはもういつ着いてもおかしくないよ。君に会いたいと思っていらっしゃるだろう」

アメリーは再び泣き始めた。「いや」と繰り返す。「お願い、やめて！」

ケイレブは身を乗り出した。「アメリー。君とアレックス・バーンズは……どうなっているんだ？」

「彼のところに行きたい」

「バーンズは君を誘拐した。ガソリンスタンドで」

「違う」

「ならどうだったんだ？」

「私が電話したの。窓から出て、柵を乗り越えたあとに」

「君がアレックス・バーンズに電話をかけたのか？」

「そう」

「それでどうなった？」

「それでアレックスが来て、拾ってくれた」

先ほどアメリーがアレックスの名前を呼ぶのを耳にして以来ずっと、ケイレブの頭のなかにはひとつの認識が固まりつつあった。あまりに不愉快なため内心で抵抗したものの、その認識はどんどんはっきりとした形を取り、すべてを――ケイレブの捜査もこれまで手に入れた情報も、本当にすべてを――再びゼロに戻してしまった。

答えはすでに予想できたものの、慎重に言葉を選んで、ケイレブは訊いた。「君とアレックス・バーンズは……君たちが知り合ったのは、バーンズが君を海から助け出したときじゃないんだね？　君たちは……もっと前からの知り合いなんだね？」

アメリーは答えなかったが、かすかにうなずいた。

「つまり、君たちは以前から……関係を持っていた？」

アメリーは再びうなずき、ケイレブを見つめた。「そう。私、彼を愛してるの」

「バーンズは三十一歳の男だぞ。君は十四歳じゃないか！」そう言ってしまって、ケイレブは即座に後悔した。アメリーにとってそんなことが重要だろうか。ケイレブの言葉の意味が、アメリーにたとえわずかなりと理解できるだろうか。

「彼を愛してるの」アメリーは繰り返した。

「わかったよ」ケイレブは言った。「わかった」

ケイレブは考えた。アレックス・バーンズは十四歳の少女と寝たうえ、その子を自分に対する精神的依存状態にした鬼畜だ。しかしどうやら誘拐犯でも殺人犯でもないようだ。なにより、明らかになりつつある全貌に照らせば、アメリー・ゴールズビーの件はサスキア・モリス事件とは関連性がなさそうだ。

「君は誘拐なんてされなかったんだ。そうだろう？　十月のあのときも」

アメリーは再びうなずいた。

ケイレブはため息をついた。クソ、クソ、クソ。

「親には会いたくない」アメリーが再び小声で言った。

「会わないわけにはいかないだろうな」ケイレブは言った。自分の口調に棘《とげ》があることに気づいたが、どうしても怒りを抑えられなかった。目の前の少女は、体調も精神状態も悪い。それにたった十四歳だ。それでも……なんとも質の悪いゲームに加わったものだ。両親と警察に何週間も嘘をつき続けたのみならず、それによってサスキア・モリスを殺した犯人の捜査を間違った方向へと導いた。

「犯人のモンタージュは」ケイレブは言った。「あれは、全部デタラメなんだな?」

うなずき。

「かなりの崖っぷちだぞ」ケイレブは言った。「君と、君の彼氏は。彼氏のほうがずっとまずいな。十六歳に満たない少女とセックスしたんだから。君たちふたりがいま想像しているより、ずっとまずいことになるだろう」

アメリーの目に恐怖が浮かんだ。「アレックスは刑務所に行くことになる?」

ケイレブはうなずいた。「それは確実だろうな」

幸いなことに。いまこの瞬間、アレックス・バーンズ以上にとっとと塀の向こうに消えてほしい人間はいない。

「アレックスと知り合ったのはいつなんだ?」ケイレブは訊いた。

アメリーが一瞬、この問いに答えるべきかどうか考えているのがわかった。だがどうやら、協力的でいたほうが事態は自分に有利に働くと思ったようだ。「もうすぐ一年。一月に知り合ったから」

「どこで?」

「私、〈シー・サンクチュアリー〉でバイトしてたの。週末に。アレックスもちょうどその頃あそこで働いてた。それで出会ったの」

「で、関係はいつから?」

「二月」

ケイレブはため息をついた。アレックス・バーンズはぐずぐずしてはいなかったというわけだ。

外の廊下から足音と声が聞こえてきたと思うと、ドアがものすごい勢いで開いて、デボラとジェイソンが部屋に入ってきた。その後ろには、まるでベッドから直接ここに連れてこられたかのような様子のヘレン・ベネット。緑色のパンツに黄色いセーターという格好で、その色の組み合わせにケイレブの目はチカチカ痛んだ。おそらく暗い部屋で着替えたのだろう。髪はくしゃくしゃで、あらゆる方向にはねている。

逆にデボラとジェイソンは、まったく寝ていないように見えた。娘が再び姿を消したとなれば、眠ることなど考えられなかったに違いない。ふたりとも灰色に近い蒼白な顔で、寝不足のようだった。目の前の肘掛け椅子にうずくまった不機嫌で向こう見ずなこの少女は、自分の両親にどんな思いをさせたかをわずかなりと理解しているのだろうか、とケイレブは考えた。

「アメリー！」デボラが叫び、駆け寄って、娘を抱きしめようとした。ところがアメリーは肘掛け椅子のさらに奥へと後退して、拒絶の意思を示したので、デボラは思わずあとずさった。そしてアメリーを見つめ、それから助けを求めるかのようにケイレブに顔を向けた。「あの、大丈夫なんでしょうか？」

「娘さんは生きていて、健康体ですよ！」ケイレブは言った。「でも大丈夫なのはそれくらいですね」

ジェイソンは荒々しい視線であたりを見回していた。まるでこの部屋のどこかにアレックス・バーンズが隠れているとでもいうかのように。「バーンズなんですね？　あいつが娘を。あの男が娘とここに隠れていたんですね？　このモーテルに。いったい奴はなにを……」

「確かにバーンズでした。ただ、想像していらっしゃるのとは少し違います」ケイレブはジェイソンを遮って言った。

「違う？」

「アメリーにすべて話してもらわなくては」ケイレブは言った。「弁護士を呼びますか？」

そう尋ねると、呆然とした視線が返ってきた。

「弁護士？」まるでその言葉がなにを意味するのかわからないかのような口調で、デボラが訊いた。

「娘さんは非常に厄介な状況にあります」ケイレブは言った。「ですから私の義務として、弁護士を呼ぶ権利を……」

ジェイソンがケイレブを遮った。「弁護士なんていりません。なにがあったのか、いますぐ知りたい。いますぐだ。いったいなんだっていうんだ？」

2

今回のことで、アレックス・バーンズのこれまでの厚顔無恥で挑発的な余裕綽綽の態度は少しなりをひそめた。今朝、スカボローの警察署でケイレブ・ヘイルの目の前に座るバーンズは、以前より小さく縮んだように見えた。救われる道はもうないのだと理解したようだ。

「全部あの子が望んだことなんです」すでに何度も繰り返した言葉を、バーンズは再び口にした。「アメリーが。僕はもうずっと前から、こんなことはやめたいと思ってました。でもアメリーが放してくれなかったんですよ。あの子は僕たちの関係にしがみついていました。僕は連絡を断とうとしたんです。でもあの子にしつこく追いかけられて。もう終わりにしないといけないと何度説明しても、あの子は僕にメッセージを送ったり、電話をかけたりし続けました。それに何度も僕のフラットまで来て、大泣きしながら、入れてくれなかったら自殺すると脅すんですよ。僕はいったいどうしたらよかったたって……」

「いい加減にしろ」ケイレブは言った。罪を免れようとアメリーに責任を押しつけるアレックスのやり方に吐き気がした。「昨夜マンチェスター警察が空港近くのあのモーテルで、十四歳のアメリー・ゴールズビーとベッドにいる君を発見したときには、君は望まない状況に陥れられた無力な犠牲者にはまったく見えなかった。自分の意思ではどうしようもない災難に見舞われたかのような態度はやめるんだ」

「でもある意味では本当に僕の意思ではどうしようもなかったんですよ」アレックスは即座にそう返した。「アメリーは、ガソリンスタンドのトイレの窓から抜け出したあと、僕に電話をしてきたんですけど、興奮状態で、めちゃくちゃヒステリックでした。どうすればよかったんです？　僕はすぐに駆けつけて、アメリーを文字どおり通りで拾い上げました。だって僕は……」

「どうすればよかったか？」ケイレブはバーンズの言葉を遮った。「遅くともその時点で、すぐにアメリーと一緒に警察に出頭するべきだったんだ。無意味でめちゃくちゃな逃避行を始めて事態をさらに悪くする前に。それは別にしても、そもそもアメリーと関係を持つこと自体、絶対に、絶対にあってはならなかったんだ。君がアメリー・ゴールズビーと性的関係を持った今年の二月、彼女は十三歳だったんだぞ。十四歳になったのは七月だからな。いいか、ミスター・バーンズ、それだけで君は少なくとも二年は刑務所に行くことになるんだ！」

アレックスはいまにも泣きだしそうな顔になった。「知らなかったんです。アメリーは、自分は十六歳だって言ったので。化粧したあの子の姿を一度見てみてください、そうすればわかりますよ。本当に……本当に十六歳に見えたんです！　七月のあの子の誕生日に初めて十四歳になったって知ったんですよ。すぐに別れようとしました。でも……あの子が放してくれなかった！」

「それは大変お気の毒様」ケイレブは言った。

アレックスが深く息を吸い込んだ。「あの子、まるで正気を失ったみたいでした。もし僕が会うのをやめたら自殺するって、ずっと脅し続けたんですよ。本当に死ぬんじゃないかと思うと、怖くて」

「それで君は英雄的な自己犠牲精神で彼女と寝続けたというわけか。なんとも素晴らしい無私の心だな」ケイレブは言った。

アレックスは唇を真一文字に引き結んで、なにも言わなかった。

ケイレブはすでにアメリーからことの次第を聞いていた。夜中に、呆然とする両親の横で、アメリーはすべてを語った。デボラとジェイソンは、アメリーが再び姿を消したとき、家族にとってこれ以上悪い事態は起きようがないと考えていた。だがそれは間違いだった。

「十月十四日、アメリーは君に電話をかけた」ケイレブは言った。「そして〈テスコ〉に停めてあった母親の車を降りて、バーニストン・ロードを歩いていった」

「そうです。アメリーのいつもの電話でした。家を出たい、あなたのところに行きたい、お願い、すぐに来て、来てくれないなら自殺してやる……だから僕は、わかった、うちにおいでって言いました。そして彼女を迎えに行きました。クリーヴランド・ウェイを歩いていったんです。アメリーと会ったのは、ノース・ベイとサウス・ベイの中間地点でした。アメリーはクラス旅行に行きたくないとかで、ヒステリックでした。それに、もう両親のところにはいたくない、僕と一緒に暮らしたいって言いました」

「それで君は、彼女を自宅へ連れていったんだな」

「そりゃ、もちろん。あんな状態のアメリーを放っておくわけにはいきませんよ」

「家へ帰るようアメリーを説得することもできなかった？」

「できません。あり得ませんよ。アメリーが望まなかったんですから」

「じゃあどうしてご両親に連絡を取らなかった？　自分たちがなにをしているのか、君にはわかっていたはずだろう！」

アレックスは途方に暮れたように肩をすくめ、なにかよくわからないことをつぶやいた。

ケイレブは身を乗り出した。「君がどうしてご両親に知らせなかったのか、教えてやろうか。ミスター・バーンズ、君は怖かったんだ。まだ年端もいかない少女と関係を持つという罪を犯してしまった。そしてその少女がしがみついて離れてくれない。アメリー・ゴールズビーはな、本当に君に恋をしたんだ。しかも私の見たところ、精神的、性的依存症だな。そんなアメリーを家へ帰したりしたら、彼女は両親になにもかも打ち明けるかもしれない。いや、最後にはアメリーはそうすると脅したんだろう。君はとことんまずい状況に自分を追い込んだんだよ、ミスター・バーンズ。君はもうやめたかったのにアメリーが許してくれなかったという話は、そのとおりだろうと思うよ。だが君は、被害を最小限に留めるために自分から警察に出頭する代わりに、どうせもうまずいことになっているんだから、せめて少し金をせしめてやろうと決めた」

「そうじゃないんです」アレックスが即座に言った。「アメリーが始めたことなんです」

「始めたとは?」

「アメリーが〈テスコ〉から逃げたあの日……あの日、ほら、女の子の死体が発見されたじゃないですか。サスキア・モリスでしたっけ。あちこちでみんなが〈ムーアの殺人鬼〉の話をしてた。それでアメリーは、きっと両親は彼女が〈ムーアの殺人鬼〉の犠牲になったんだと考えるはずだって言ったんです。実際そのとおりでした。どの新聞も、そう推測されるって書いてました。警察もそう考えてるって」

「それで君は、ちょっと危険が大きすぎると考えたんだな」ケイレブはそう言った。

アレックスはうなずいた。「僕は……クソ! だって女の子を実際に殺した奴がそこらをうろついてるってときに、次に行方不明になった女の子がうちにいるなんて。どうしたらいいのか……アメリーをずっとうちに置いておくわけにはいきませんでした。彼女の写真はメディアに出回ってましたからね。もう僕のフラットを出ることもできなくなった。呼び鈴が鳴るたびに、僕はもうパニックでしたよ。どうしたらいいのか、さっぱりわからなかった」

「アメリーを家に戻さなければならない。それも、本当はなにがあったのか誰にも知られることなく。それに、ついでに少し金を手に入れるのも悪くないと思った。そういうわけで、君はアメリーを海から助け出したかのように一芝居打つというとんでもないアイディアを思いついた。アメリーは謎の車に隠れて誘拐犯のもとから逃げる。追跡劇。アメリーは犯人から逃げようと海に飛び込む。そこに君が偶然通りかかって、彼女を陸に引っ張り上げる。君は英雄的な救出者になり、アメリーの両親は一生君に感謝し続ける義務を負う。それを君はなんともうまく利用して、いろいろ便宜《べんぎ》を図ってもらったうえに、最後にはとんでもない額の金まで手に入れたわけだ」

アレックスは黙り込んだ。

「君はそうすることで、警察の捜査を完全に間違った方向に導いたわけだが、その点はまったく気にならなかったんだな」ケイレブは続けた。「警察はサスキア・モリスを殺した冷酷な犯人を懸命に探していたんだ。その警察を、君は間違った犯行の成り行きや、間違った犯人像や、間違った逃亡劇で騙した。車も、犯人を訪ねてきた謎の男も、その車に隠れてアメリーが逃げたという話も、上から下まで全部嘘だった。誘拐犯の年齢、犯行のやり方、スカボローから隠れ家までの距離――すべて我々の捜査にとって重要な情報だったんだぞ。それがすべて真っ赤な嘘だったんだ。ミスター・バーンズ、君がはまっている泥沼がどれほど深いか、わずかなりと想像できるか？」

「僕ひとりの計画じゃありませんよ。僕は……」

「いい加減にしろ。すべての責任を未熟な十四歳の少女に負わせるのはいい加減にやめるんだ。君は大人の男だ。自分がなにをしているのか、わかっているべきだったんだ！」

アレックスはうなだれた。

「君が友人の引っ越しを手伝うために借りたと言っていた車は……」

アレックスが顔を上げた。「それは本当です。友人にはもう何週間も前から手伝うと約束していました。そして実際に手伝ったんです。僕は……」

ケイレブは手を振ってバーンズの話を遮った。「わかってる。君が段ボール箱を運んでいるのを見た人たちがいるんでね。だが、その車を使ってムーアまで行って、アメリーの身分証明書の入ったバッグと化粧ポーチを駐車場近くの草むらに捨てただろう。サスキア・モリスが誘拐された直後に彼女の持ち物が発見されたのと非常によく似た状況だ。その話が再びあらゆるメディアで蒸し返されたせいで、君は自分がなにをすればいいか、具体的なヒントを得られたというわけだ。つまり君は完全に意図的に痕跡を捏造《ねつぞう》したんだ」

アレックスは今度もなにも答えなかった。

「アメリーの携帯は、もちろん別の方法で処分した。おそらく十月十四日にもう海に捨てたんだろう。またはどこかの沼にでも。居場所が特定されては困るからな。それに君とアメリーが偽の誘拐事件の前に交わしたたくさんのメッセージが警察の手に渡っても困る。同じ理由で君は、あとから自分の携帯も海に捨てた。そしてアメリーの手をつかんでいるあいだにポケットから落ちたと説明したんだ。ちなみに、君たちがEメールをやりとりしなかったのは幸運だったな。アメリーのコンピューターから君のメールは一通も見つからなかった。おそらく君がアメリーに忠告したんだろう。娘が学校に行っているあいだに両親がコンピューターをチェックするんじゃないかと恐れて」

沈黙。

「あと、君の視点からの話を聞かせてもらいたいんだが」ケイレブは続けた。「どうやってアメリーに協力させたのか。確かに彼女はおそらく君の言いなりで、言われたことはなんでもするんだろう。だが今回のことで不思議なのは、君の計画に従えば結局のところアメリーは家に戻ることになる点だ。彼女はそれだけは絶対に嫌だと言い張っていた。それなのに、どうやって彼女に協力させたんだ？」

アレックス・バーンズは今度もじっと黙っていた。頭のなかで必死にあれこれ考えているのがわかる。やがてバーンズは言った。「弁護士を呼んでください」

ケイレブはうなずいた。「君の状況を考えれば、悪くないアイディアだ。だがな、世界じゅうのどんな弁護士も、君をこの泥沼から救い出してはくれないぞ。それは保証する」

アレックスは憎しみのこもった目でケイレブを見つめたが、なにも言わなかった。

「わかってるんだぞ」ケイレブは続けた。「君はアメリーに協力させるために、空約束をしたんだ。アメリーが昨日ご両親に打ち明けた話では、彼女は君と駆け落ちするつもりだった。それに、君たちふたりがどこかに逃げて、暮らしを安定させるまでの最初の期間にやっていけるだけの金を手に入れるつもりだった。英国の外に逃げるんだってな。アメリーはギリシアの島だとか言ってたぞ。オリーブの木を植えて、太陽の下、海のそばで素朴な暮らしをするんだと。君が彼女の頭に植えつけた戯言《ざれごと》だろう。おそらく君自身はそんなつもりはまったくなかったんだ。アメリーはとうにお荷物になっていたんだろうからな。だが、とりあえずはおとなしくしていてもらわねばならないというわけだ。君たちは海からの救出劇を演じ切って、アメリーは家に戻り、そして君はご両親からできるだけ多額の金を引き出そうとした。だがそれは当初考えていたより難しかった。素晴らしい立地にあるあの大きくて立派な家……おそらく君は、あの一家はとても裕福なんだと思っていたんだろう。ところが実際のところ、ゴールズビー家はあの家を買うためにかなりの無理をしたんだ。そのことはアメリーさえ知らなかった。ご両親が娘に不安な思いをさせたくないと考えたからだ。そういうわけで、彼らは君に深い感謝の念を表したうえ、デボラ・ゴールズビーにいたっては君の仕事探しを懸命に手伝いはしたものの——とはいえ、君は仕事を見つけたいとはこれっぽっちも思っていなかったわけだが——君が望んでいたような多額の金が払われることはなかった。そこで君は結局ゴールズビー家を訪ねて、厚かましくも具体的な要求をしたわけだ。あの時点ではすでに君はとことん嫌われていたから、ドクター・ゴールズビーも、もともと眠れなくなるほど限度ぎりぎりまで借りていたローンをさらに上積みして、君に娘の救出に対する謝礼金を払うことに同意した。三万ポンドとはな。新しい生活を始める資金としては悪くない」

「弁護士を呼んでください」

「呼ぶさ、心配しなくても」ケイレブは手の中のペンをもてあそんだ。頭が痛い。この事件はもはや手に負えなくなってしまったような気がする。机を挟んで向かい合っているこの男に、何週間も騙されてきたのだ。そしていま、サスキア・モリス事件に関してケイレブの手にはなにひとつない。おまえは首まで泥に浸かっているんだぞ、相当長いあいだ刑務所暮らしになるんだぞ、と冷たく皮肉な口調でアレックス・バーンズに告げながら、ケイレブ自身が絶望に呑み込まれそうだった。時間も労力も人員も予算も、すべてが無駄になった。責任を取らされることになるだろう。なぜこんなことになったのかと説明を迫られるだろう。刑務所に行く危険はない。だが山のような問題が降りかかるだろう。だから、目の前の打ちひしがれた惨めな男より自分のほうがましだとは、まったく思えなかった。

「ただ君にとって難しかったのは」ケイレブは余裕を醸《かも》し出そうと懸命になりつつ続けた。「アメリーがどんどん落ち着きを失っていったことだ。彼女は一日じゅう家にこもって、日ごとに鬱になっていった。君からの連絡が来て一緒に逃げられる日を、祈るような思いで待っていた。君にとって彼女はちょっとした時限爆弾のようなものだったろうな。とはいえ、君はかなり運がよかったんだぞ。警察所属のカウンセラーによれば、海に飛び込んだことと、君が本当にアメリーを独力では引っ張り上げられなかったことで、アメリーは本物のトラウマを抱えたんだ。計画では、君はアメリーを即座に海から引っ張り上げることになっていた。ところがそれがうまく行かず、長いあいだ助けが来る気配もなかった。君の力は尽きかけて、アメリーの手をつかんでいるのが難しくなり、アメリーは本当に死の恐怖を味わったんだ。だからこそ、あとから何度も何度も海のなかの話をするアメリーには信憑性があったわけだ。彼女の話を疑う者はいなかった」

「ええ、まあね」アレックス・バーンズが言った。少しばかり自信を取り戻したように見える。最初のうちは、自分はもう破滅だと思っていた。だがいまでは、目の前の警部も自分と似たり寄ったりの状況だと気づいたようだ。「警部さんにとっても災難でしたね」

ケイレブはペンをきつく握りしめた。落ち着け、と自分に言い聞かせる。

「アメリーはだんだん我慢がきかなくなり、おまけに君への想いをつのらせた」ケイレブは続けた。「だからガソリンスタンドのトイレから抜け出して、君に電話をかけた。彼女の耳にはいろいろ聞こえていたんだよ、我々皆が思っていたよりもな。だから両親が君に大金を支払ったことも知っていたんだ。そこで、ついに君と駆け落ちできると考えた。ところが悪いことに、君はもうとっくに彼女と逃げるつもりなどなかった。それなのにどうして彼女を拾った？」

アレックスは黙っていた。

「私が答えてやろう」ケイレブは続けた。「君は知っていたんだ。もしもアメリーがまた行方不明になったら、警察が即座に捜索を始め、最初に疑われるのが自分だとな。そこで君はアメリーに会って、家に帰るよう説得した。自分を信じて待っていてほしいとな。とにかくアメリーをなだめるために、あれこれ言った。ただ、もうそんな言葉には効き目がなかった。アメリーはもうあれ以上待つ気がなく、両親のもとに戻るのを拒否した。君にしがみついた。容赦なく。すぐに警察が戸口までやって来ると君にはわかっていた。そのときにアメリー・ゴールズビーが君の自宅のなかか、玄関前にでもいれば、非常にまずいことになるとも」

「あの子はダニみたいなもんだった」アレックスが言った。「ダニ」という言葉を、吐き捨てるかのように口にした。「正真正銘のダニだったよ！」

「そこで君は彼女と一緒に逃げた。非常に間抜けな計画だな。うまく行くわけがない。もちろん我々はすぐに君が車を買ったことを突き止めた。当然ナンバーもだ。君が捕まるのは時間の問題だったんだ」

アレックスはなにも言わなかった。

「とはいえ」ケイレブは付け加えた。「ほかにどうすればよかった？　あのときが、自分から警察に出頭してすべてを自白する最後のチャンスだったんだ。だが君にはその勇気がなかった。だから逃げ出した。必然的にアメリーと一緒にね。いったい彼女をどうするつもりだったんだ？　どこかの時点で始末するとか？」

「僕は殺人犯じゃない」アレックスが言った。

ケイレブはうなずいた。「手を放すことだってできたんだからな。あの嵐の晩、アメリーが荒波にもまれながら必死に石壁にしがみついていたとき。そんな考えが頭をよぎっただろう？違うか？　もちろんわずかながら危険はある。流されたアメリーが生きたままどこかに打ち上げられるかもしれないからな。だがその確率は低い。あそこで手を放してさえいれば、君の問題はすべて解決したんだ」

「だから言ったでしょう、僕は殺人犯じゃないって」アレックスが激しい口調で言った。「そんなことできるもんか。ああ、そうだよ、できるなら手を放してしまいたかった。もうアメリーとの関係は全部手放してしまいたかったんだ。アメリー・ゴールズビーは僕にとって悪夢になりかけてたからね。でも彼女を殺したりはしなかった。なにがあっても。あんたが僕のことをどんな人間だと思ってるかは知らないけど、僕は殺したいなんて一瞬たりとも考えなかったよ。どこかに消え去ってほしいとは思ったよ。でも、絶対に殺したりはしなかった。誰だろうと、殺したりしない。そんなことは僕にはできない」

ケイレブは表情を変えずにじっとアレックス・バーンズを見つめた。バーンズは筋金入りの嘘つきでペテン師ではある。それでも、この一点では彼のことを信じられた。アレックスは暴力的な犯罪者ではない。怠け者で、ずる賢く、嘘つきで、自分の利益のことしか考えず、他人の状況や気持ちのことなど気にもかけず、計算高く、陰険な男だ。けれど殺人犯ではない。傷害罪さえ、彼という人間には犯せないだろう。

「少なくともそれは」アレックスが言った。「僕の有利になりますよね？　裁判で」

ケイレブは立ち上がった。「ミスター・バーンズ、我々の社会ではな、市民が人を殺さないことは当然の前提なんだ。だから、殺人犯でないというのは人を評価する際に大きなプラスになるとはいえない。私が君の事件の裁判官でないのを幸運に思うんだな。私なら法律が許す最大限の重い判決を言い渡すだろう。とはいえ、私相手でなくとも、慈悲と理解が得られるとは思わないほうがいい。私は検察側の証人のひとりとして証言することになる。その際は君に情けをかけることは決してない。それは保証する」

アレックスもまた立ち上がった。そして嘲るような顔でケイレブを見つめた。「あんたは怒ってる。それにいらついてる。ずいぶん時間と金を無駄にしたんだもんな！　あんたはサスキア・モリスを殺した犯人を見つけようとして、僕に食いついたんだ。完全に間違った人間に。何週間もアメリーに護衛をつけたのも、まったく無意味だった。無駄もいいところだ。ゴールズビー家の前に停めた車のなかにいるあの間抜けなふたり組を見るたびに、心のなかで笑いが止まらなかったよ。延々とあんなところに座り込んでさ。アメリーの命を狙ってる奴なんて、実はどこにもいないのに。大間抜けだ。それに最高なのはさ、あんたが本物の犯人には一歩も近づけなかったってことだ。犯人はきっとこの隙にゆっくりと次の犠牲者を探せたことだろうな。いや、もう誘拐したあとかもしれないぞ。時間はたっぷりあったから。素晴らしいよ、ケイレブ・ヘイル警部！　完璧なお仕事ぶり。俺があんただったら、まずはたっぷり強い酒でも飲むところだな。聞いた話じゃ、酒はあんたに奇跡をもたらしてくれるそうじゃないか。クソの山からどうやって抜け出すか、飲めばアイディアが湧くかもしれないぞ！」

3

高齢者介護施設〈トレスコット・ホール〉は、一見したところまるで領主のお屋敷だった。チューダー時代に建てられた大邸宅で、黒い石造りの外壁にいくつものアーチ形の窓が並んでいる。窓ガラスに秋の日の黄白色の陽光が反射している。たくさんの棟《むね》から成る広大な施設はハルの町はずれ、内陸側にあり、見渡せるのはどちらかといえば退屈な丘陵地帯だ。海からは少し離れている。町の喧騒からも。住人たちはここに人生最後の数年、いや、ときには最後の数か月を過ごしに来る。ケイトは、住人たちの窓からの眺めが、あたりの死んだような景色だけでなく、もっと多彩であればいいのにと思った。

だがもしかしたら、そう思うのは季節のせいかもしれない。いま、裸の木々と荒れた茂みには黄色い葉がまばらについているだけだ。

ケイトは玄関前の駐車場に車を停めた。近づくにつれて、建物が遠くから見るよりも荒れていることに気づいた。壁にはヒビが入っているし、窓の下には湿気から来る染みができている。雨どいの一部が壊れている。西側の壁沿いには蔦《つた》が屋根まで伸びていて、屋根瓦の隙間からも飛び出ていた。誰も手入れしないせいだろう。

大きな重い樫材のドアには呼び鈴が付いていた。ケイトはそれを押して、待った。しばらくたつとブーッという電子音がした。ケイトはドアを押して、玄関ホールに足を踏み入れた。

最初の印象は「暗い」だった。それに暖房が入っていない。消毒スプレーのにおい。

思わず天に向かって短い祈りの言葉をつぶやいた――年を取ったとき、こんな場所に暮らすことになりませんように。

若い女性が急ぎ足で近づいてきた。暗い玄関ホールから放射線状に延びているらしい廊下のどれかからやって来たようだ。

「はい？」息を切らせて、女性が言った。

今回の訪問では、記者だという嘘は封印しようと決めていた。記者だと名乗ったら、ときどき頭が混乱するという、もしかしたら病気かもしれない高齢女性に会わせてもらえるかどうか、心もとなかったからだ。今回は禁じ手を使うつもりだった。つまり本物の身分を打ち明けるのだ。

ケイトは警察証を取り出した。「ロンドン警視庁のケイト・リンヴィル巡査部長です」

ケイトの計算では、危険は比較的小さいはずだった。スカボロー警察はハナ・キャスウェル事件の捜査をすでに中断している。そして、万一ケイレブ・ヘイルがこの事件をあらためて引っ張り出すことがあるとしても、おそらく高齢のミセス・キャスウェルから再び話を聞こうとは思わないだろう。

いつものように、高名なロンドンの警察組織の名前は著しい効果を発揮した。若い女性は目を見開き、「ええっ」と言って、ケイトを畏敬の眼差しで見つめた。

「ミセス・キャスウェルにお会いしたいのですが。うかがいたいことがありまして」

「ミセス・キャスウェルですか……あまりお加減がよくないんですけど。それに……」

「二、三質問するだけです。お時間は取らせません」

「その……昔の事件の話ですか？　お孫さんの？」

「ご存じなんですか？」

「ええ。ミセス・キャスウェルがこちらに入居されたのは、あのことがあった一年後だったので。お孫さんがいなくなられた一年後です。ミセス・キャスウェルは、毎日、昼も夜もその話しかなさいませんでした。大変なご心痛で。以前はハルにあるご自宅に暮らしていて、とってもお元気だったそうなんですよ。でもあのことがショックで、あっという間に弱って、病気になってしまって、ひとりでは暮らせなくなったんです。それで息子さんがここに連れてこられました」

「息子さんはよく面会に来られますか？」

女性は軽蔑するように顔を歪めた。「ミセス・キャスウェルは三年前からこちらで暮らしていらっしゃいますけど、息子さんが来られたのは一回だけです」

「ミセス・キャスウェルを不必要に興奮させたくはないのですが」ケイトは言った。「でも、彼女と話をすることがとても重要なんです」

若い女性は一瞬考え込んだ。ケイトは記者だと名乗らなくてよかったと心の底から思った。そんなことをしていたら、絶対に通してもらえなかっただろう。

「わかりました」やがて女性が言った。「でも、本当に慎重にお願いします。ミセス・キャスウェルはときどき頭がすごく混乱するんです。そんなときにしつこくすると、泣きだしてしまわれます」

「ご心配なく。興奮させないようにしますから」とはいえ、実のところケイトには自信がなかった。ハナの話をせざるを得ないが、それは祖母が落ち着いていられる話題ではないだろう。

ケイトは女性のあとから長くて暗い廊下を歩いた。左右にはたくさんのドアがあり、まるで死んだように静まり返っている。

とあるドアの前で女性は立ち止まり、ノックをした。だがなかから返事が聞こえる前にドアを開けた。

「ミセス・キャスウェル、お客様ですよ!」

「寒い」レオノール・キャスウェルが言った。さっきからもう何度もこの言葉を繰り返している。背中を丸めて窓際の安楽椅子に座った彼女は、膝に毛布をかけ、肩にも別の毛布をかけているが、それでも震えを止められないようだった。ケイトと女性が部屋に入ったとき、レオノール・キャスウェルはひどく震えていた。職員の女性は非常に決まりが悪かったようで、すぐに二枚の毛布を持ってきたが、レオノールの体はすでに冷え切ってしまっているようだった。いまだに唇は真っ青だ。

ケイトも寒かった。暖房が極限まで節約されているのもあるが、そもそも天井が非常に高い古くて大きな建物を温めるのは、難しいというよりほぼ不可能なのかもしれない。レオノール・キャスウェルの部屋にはベッドが一台と、洋服箪笥、テーブル、それに椅子が二脚あった。石の床には絨毯が敷かれておらず、壁に絵もかかっていない。ケイトは修道僧の部屋を連想した。厳しい戒律と質素な暮らしで有名などこかの修道院の。窓からは中庭が見える。その向こうにはまた窓と壁。レオノール・キャスウェルは一年じゅう、一日じゅうこの部屋にひとりで座って、この中庭を眺めているのだ。もともと健常な人でも、ここに来れば精神に混乱をきたすだろう。ライアン・キャスウェルは本当にひどい人間なのだと考えて、怒りが湧き上がった。自分の母親を住まわせるのに、もっといい場所はいくらでもあったはずだ。高価で贅沢な施設でなくても、もっと居心地のいいところが。それに、もっと暖かいところが。年を取った人たちがこんなふうに寒さに震えることなど、あっていいはずがない。だが、この三年間で一度しか母親を訪ねていないのなら、おそらくライアンはなにも知らないのだろう。レオノール・キャスウェルの衣食住は保証されている。おそらくそれ以上のことは、ライアンには興味がないのだ。

レオノール・キャスウェルと会話を始めるのは難しかった。どうやら彼女は精神的に別の世界に住んでいるようで、「警察」という言葉にも反応しなかった。ただ何度も「寒い」と繰り返すばかり。先ほどの職員の女性は、温かいお茶を持ってくると言って、すでに部屋を出ていた。ケイトは職員がいないあいだに少し話を進めようと思って、二脚目の椅子を引き寄せると、ミセス・キャスウェルと向かい合って腰を下ろした。コートは着たままでいた。

「ミセス・キャスウェル……ハナさんのことでお訊きしたいことが。お孫さんのことです。憶えていらっしゃいますか?」

レオノールが顔を上げた。「ハナ?」

「ええ、お孫さんの」

「ハナは私の孫よ」

「ええ、存じています。ハナさんは……しばらくここには来ていませんね?」

「来ていない」

「お寂しいでしょう?」

レオノールは顔をそむけると、再び中庭に視線を向けた。ハナの名前を出したらレオノールが泣きだすのではないかとケイトは恐れていたが、現実はさらに厳しかった。彼女はいま、ケイトがなにを話しているのかよく理解していない。

もっとずばりと切り込まなくては。「ハナさんが行方不明であることはご存じですね? 四年前から」

「ハナは行方不明」

「ええ。ずいぶん長いあいだ。最後の日はお祖母様のところにいましたね。ハルのお宅に。当時はまだここにお住まいじゃなかった」

「ハナは行方不明」

レオノールはゆっくりと、少し間延びした話し方をした。きっと薬を飲んでいるのだろうとケイトは思った。強い抗鬱剤と安定剤を。この施設を訪問したのは無駄だったかもしれない。レオノール・キャスウェルは弱っているうえ、おそらくここでの暮らしで自己防衛の方法を築き上げたのだろう。

ケイトは別の名前を試してみることにした。「私、ライアンさんのお宅にうかがったんです。息子さんの」

「あの子はいい子」レオノールが言った。

ケイトの意見は違ったが、それは口に出さずにおいた。「ライアンさんは父親としてどうでしたか？　ハナさんの父親として。憶えていらっしゃいますか？」

レオノールの生気がわずかながら戻り、明晰になったように見えた。彼女の目からそれがわかった。おそらく少し時間が必要だったのだ。何日も、何週間も、何か月も安楽椅子に座ったまま、毎日「おはよう」と「こんばんは」くらいしか人の声を聞くことがなかったのなら無理もない。

「ライアンはハナを愛してた。とても」

「ハナさんの自由をあまり認めなかったとうかがったんですが」

「ライアンはハナを愛してた」

「ミセス・キャスウェル、ハナさんが自分の意思で逃げた可能性はあると思いますか？　自由にさせてもらえないからという理由で」

レオノールは頭のなかで質問の意味を考えているようだった。やがてこう答えた。「いいえ。ハナは逃げたんじゃない」

「では、なにがあったんだとお考えですか？」

「わからない」

「でも、きっといろいろお考えにはなったでしょう？　あの日ハナさんにお会いになったんですから。どんな様子でしたか？」

「優しかった。いつもどおり。とっても優しかった」

「ハナさん、怖がっていましたか？　お父さんのことを」

レオノールは首を振った。「いいえ」

「じゃあ、誰か別の人のことは？」

「いいえ」

「ケヴィン・ベントという人を知っていますか？」

レオノールは眉間《みけん》に皺をよせた。間違いなく彼女もベントの名前を孫の失踪との関連で耳にしたことがあるはずだが、もうよく思い出せないようだった。「よく……わからない……」

「ハナさんはあの日、なにか特別なことを話しませんでしたか？　誰かのこととか。ボーイフレンドのこととか。または女友達のこととか」

「いいえ」

ケイトは考えた。このままでは新しい情報は得られない。新しい情報などないからなのか。それともレオノールが苦しい時期の記憶をあまりに抑圧しているからなのか。

「ライアンは悪い子じゃない」突然、レオノールが言った。「悪いことなんてしていない」

「悪いことをしていないってどういう意味ですか?」ケイトは訊いた。「ライアンさんが悪いことをしたなんて言う人がいるんですか?」

年老いたレオノールは遠い目になり、「チェンバーフィールド」と言った。

「チェンバーフィールド? それは誰かの名前ですか? それともどこかの施設?」

「あの子は悪くなかった」

ケイトは鞄からペンとメモ帳を取り出し、その言葉を書きつけた。「チェンバーフィールド」。記憶がうずいた。どこかで聞いたことがある。検索しようと携帯電話を取り出したが、圏外になっていた。

「ミセス・キャスウェル、チェンバーフィールドって誰ですか? それとも場所の名前?」

「あの子がいたの」

「誰が? ライアンですか?」

「ライアンはチェンバーフィールドにいた」

「いつ? いついたんですか?」

レオノールのぼんやりした視線が再び明晰になった。「もうずっと昔のこと。ずっと昔。ハナが生まれるより前」

「わかりました。ライアンさんはそこでなにをしていたんですか?」

「あの子は悪くなかった」

「もちろんです。でも、なにをしていたんですか?」

レオノールは深いため息をついたが、返事はしなかった。

「ミセス・キャスウェル! 憶えていらっしゃいますか? ライアンさんはチェンバーフィールドでなにをしていたんですか? どうしてそこにいたんですか?」

答えはない。

「チェンバーフィールドってなんなんですか?」

レオノールは今度も答えなかった。一瞬生気のある明るい光の灯った目が、またしても閉じられた。レオノールは別の世界へと行ってしまった。人生の恐怖も痛みも届かない世界に。

そのときドアが開いて、先ほど玄関ホールまでケイトを迎えに来た若い女性が現われた。フルーツティーの香りがするカップをふたつ盆に載せて。それにボロボロに崩れやすいクッキーを盛った皿も。

「ちょっとした元気づけに」若い女性はそう言って、微笑んだ。

ケイトは感謝の念とともに温かいカップを手に取った。手に熱が伝わっていく。レオノールはお茶には手をつけなかった。目の前のカップに気づいてさえいない。ただじっと窓から外を見つめたまま、心はどこか遠い場所をさまよっている。

「チェンバーフィールドというのがなんのことか、ご存じじゃありませんか？」ケイトは訊いてみた。「ミセス・キャスウェルがさっき、息子さんがそこにいらしたとおっしゃったんですけど、どういうことかよく……」

「チェンバーフィールド？」女性がおうむ返しに言った。「なんですって！　ライアン・キャスウェルがそこにいたんですか？」

「どうもそうらしいんですが、どういうことですか？」

「精神科のクリニックですよ」

その言葉に、ケイトははっとした。ようやく思い出した。チェンバーフィールドという名前を二、三度耳にしたことがあるのを。重症の患者が入院するクリニックだ。

「ニューカッスルのほうね」ケイトは言った。「思い出した。そう、チェンバーフィールドだったわ」

「重症の患者が多いところですね」若い女性が言った。明らかに彼女には偏見があるようだ。怖いのかもしれない。「ミスター・キャスウェルがそこにいたっていうなら……！」

「でも、どうしてそこにいたのかはわからないんですから」ケイトはなだめるように言った。「重度の鬱だったとか、自殺の恐れがあったとか……つまり、他人に危害を加える恐れがあったとは限りませんよ」だが実際のところ、ケイトの思考はフル回転していた。ライアン・キャスウェルがなぜチェンバーフィールドにいたのか、どうしても突き止めなければ。どうやら彼は無愛想で変わり者でときに耐え難い人間であるばかりでなく、病気でもあったようだ。心の病気。

精神的な病を抱えた男の娘が、忽然と姿を消した。そして男にはその間のアリバイがない。当時ケイレブ・ヘイルは捜査の際にキャスウェルの履歴のこの部分に気づかなかったのだろうかと、ケイトは少し不審に思った。ケイレブがこのことを知っていたとして、ケイトに話しただろうか？　少なくとも、知っていれば捜査はもっとキャスウェルに焦点を当てたものになっただろう。それとも、ケイレブは知っていたが、詳しい捜査の結果、結局それほど重要ではないとわかったのだろうか。

「あの子は悪くなかった」とレオノールは何度も言った。ということは、なにかがあったのだ。ライアンがクリニックに入院するに至ったなにかが。なにか悪いことが。母親が息子をかばって、見知らぬ人間であるケイトに対して、なにがあったにせよ息子はいい人間なのだと弁護せねばならないようななにかが。

できればいますぐケイレブに電話をかけて、このことを知っているか、どんな事実をつかんだのかと訊いてみたかった。だが、そうするわけにいかないことはわかっていた。ケイレブは怒り狂うだろう。すでに月曜日の晩に、ケイトが記者のふりをしてアメリー・ゴールズビー失踪事件に関わりのある人間と連絡を取ったことを知られただけでも、充分まずい。いつケイレブから電話がかかってきて非難されてもおかしくないと思っているくらいなのだ。彼にはケイトがどこまで調査の手を広げているかなど、言わないほうがいいだろう。

ケイトはケイレブのことが好きだった。友人としてのケイレブを失いたくなかった。チェンバーフィールドに行こう。医師たちから話を聞き出すのは難しい。たとえスコットランド・ヤードの刑事でも。それはわかっていた。それでもライアン・キャスウェルの秘密をなんとか探り出したい。最初からライアンのことは気になっていた。もしかしたら自分の直感が正しかったとわかるかもしれない。

時計を見て、カップをテーブルに戻すと、ケイトは急いで立ち上がった。家に帰らなくては。不動産業者が四時に買い手候補を連れてくることになっている。チェンバーフィールドを訪ねるのは明日だ。

レオノール・キャスウェルに別れの挨拶をしたが、なんの反応も返ってこなかった。ケイトは先ほどの若い職員に連れられて、暗くて長い廊下を歩き、玄関ホールに戻った。外に出ると、解放感のあまり深く息をついた。建物内の雰囲気はあまりに重苦しかった。レオノールが寒さにひどく震えていた様子が頭から離れなかった。自分が年を取ったらどんな暮らしをすることになるのだろうと考えたが、すぐにきっぱりとそんな想像を頭から追い出した。いまこの〈トレスコット・ホール〉の鮮烈な印象を抱えたままそんなことを考えれば、一日の残りをずっと鬱のまま過ごすことになってしまう。

車に乗り込み、少し町の方向へと走ると、空いた駐車場所を見つけて車を停め、携帯電話をチェックした。デイヴィッドからメッセージが来ていた。

夜に会うのを楽しみにしてる!

ケイトは微笑んだ。温かな幸福感が全身を満たす。

ふたつ目のメッセージはコリンからで、しかめっ面の自撮り写真が添えられていた。

君がどうして僕との連絡を絶ったのか理解できない。別の男がいるって言ったけど、そんなに早くどこで知り合ったんだ？　おかしいじゃないか。ずっと二股かけてて、どっちがいいかって考えてたんじゃないのか？　もしかして、その男のほうが僕より金があるとか。女って金に目がないからな。僕だって稼ぎは悪くないけど、きっと君は、どこかにもっといい奴がいるんじゃないかって探してたんだろう。世の中の女どもの男に対する扱いには腹が立つよ。どれだけ親切だろうと、思いやりがあろうと関係ない、君たち女にとって大事なのは金とカッコいい職業だけだもんな。君の新しい男はどんな仕事をしてるんだ？　君のやり方は最悪だよ、だいたい……。

ケイトは最後まで読まずにメッセージを消去した。延々と同じ調子で続く長いメッセージをこれ以上読む気にはなれなかった。コリンは厄介な存在になるかもしれない。けれどケイトは、ひるんだりしないと固く決意していた。勘違いもはなはだしい。コリンの数々のメッセージに対するケイトの礼儀正しい返信を誤解していたのなら、それはコリンの間違いであって、ケイトのではない。

ケイトはデイヴィッドに返信をした。これから不動産業者と会ってくる。そのあとそっちに行くね。会えるのがすごく楽しみ！

メッセージの最後に赤いハートの絵文字を付けながら、ケイトは口元がほころぶのを抑えられなかった。恋をして、少しばかり通俗的で、オーバーで、おかしくなってしまうのが、これほど素敵なことだとは。

特に、これまで一度もそんな体験がなかったのだから、なおさらだった。

4

右手首全体の肉がむき出しになり、血まみれで、ひどく痛んだ。空のペットボトルを壊して、プラスチックの鋭利な破片で皮膚を削り始めてから四十八時間以上たっていた。ボトルを破るのは簡単ではなかった。いや、驚くほど難しかった。たぶん体がどんどん衰弱しつつあるせいだろうと、マンディは思った。激しい空腹と喉の渇きを抱えて、ときどき全身が震えるありさまだった。

はじめのうちは作業も中途半端だった。自分の体を傷つけ、痛みを与えることを決意をするには、大きなためらいを乗り越えねばならなかった。特にもともと衰弱し、病んでいるのだからなおさらだった。ときどきマンディは、作業の途中で疲れ切って眠り込んだ。だが寒さに震えながら惨めに目を覚まし、自分がいまだに同じ悲惨な境遇にいることを知るのだった。ほんの数時間前に、混乱してはいるものの歓迎すべき夢のなかへと入っていったときと同じ境遇に。現実は毎回のようにマンディを打ちのめした。火傷をした腕がどくどくと脈打つ。もう傷は見ないようにしていた。見れば恐ろしくなり、気力を削がれるからだ。とにかくここから出ることを考えなければ。それ以外はどうでもいい。

窓の向こうが暗くなりかけていた。マンディは半日ずっと寝ていたが、びくりと目覚めてみると、寒さと痛みと空腹と喉の渇きはそのままだった。それに、いまだに壁につながれている。作業を進めなくては。暗くなってしまったら、自分のしていることが見えなくなる。

皮膚を剝がされた手首と手の一部は見るも無残なありさまだった。それでもマンディはペットボトルの破片をつかんで、自分の体を傷つける作業に戻った。眠っているあいだに血が黒っぽい塊になっていた。目指すのとは真逆の効果だ。血の塊は手錠から手を抜く妨げになるだけだ。

温かな血が再び腕を流れ始めると、マンディはそれを手に塗りつけて、再び手錠を引っ張ってみた。痛みのあまり涙が流れたが、歯を食いしばって続けた。ここから出なくては、いますぐ。どうしても出なくては。あと一晩でもここで過ごせば力尽きてしまうだろうという確かな予感があった。そうなったら、運命に身を任せ、壁につながれたまま死ぬしかない。体が発熱しているのがわかる。火傷をした腕には細菌が入って炎症を起こしている。いずれ手首も同じことになるだろう。それに熱が上がれば、すぐに自分がなにをしたかったのか、なにをしたくなかったのか、もうわからなくなるだろう。

痛みをこらえて最後にもう一度鎖を勢いよく引っ張ると、鉄の輪から手がするりと抜けた。自由になった。

数分のあいだ、マンディは午後の薄暗い光のなかで、皮膚をはぎ取られた血まみれの自分の手を見つめていた。もはや自分のものではないかのような手を。

それからゆっくり体を起こすと、ふらつく足で立った。これまで寝そべったり、座ったり、しゃがんだりして過ごしてきた場所に。五日間だったのか、それとも六日間か、七日間か、それともっと長い時間だったのか、もうわからなかった。血の巡りが壊滅的に悪化しており、数秒のあいだ四方の壁がぐるぐる回り、足は震え、くずおれてしまいそうだった。だが、ゆっくりと体は安定を取り戻していった。まだ若いのは幸運だった。年配の人間だったらとうに死んでいたか、少なくとももうなんらかの行動を起こす元気はなかっただろう。窓際まで歩いていって、外を眺めてみた。鉄格子がはまっているのはもう知っている。その向こうに見えるのは、まさにマンディが恐れていたとおりの光景だった。どこまでも寂しい景色。風が吹きすさぶ高原。なぎ倒された薄黄色の草。はるか遠く、空と地が触れ合う場所で、雲の奥から射す一日の最後の光が見えた。ということは、こちらが西だ。見渡す限り人家も小屋もなにひとつない。ここに人間がいることを示すものは、なにひとつない。マンディ以外には誰ひとりいないのだ。

玄関まで行ってドアを揺さぶってみたが、びくともしなかった。ペットボトルの破片でドアの錠を開けられないだろうかと考えた。おそらく無理だ。でもどこかにもっといい道具があるかもしれない。

もうひとつの廊下はふたつの空間に続いていた。試しにいくつもの電灯のスイッチを押してみたが、なにも起こらなかった。電気は来ていない。この呪われた家は何年も前に空き家になり、それ以来すべてが止まっているのだ。きっと水道も止まっていることだろう。でなければ、あんなふうに外から水を運んでくる必要はなかったはずだから。それでもマンディは、かつてはキッチンだったと思われる小さな部屋で、蛇口をひねってみた。

なにも起こらない。

あたりを見回してみる。壁には作り付けの戸棚。その下に流し台とコンロ。椅子が一脚きり。積み重ねられた飲料瓶のケース。マンディはそれをひとつひとつ持ち上げて、なかの瓶を丁寧に調べていった。すべて空っぽだ。残っていたはずの水滴もとうに乾いてしまっている。引き出しをすべて開けてみたが、プラスチック製の瓶の栓、輪ゴム、ストロー、色鮮やかな小型電球のついた電飾ケーブル一巻のほかは、なにも入っていなかった。

「どんだけ使えない家なんだよ？」マンディは声に出して言った。

この部屋の窓からも外を覗いてみることを思いついた。目に入ったのは海だった。暗く、細かに泡立ちながら波打つ海。ここは入り江よりずっと高いところらしい。ここがかつてはハイキング客用の休憩所だったのではないかという推測が、確信に変わった。きっと客たちはここでテーブルについて、眺めを楽しみながら、なにか食べたり飲んだりしたのだろう。夏にはこのつまらない海岸沿いの道に、ハイキング客がどっと押し寄せる。だがいまは秋だ。日もどんどん短くなる。ハイキングに来る人がいるとは期待できない。

飲料瓶のケースでキッチンの窓を割ろうかと考えた。ここにも格子がはまっているから外に出ることはできないが、もしこんな季節にもかかわらず万一誰かがやって来ることがあれば、叫び声で気づいてもらえるかもしれない。だが考えた結果、ひとまずその案は捨てることにした。いまでも家のなかは耐え難いほど寒いのだ。窓が割れたらおそらく凍死してしまうだろう。なにしろ吹き込んでくる風を遮るためのドアが、このキッチンにはないのだから。明日の朝まではいずれにせよ誰も来ないだろう。明日の昼間、窓を割る甲斐があるかどうか、あらためてじっくり考えればいい。

もうひとつの空間にはトイレと洗面台、それにプラスチック製のちっぽけなシャワーブースがあった。天井近くにある細長い窓からはわずかな光しか入ってこない。このバスルームにさえドアはなかったが、蝶番の存在が、もともとはここにドアがあったことを示していた。なぜ外してしまったんだろう？　監視のために違いない。ドアを閉めて立てこもる人間がいてはならないということだ。

「どんだけ病気だよ、もう」マンディはつぶやいた。

暮れゆく一日の最後の光で、マンディはこの狭いバスルームに水がないかと必死に探した。洗面台の蛇口からはなにも出てこない。シャワーヘッドからも同様だ。シャワーブースの角はカビだらけで、マンディは気持ちが悪くなり、急いでブースのプラスチックドアを閉め、さらに隙間がないかを確かめた。まるでカビがドアの隙間から這い出てきて、マンディを飲み込んでしまうかのように。

「最悪」マンディはつぶやいた。「最悪だよ、もう」

最後の希望はトイレの水洗タンクだった。水洗タンクというものは、トイレを流すたびに自動的にまた水が溜まる仕組みになっている。このいまいましいボロ家の水道は止まっているとはいえ、その前にタンクに水が溜められた可能性はある。タンクの外側は汚れきっていて、なかの水を飲もうという気にはなかなかなれないが、マンディの喉の渇きはあまりにひどく、水があればきっと目をつぶって飲むだろう。だがタンクは空だった。空っぽで、カラカラに乾いていた。

「クソ」マンディは声に出して罵った。ときどき自分と会話するのは助けになる。孤独感をわずかながら紛らせてくれる。

よくよく考えてみれば、トイレのタンクは最後から二番目の希望だった。まだ便器がある。想像できるなかで最も気色の悪い可能性だが、渇き死ぬよりはマシだ。マンディは便器の蓋を開けてみた。

空っぽだ。水は一滴もない。

すべて蒸発してしまったのだろうか。

「それとも別の誰かが飲み干したか」マンディは声に出して言った。このバスルームに鏡はなかったが、もしあれば、死人のように蒼白になった自分の顔が見えるだろうと思った。

自分はここに囚われた最初の人間ではない。そう思いついたのは初めてだったが、数秒後にはもう、なぜ自分がこれまでこれほど明瞭な可能性に思い至らなかったのか、わからなくなっていた。

でも、ほかの人たちはどうなったのだろう？

5

「どうです、あの人たちなら今度こそなんの文句もないはずですよ」不動産業者の男は、軽い苛立ちをにじませた声でそう言った。ケイトからまだかすかな迷いが感じられるからだろう。「あの人たちはこの家にほれ込んでたじゃないですか！」

ケイトはうなずいた。そのとおりだった。買い手候補はロシアから三歳の女の子を養子に迎えた女性カップルで、ちょうどいま二人目の養子を取る手続き中であり、庭付きの一軒家を探していた。ふたりはこの家に感動してくれた。美しく魅力的で、間取りも完璧で彼らの希望どおり、庭も素晴らしいと。そしてもういまから、庭でどんな野菜を栽培するか、ブランコはどこに置くかと計画を始めていた。間違いなく彼らはリンヴィル一家の後継にふさわしい人たちだ。

「遅くとも月曜日には、あのふたりに家を売るかどうか、お知らせくださいますね？」業者の男が念を押した。「そもそも、まだこの週末のあいだ考えなきゃいけないんなら、ですけど」

「連絡します」ケイトは約束した。そして業者を送り出し、キッチンに戻ってドアにもたれると、庭を眺めた。もう輪郭しかわからない。日が沈むのがすっかり早くなった。

デイヴィッドに相談しなくては。ケイトはそれを怖れていた。きっとあまりに拙速に決断を迫っている印象を与えるだろう。ふたりについて、ふたりの関係について、ふたりの将来についての決断を。とはいえ、家を売ることで生じる問題は無視できないし、ひとりで解決できることでもない。家がなくなれば、スカボローでの滞在先を失うことになる。本当にここスカボローの警察に応募するとなったときに、引っ越し先がなくなる。もちろん、別の家を買うか借りるかすることもできる。けれど、すでに家を所有していて、しかもその家を手放すふんぎりがなかなかつかないという事実を考えれば、別の家を探すのは馬鹿ばかしいとしか思えなかった。これからデイヴィッドと長年にわたる関係を築いていこうと思うなら、この家は所有したまま、ここ北部で仕事を探すのが一番いいだろう。だがそれにはデイヴィッドと話をしなければならない。なにより、本当の職業を打ち明けねばならない。この家を空き家のままにしておいて、しばらく様子を見るという選択肢は、あまりに高くつく。いずれにせよ、それほど長くは無理だ。

ケイトはため息をついた。あらゆる悩みに加えて、なによりケイトがいま懸命に押し殺そうとしているのは、心のなかに芽生えるひとつの疑問だった。一瞬でも考えるだけで不安がこみ上げる。なぜデイヴィッドは自分からこの話を持ち出さないのか。ケイトがこの家を売ろうとしていることを、デイヴィッドは知っている。今日の午後、新しい買い手候補が内覧に来ることを。家がいつなんどき売れてもおかしくないことを。そして、家が売れればケイトがスカボローに足掛かりをなくすことも。ケイトがいずれにせよロンドンに戻らねばならないことも。デイヴィッドはどう考えているのだろう？　週末に、ロンドンのケイトの家か、スカボローの彼の家で会えばいいと思っているのだろうか？　だがそれでは、どちらも毎回のように移動に時間とエネルギーを奪われることになる。そんなふうにしながらうまく関係を維持しているカップルが大勢いるのも確かだ。だが、少なくともその話題を持ち出すくらいはしてくれてもいいのでは。それなのにデイヴィッドは、まるで問題などないかのように振る舞っている。まるでいまのふたりの生活がこのまま永遠に続くかのように。ケイトには、デイヴィッドが問題を直視せず、ケイトに丸投げしているように思われた。

それはデイヴィッドがふたりの関係の結果を怖れているからだろうか？　彼はケイトほどこの関係を真剣に受け止めていないのだろうか？　それとも単に彼はケイトとは違うタイプの人間なのだろうか？　ケイトより楽観的で、余裕があって、長いあいだ無視し続ければ問題はひとりでに解決すると信じているのだろうか？

でも、いつもひとりでに解決するわけじゃない、と、ケイトの内なる声が言った。それは彼だって、少なくともこの件に関してはわかっているはず。そしてこの件は、自分には関係がないなんて言っていられないくらい重要なことのはず。

ケイトはしばらく、ベランダのドアの冷たいガラスにほてった額を押しつけていた。今日の晩にもこの件を切り出さなければ。それを考えると憂鬱だった。

そのとき突然、玄関の呼び鈴が鳴って、ケイトは跳び上がった。時計を見てみる。もうすぐ五時。誰が訪ねてきたんだろう？

玄関へ行って、ドアを開けた。

目の前にケイレブ・ヘイルがいた。「やあ、ケイト。ちょっといいかな？」

ケイレブと話をする気分ではなかった。非難を受けるに決まっているからだ。嫌々ながらケイトは一歩退いてケイレブを通した。「すぐに出なくちゃいけないんだけど……」

「十分だけ」ケイレブが言った。

ケイトは彼を空っぽの居間に通して、暖炉の前の二脚のキャンピングチェアの片方を指した。

「どうぞ。こんな椅子しかなくて申し訳ないけど」

だがケイレブは立ったまま、あたりを見回した。「本気なんだな。本当に売るんだ」

「もちろん」ケイトは言った。私生活の変化を考えれば、家を売るのはもはやそれほど当たり前とは言えない状況だとはいえ。「ちょうどいまも、買いたいって人が見に来たところ。たぶんあの人たちに売ることになると思う」

ケイレブはゆっくりとうなずいた。「てっきりスカボローに当座の居場所を残しておきたい理由ができたんだと思ってたんだがな」

「当座の居場所にするには、空っぽの一軒家は高すぎる」ケイトは言った。「残念ながら、そんな余裕はないの」

ケイレブは再びうなずいた。それから言った。「デイヴィッド・チャップランドに出会ったのは、もちろん偶然じゃないだろう。それに、チャップランドが君を記者だと思っていることにも、それ相当の理由があるんだろうな」

ケイトは答えなかった。

「放っておけないんだ、そうだろう?」ケイレブが訊いた。

ケイトは今度もなにも言わなかった。疲れていた。惨めな気分だった。越権行為に関する話はしたくなかった。説明するのも、自己弁護するのも嫌だった。ほかに問題はいくらでもあるのだ。

「まあでも」ケイレブが言った。「少なくとも君にひとついい知らせがあるんだ。もしもデイヴィッド・チャップランドがなんらかの形でアメリー・ゴールズビー事件に関わっているんじゃないかと君が疑っているか、恐れているんなら、安心していいよ。アメリー・ゴールズビー事件なんて、実際のところ存在しなかったんだ」

疲れていたものの、その言葉にケイトははっとして顔を上げた。「どういうこと？」

「少なくとも我々がいままで考えていたような形の事件はなかった。昨夜わかったんだ」

「アメリーが見つかったの？」

「ああ」

「よかった！」ケイトは心の底から言った。

ケイレブはようやくキャンピングチェアにどさりと腰を下ろした。「なあ、なにか飲み物はないかな？　本物の飲み物のことなんだが」

「ケイレブ、それは……」

「あるのか、ないのか？」

ケイトはキッチンに行くと、ウィスキーの瓶と紙コップをふたつ持って戻り、コップにウィスキーを注いで、ケイレブと向かい合って腰を下ろした。ケイレブは自分のコップの中身を一息に飲み干した。

そして、アメリー・ゴールズビーについてすべてを語ってくれた。アレックス・バーンズについて。海からの救出劇について。ほかのすべてについて。

ケイトは唖然とするばかりだった。「まさか。なにひとつ本当じゃなかったなんて！　なにひとつ！　なんてこと。ご両親もお気の毒に」

「ご両親にとって娘の行方不明以上に悪いことがあるとは想像できなかったよ」ケイレブが言った。「ふたりとも今回のことで心底衝撃を受けてるよ。これまでの不安も苦しみも絶望も……全部、自分たちの娘のせいだったんだ。娘は眉ひとつ動かさずに両親にあんな思いをさせた」

「恋をしているんだから」ケイトは言った。「たぶんバーンズに依存しているんでしょう」

「バーンズは良心のかけらも持ち合わせない男だ。両親から金まで巻き上げたんだから、理解に苦しむよ。だがそれは別にして、アメリーとのことはバーンズの手に負えなくなっていた。もうずっと前から別れたいと思っていたが、アメリーのほうは、おそらくはっきり自覚はしていなかったものの、バーンズを手中に収めていたんだ。バーンズはアメリーを簡単に捨てるわけにはいかなかった。絶望した彼女が誰かにすべてを打ち明ける危険はあまりに大きかったからな。バーンズはどうしていいかわからずに、どんどん深みにはまっていった。おそらく相当の期間刑務所に行くことになるだろう」

「アメリーだって、なんのお咎めもなしというわけにはいかないでしょうね」ケイトは言った。

「ああ。警察の捜査を妨害した事実だけをとっても……自分の誘拐事件をでっち上げ、犯人とされる男の間違ったモンタージュ写真を作らせ……我々は何週間も、まったく間違った前提に立って、間違った手がかりを追っていたんだ……」ケイレブはここでしばらく口を閉じた。そして、「私が間違った手がかりを追っていたんだ」と、疲れた声で言い直した。「すべてがゲームなんだと気づかなかったのは私だ。責任は私にある」

「アメリーの話がでっち上げだなんて、誰も気づかなかった」ケイトは言った。「毎日アメリーと話していたカウンセラーですら。自分を責める必要はないわ、ケイレブ」

「いや、アメリーはアレックス・バーンズに引き上げてもらえずに海のなかにいたときに、本物の深いトラウマを負ったようなんだ」ケイレブは言った。「本来はあそこまでドラマティックな演出をする計画じゃなかった。だが目論見が外れて、アメリーは本当に死の恐怖を味わうことになったんだ。だからこそカウンセラーとの会話も真に迫っていたんだ。アメリーの話のあの部分だけは嘘じゃなかったから。アメリーは荒れ狂う海の悪夢に取り憑かれていた。本物の感情と恐怖とを打ち明けていたから、信憑性があったんだ。そして残りの部分は、その背後にうまく隠すことができた。もし彼女が誘拐についてもっと具体的に話していたら、我々もすぐに矛盾や齟齬《そご》に気づいたと思う。だが、我々はアメリーにそこまで強く迫らなかった」

「なんともずる賢い子ね」ケイトは言った。

「ああ、確かに」ケイレブも認めた。彼がウィスキーの瓶に物欲しそうな目を向けるのに気づいたが、ケイトは見ないふりをした。ケイレブのことは、ときにケイレブ自身から守ってやる必要がある。

「これで振り出しに戻ったよ」ケイレブは言った。「サスキア・モリスを殺したのが誰なのか、わからないままだ。もう犯人を連続殺人犯と呼ぶこともできない。ということは、サスキア・モリスの誘拐と殺害はなんらかの目的を持ったものだという可能性から出発しなきゃならない。つまり、サスキアはたまたま悪い時間に悪い場所にいたせいで、若い少女を狙うどこかの男に連れ去られたわけじゃないと。サスキアの家族周辺をもう一度よく調べてみる必要があるな」

ケイレブは一瞬間を置いてから、続けた。「まあ、それはもうサスキアが行方不明になった直後にやったんだけどな。成果はなかった」

「もうひとり、ハナ・キャスウェルがいる」ケイトは慎重に言ってみた。「それに、場合によってはほかにもいるのかも」

「マンディ・アラードか？」

「マンディ・アラードって誰？」

「行方不明の少女だよ。ただ、まったく別のケースだがね。母親から危険な目に遭わされて家出したんだ。しばらくのあいだ我々もこの件を視野に入れていたんだが、彼女とサスキア・モリスの事件とのつながりは結局のところ見つからなかった。彼女はどうやら自分の意思で行方をくらませたようだからね。家に帰りたくないだけだ。彼女の家庭環境を考えれば、気持ちはわかるが」

「でも、その件を最初だけにせよ追ったのは、なんらかの理由があったからでしょう。どうしてなの？」

ケイレブは首を振った。「その件は解決済みだ。本当だよ。それに……これは全部、君には関わりのないことだ、ケイト。確かに私はここまで素晴らしい成果を上げたとは言えないが、それでもこれは私の事件だ」

「わかってる」ケイトは言った。ライアン・キャスウェルが精神科クリニックにいたことを知らせようかという一瞬の思いつきは、すぐにしぼんだ。ケイレブはそんな話を聞ける気分ではなさそうだ。おそらく怒りだすだけだろう。

私が調べて、必要ならそのあと知らせればいい、とケイトは思った。

これ以上ウィスキーは飲ませてもらえないようだと理解したらしく、ケイレブは立ち上がった。「じゃあ。アメリー・ゴールズビー事件の結末を知らせたかっただけだから」と言った。

「ケイト、一度ご両親を訪ねてやってくれないか。あの人たちにはいま、慰めが必要だと思う」

ケイトは玄関までケイレブを送っていった。「そうする」と約束する。「それからね、ケイレブ、何度も言うけど、あんまり悩んじゃだめよ。アメリーがどんな芝居をしていたかなんて、気づきようがなかったんだから。それにある一点ではあなたの考えが正しかった。アレックス・バーンズのこと、最初からすごく疑っていたでしょう。彼のことを人の命を救った立派な英雄だとは一度も考えなかった。ずっとどこか怪しいって考え続けた。そのとおりだったじゃない。あなたの直感は裏切らなかったのよ」

「そんなふうに言ってくれて嬉しいよ、ケイト。その点にすがって、なんとか立ち直るよ」

車に向かうケイレブの背中を、ケイトは見送った。彼の足取りは重く、肩に見えない重荷が載っているかのようだった。その重荷がなにかも、ケイトは知っていた。未解決のサスキア・モリス事件だ。それに署の上層部に対して説明をせねばならないという事実。彼は無駄に浪費された時間と予算の責任を取ることになるだろう。およそ楽な境遇とは言えない。

ケイトはドアを閉めて、キッチンに行った。そして窓際に置かれたメモ用紙を一枚取って、名前を書きつけた。

マンディ・アラード。

その名前を、ケイトは何度も読んだ。考え込みながら。

かわいそうだと思わないわけではない。マンディのことだ。むしろマンディのことはしょっちゅう思い出して、どうしているだろうと考える。鎖で壁につながれて……空腹で……喉が渇いていて……寒さに震えて……。

かわいそうな娘だ。

罪の意識にさいなまれる。でもよくよく考えてみれば、あんなことになったのはマンディ自身のせいだと言わざるを得ない。私をあんなふうに激しく拒絶して、傷つけるべきではなかったのだ。あの娘が私をどんな汚らわしい言葉で罵ったかを考えると……安全で素晴らしい未来を与えてやろうとしたのに、彼女は私のそんな好意を踏みにじった。いま私があの娘から距離を取り、もう関わりを持つ気がないからといって、不思議に思うほうがおかしい。理性も忍耐力もたっぷり持ち合わせているつもりだが、私だって人間だ。絶え間なくひどい扱いを受け続けたいとは思わない。

もちろん、マンディがこれからたどるのは楽な道ではない。ときどき、この道のりを縮めてやることはできるだろうかと考える。私はサディストではない。飢えと渇きでゆっくりと死んでいく人を想像して快感を得るわけではない。けれど、私になにができるだろう？　斧で殴り殺すのは難しい。そんなことはとてもできない。

とはいえ……おそらくマンディはすでにとても弱っているだろう……なすすべもなく……きっとたいした抵抗はできないだろう。だから殺すのはそれほど難しくないかもしれない。どうだろうか。

私は家のなかをうろうろした挙句、キッチンに行った。コンロの横の包丁立てをじっくり眺めてみる。包丁はどれも大きくて鋭利だ。このどれかを使ってマンディを殺すのは簡単だろう。喉を勢いよく掻き切れば、一瞬で終わりだ。

いったんキッチンを出たが、結局リビングできびすを返して、キッチンに引き返した。包丁を使おうなどと考えるのは馬鹿げていた。芝居がかった大げさなやり方だ。私はそういうことをするタイプではない。自分の両手を眺めてみる。そしてキッチンを見回して、再びリビングに戻り、使えそうなものをすべてじっくり眺めてみた。人を殺すという考えが、次第に頭のなかで形を取り始めた。マンディに対しては特別な怒りを感じているせいもあるかもしれない。それはひどい言葉を投げつけられた。悪意まみれで侮辱的な醜い言葉で深く傷つけられた。自分があの家へ行くところを想像してみた。玄関のドアを開ける。マンディが希望に溢れた顔で体を起こす。おそらくもう長いあいだ、食べ物と飲み物、特に水のことしか頭になかったことだろう。きっと私がどちらも運んできたのだと思うだろう。マンディは壁際にしゃがんでいる。腕を鎖につながれたまま、希望と期待に満ちた顔でこちらを見る。もしかしたら、彼女の目に初めて感謝に似たなにかが見られるかもしれない。ついに私に会って嬉しいと思ってくれるかもしれない。

そんな想像に心が躍る。きっといい気分だろう。とてつもなくいい気分だろう。

けれどマンディを許すつもりはない。私が近づいていったら、マンディにもそれがわかるだろう。私の目を見て、理解するだろう。

マンディはきっと悲鳴をあげるだろう。懇願し、哀願するだろう。文字どおり壁際まで追い詰められて、鎖を引っ張るだろう。

マンディには為すすべがない。まったく。

そして結局のところ、私はマンディに善行を施してやるのだ。マンディには私の行為の価値が理解できないかもしれないが、それでも善行は善行だ。だから疚しく思う必要はない。

慈悲深い善行なのだから。

窓から外を見てみる。暗闇が迫っている。マンディのいるところには明かりがない。電気が来ていない。

明日まで待とう。

地下室。マンディのところに行ったあとに、下りていってみようか。

十一月十七日金曜日

1

ケイトは顔に微笑みをたたえたまま、もし誰かに見られたらきっと変に思われるに違いないと考えていた。まともに明るくさえならないこんな日に、北に向かってどんどん寂しくなる一方の道を車で走りながら、ずっと満面の笑みを浮かべている四十二歳の女。けれど、微笑むのをやめられない。昨夜のことを考えるたびに――実際、ずっと考えているわけだが――ケイトの笑みはますます大きくなるのだった。

情熱的で刺激的な素晴らしい夜だったばかりではない。その前の時間が、ケイトの心にのしかかっていた心配と不安をすべて吹き払ってくれた。ケイトは昨晩、悩みの種を告白したのだった――少なくとも、ほぼすべてを。本当の職業のことはいまだに話せていない。それは晴れ渡った空の一点の雲だ。だが話をややこしくしたくなかった。とはいえ、真剣に考慮すべき買い手候補が現われたこと、決断しなければならないことは伝えた。

「いい人たちなの。私の希望どおりの金額を払ってくれるそうだし。月曜日までに決めなきゃならないの」

デイヴィッドは驚いた顔でケイトを見つめた。「いいじゃないか。ためらう理由なんてあるのかな?」

ケイトは勇気を振り絞った。「理由は私たちのこと。私たちの関係のことよ。私の仕事も暮らしも、拠点はロンドンにあるのよ。家を売ったら、ここには住む場所がなくなっちゃう」

「うちに住めばいいじゃないか、当たり前だろ」デイヴィッドが言った。

「デイヴィッド、それほど当たり前でもないでしょう。私たち、知り合ってまだ……」

デイヴィッドはテーブル越しにケイトの手を握った。「ケイト、家を売るんだ。思い切って決断するんだよ。全部うまく行くから。間違いない」

それからデイヴィッドはテーブルをぐるりと回ってくると、ケイトを腕に抱きしめ、キスをした。それからケイトを寝室のほうへと押していった。そこからは、ふたりとももうなにも話さなかった。だが実際のところ、話はすべて終わったも同然だった。

一夜明けたいま、ケイトはスカボロー警察に応募しようと考えていた。ケイレブとはきっとうまく一緒に働けるだろう。

そうなればケイレブとのあいだの唯一の問題点も解消されると考えて、ケイトは思わず声をあげて笑った。そう、ケイレブの事件にケイトが首を突っ込んでばかりいるという問題点だ。名実ともに同僚となれば、事件を一緒に捜査していくことになる。そう想像すると、さらなる幸福感で満たされた。新しい出発だ。あらゆる面で。新しい仕事、デイヴィッドとの関係……。

「ねえケイト、こんなこと想像できた?」ケイトは自分で自分にそう語りかけ、バックミラーに映る輝く笑顔にあらためて驚いた。「正直に言いなさい、こんなことがあるなんて、考えたともなかったでしょう！」

新しい仕事のことを考えたせいで、ふと我に返った。そしてあたりの景色を眺めてみた。すでにニューカッスルを過ぎて、田舎道を走っている。対向車は滅多にない。見渡す限り荒涼とした寂しい景色だ。

いったい私、こんなところでなにをしてるんだろう？　ライアン・キャスウェルと、彼が入院していたというクリニックについて調べようとしている。つまり自分とは関係のないケイレブの事件に首を突っ込んでいる。彼の部署に応募しようとしているいま、こんなことを続けるのは賢明だろうかと、ケイトは突然思った。この件からは手を引いたほうがいいのでは。アメリー・ゴールズビーの事件は解決した。ハナ・キャスウェルの事件は、これだけ時間がたったいまとなっては、もはや解決することなどないかもしれない。サスキア・モリスを殺した犯人はまだ自由に歩き回っている。だがケイレブとチームのメンバーが、犯人を見つけて逮捕するために全力を尽くすだろう。ケイトの助けなどいらないに違いない。

自分のことでやらねばならないことはいくらでもある。この事件を調べることは、管轄の人間に任せたほうがいいのでは。

すでにUターンできる場所を探し始めたところで、看板が目に入った。〈チェンバーフィールド・クリニック　あと三マイル〉。

ケイトは迷った。もう着いたも同然だ。長い時間運転してきたのだし……。

よし。行ってみよう。ライアン・キャスウェルのことを尋ねてみよう。そして、そこで終わりにしよう。そのあとはこの件から手を引こう。

チェンバーフィールドは高齢者介護施設〈トレスコット・ホール〉と同様、寂しい場所にあったが、それを除けばまったく印象が違っていた。現代的とまでは言えないが、老朽化してはいない。飾りけのない実用的でそっけない建物は一九七〇年代のものだろう。機能性一辺倒の建築様式はやや冷たく感じられるものの、全体的に手入れが行き届いていた。外壁は塗りたてで、大きな窓はおそらく建物内にたくさんの光をもたらすだろうし、トレスコット・ホールの建て付けの悪い窓のように隙間風を通すことはないに違いない。建物の前には広々したアスファルト敷きの駐車場があり、たくさんの車が停まっていた。建物の背後まで庭園が続いており、その一部は何メートルもの高さの柵で囲まれていた。チェンバーフィールドにやって来るのは重症の患者だ。それに保護拘禁の判決を受けた人間たちの居住場所もある。ライアン・キャスウェルはクリニックのそんな閉ざされた領域にいたのだろうか。だが、そうは思えなかった。もしそうなら、ハナ・キャスウェル事件の捜査の際すぐにケイレブ・ヘイルの知るところとなったはずだ。それにおそらくメディアも気づいて、嗅ぎ回っただろう。つまりライアンが法廷での判決の結果ここに来たわけでないのは、まず確実だった。だが、だからといって重度の精神障害を患っていなかったとは限らない。

ケイトは車を停めて、降りた。身を切るような鋭い風がたちまち骨身に沁みて、コートを体にきつく巻きつけ直した。携帯から電子音がした。デイヴィッドからのメッセージを期待して、ケイトは画面を見てみた。ところが、メッセージを送ってきたのはまたもやコリンだった。

返事をする必要なんてないと思ってるのか？　じっと黙り込んでるだけなんて、安易すぎないか。ぼくたちふたりのこれまでのことを考えたら……。

ケイトはため息をついて、メッセージを消去した。コリンのいつものかんしゃくだ。

「私たちふたりのあいだには、なにもなかったんだってば」ケイトは声に出してそう言った。

駐車場を横切って、大きなガラス製の入口ドアを開けようとしたが、ブザーを押さなければ開かないことに気づいた。

一分後、インターフォンから男の声が聞こえた。「はい？」

「ロンドン警視庁のケイト・リンヴィル巡査部長といいます」これが唯一の道だ。こう言わなければこのドアが開かないことは、よくわかっていた。そして、誰からも情報など得られないだろうことも。

「ロンドン警視庁？　スコットランド・ヤードってことですか？」

「そうです。開けていただけますか？」

「どういったご用件でしょう？」

「ドアを開けてください」

数秒後、ブーッという音が響いてドアが開き、ケイトはロビーに足を踏み入れた。間違いなく一九七〇年代の建築物だ。板張りの天井と壁。大きくて丸いオレンジ色のランプ。緑色のリノリウム張りの床。だが少なくとも、ここは暖かい。消毒剤となんらかの芳香剤のにおいがする。ケイトの嗅覚が正しければラベンダーだ。不思議な組み合わせではあるが、不快ではなかった。少なくとも清潔感と清涼感のある香りで、こういう場所にはふさわしい。

迎えてくれたのは年配の男性で、非常に疲れて見えた。解決することをもうずいぶん前に諦めてしまった悩みに苦しめられているかのように、顔に深い皺が刻まれている。上着の襟に付けられた名札には「ドクター・スティーヴン・アルスコット」とある。医師だった。

「リンヴィル巡査部長ですか?」

ケイトはアルスコット医師に警察証を見せたが、医師はちらりと目をやっただけだった。

「アルスコットです。どのようなご用件でしょう?」

医師はどうやら、ケイトを自室なりなんなり、どこか腰を下ろせる場所に案内する気はないようだった。無人のロビーに立ったまま話をすることになるらしい。きっと時間がないのだろう。

「このクリニックの以前の患者のことなのですが」ケイトは言った。「ライアン・キャスウェルという名前です」

アルスコット医師は軽く首を振った。「患者についての情報は差し上げられません。守秘義務があるので」

「社会に危険が及ぶ可能性があるのですが」

「それでもです。裁判所の令状がない限りは……いえ、たとえあったとしても……」

この事件を担当さえしていないケイトが裁判所命令など手に入れられるはずはなかった。

「知りたいのは具体的なことではありません。どんな治療を受けたかだとか、そういうことでは。ただ、なぜ彼がこのクリニックにいたのかを知りたいだけです。それに、どれくらいの期間入院していたのかも」

アルスコット医師は苦しそうだった。「それも、本来なら……」

「アルスコット先生、これは誘拐されて殺された少女の事件に関係があるんです。ライアン・キャスウェルがなぜこのクリニックにいたのか、どうしても知る必要があります」

アルスコットはしばらく考え込んでいたが、やがて眉間に皺を寄せた。「ライアン・キャスウェルとおっしゃいましたね……彼なら患者じゃありませんよ。そうだ、名前を聞いてもすぐには思い出せませんでしたが、ライアン・キャスウェルはこのクリニックの管理人でした」

「えっ」ケイトは呆然とした。いまのいままでまったく思い至らなかった。だが考えてみれば、少しも不思議なことではない。ライアンは患者ではなく、ここで働いていたのだ。

「ですが、もうずいぶん昔のことですよ」アルスコット医師が続けた。「二十年ほど前でしょうか」

ケイトは考えた。ライアンの母親はこのクリニックの名前を出して、「あの子は悪くなかった」と言った。息子はなにか間違いを犯してここに入院させられたのではなく、単にここで働いていただけだと言いたかったのだろうか？　それとも、やはりなにかがあったのだろうか……なんらかの容疑が……なにか事件が。

「キャスウェルはどうしてここを辞めたんですか？」ケイトは訊いてみた。

アルスコットは考え込んだ。「私がここで働き始めたのは、キャスウェルがクビになった直後のことでしたから。なにかがあったらしいんですが……女性患者のことで……」

鼓動が速まるのを感じた。そう、最初からわかっていたのだ。ライアン・キャスウェルにはどこか妙なところがあると。彼のなにかがずっと気になっていた。あの無愛想で人を寄せ付けない雰囲気とは別のなにか。キャスウェルは女性患者と性的関係を持ったのだろうか？　その患者というのは、非常に若かったのだろうか？　姿を消したときのハナやサスキアとあまり変わらない年齢？　ライアン・キャスウェルには少女を好む性癖があるのだろうか？

「マナーリング医師に訊いてみますよ」突然、アルスコットが言った。「大昔からここにいる人です。私よりよく知っているはずです」

アルスコットはロビーを立ち去り、数分後に別の男性を連れて戻ってきた。アルスコット医師よりさらに年配だが、彼ほど打ちのめされたようにも、疲れ切っているようにも見えない。男性は握手のために差し出したケイトの手を力強く握った。「スコットランド・ヤードの刑事さんだと同僚からうかがいましたが？　私は医師のマナーリングといいます。このクリニックの古株ですよ。私でお力になれれば」

「ライアン・キャスウェルの件だそうです」アルスコット医師が説明した。「警察が彼を探しているそうで……」

「いいえ、探してはいません」ケイトは訂正した。「彼には定住所があって、実際そこに住んでもいます。ただちょっと確認したいことがあるだけなんです。彼がここにいたときのことで」

「変だな、急にあちこちから問い合わせがあるんだから」マナーリング医師が言った。「キャスウェルと、当時のことで。何十年も誰もなにも訊いてこなかったっていうのに……ほんの数日のあいだに問い合わせが二件だ」

ケイトは眉間に皺を寄せた。問い合わせが二件？　ケイレブか部下の誰かが、やはりここに来たのだろうか？

「ほかに誰が問い合わせを？」ケイトは尋ねた。

「キャスウェルが当時ここをクビになった原因は、とある女性患者でしてね。その人の親戚だとか」マナーリングが言った。「まだ割と若い男性でしたよ」

「その人がライアン・キャスウェルのことを尋ねたんですか？」

「いや、どちらかといえば彼女のことでしたね。当時の女性患者のことです。遠縁なんだとか。彼女の病気のことを尋ねられました。ですからまあ、刑事さんのお知りになりたいこととは違っていますね。もちろん、我々はどんな情報も差し上げられませんでしたがね」

ケイトはこの数分間で聞いたあらゆる話をなんとか整理しようとした。すべてが考えていたよりずっと複雑なようだ。だが、解決に近づきつつあるのが感じられる。もつれた毛糸玉の先端を見つけた。少なくとも、先端は手に届くところにある。

「キャスウェルはとある女性患者のせいで解雇されたんですか？　その患者と性的関係を持ったということですか？」

「そのとおりです。当然ですが、あってはならないことでした。患者はまだとても若い女性でした。十七歳。双極性障害でした。あり得ません。まったく許容できることではありませんでした。職員が患者と関係を持つなど。我々はそれを知って即座にキャスウェルを解雇しました。彼の今後の人生のことを考えて、告訴はしませんでした。でも即時解雇しました」

「なるほど。その患者というのは？」

「名前はお教えできません」

「十七歳だったとおっしゃいましたか？　このクリニックには未成年の患者もいるんですか？」

「ここは本来は未成年向けの精神科クリニックではありません」マナーリングは言った。「ですがときには例外もあります。彼女は、もともと担当だったセラピストがうちに応募して採用された際に、連れてきた患者でした」

「その患者さんは、どれくらいの期間こちらに？」

「二年です」

「キャスウェルとの関係は、彼女の望みだったんですか？　それともキャスウェルが無理やり？」

　マナーリングはためらった。「彼女の望みでした。ですが、重度の病気で、薬の影響下にあったので、本当の意味で自由な意思決定ができる状態ではありませんでした。あの状態では、自分の置かれた状況を把握することなどできなかった」

　解決に近づきつつあるという感覚が、どんどん強くなっていく。正しい筋道を立てて考え、正しい結論を導き出せれば、当時なにがあったかを知ることができるだろう。だがいまはまだ目の前は藪で、見通しがきかない。

「その患者さんをこちらのクリニックに連れてきたというセラピストは、おそらくここでも彼女の治療に当たったんでしょうね」ケイトは言った。「その方から話を聞くことはできますか？」

「すでに定年退職しています」マナーリングが言った。「でも名前と住所をお教えしますよ。たぶんいまでもニューカッスルに住んでいると思います」

「そうしていただけると大変助かります。ライアン・キャスウェルのことは……」ケイトはここで言葉を切って、適切な表現を考えた。

ふたりの医師が、ケイトの言葉を待ち構えてじっと見つめてくる。それとも、ふたりは苛立っているのだろうか？　もっと重要な仕事があるというのに、こんなところに突っ立ってケイトの相手をしていることに。

「キャスウェルはここの患者ではなかった。ということは、彼に対する守秘義務はないはずですね」

「そのとおりです」アルスコットが言った。

「では、キャスウェルに対してどのような印象をお持ちだったか、うかがってもいいでしょうか？　その女性患者との関係は別にして、キャスウェルにはほかにも問題がありましたか？」

マナーリングとアルスコットは、そろって考えた。「正直に言うと」と、マナーリングが口火を切った。「我々はキャスウェルのことなど、あまり考えたことがありませんでした。患者で手一杯ですからね。キャスウェルは我々にとって……ここの管理人というだけだった。ただ、彼が信頼できる管理人だったことは申し上げられます。彼はこのクリニックのすべてを管理していました。壊れたところはあっという間に修理されたし、すべてがうまく行っていた。仕事はちゃんとやる男でしたよ」

「なにも目立ったところはなかったんですか？　女性たちとなにか問題を起こしたということは？　少女たちとは？」

「少女たち？」不審げにマナーリングが訊いた。

「ええ。キャスウェルには十代の少女を好む傾向はありませんでしたか？」

「もしあったとしても、我々は知りませんでした」マナーリングが言った。「彼が私生活でなにをしていたかは知りませんから。我々には関係のないことですし」

「キャスウェルにパートナーはいましたか？」

マナーリングは肩をすくめた。「知りません。ここに女性を連れてきたことはなかったし、女性の話をしたこともありません。まあ、そういう意味では確かに、彼には少し偏屈なところがあったかもしれませんね。きっと孤独だったでしょうね。自分のことはなにも話しませんでした。まあ、誰も尋ねませんでしたしね。こういう言い方はひどいかもしれませんが、あの女性患者とのことがあるまでは、ライアン・キャスウェルという人間のことなど誰も考えたことがなかったんですよ」

「その患者との関係は、どうして明らかになったんですか？」

「患者本人がセラピストに話したからです」

ケイトはうなずいた。セラピストが重要だ。「ではその方の名前を教えていただけますか？　それに住所も」

それから約一時間後、ケイトはドクター・ベン・ラッセルと向かい合っていた。幸いなことに、ラッセルはいまだにチェンバーフィールドの記録にあった住所に暮らしていて、おまけにちょうど在宅だった。生き生きした目の、小柄で瘦せた男だ。理知的でなんでも見通しているように見える。少しばかり落ち着かない気分になるほどだ。ケイトは、この人は自分を見て即座にどんな問題を抱えているかを言い当てるのではないかと思った。それとも、この人が人間の心の奥を覗き、分析することを仕事にしていたと知っているから、そんな気がするだけだろうか。

「ああ、ああ、あのことならよく憶えていますよ」小ぢんまりした居間でケイトに向かい合って座ったラッセルは言った。四方の壁は天井まで届く本棚で覆われている。お茶をどうかと勧められて、ケイトは有難く受け取った。少し離れたところにしか駐車場所が見つからず、寒いなかを延々と歩いてきたせいで、凍えそうだったのだ。いまケイトは、カモミールティーのティーバッグが入った熱いカップを両手で持っている。カモミールティーは特に好みではなかったが、少なくとも温かい。

ラッセルに対しても刑事だと名乗って、すぐに通してもらったのだった。

「憶えていますよ」ラッセルは繰り返した。「よく憶えています。チェンバーフィールドではそれはすごい騒ぎになりましたからね。もちろん、騒ぎになって当然でした。キャスウェルはすぐに解雇されました」

「キャスウェルは当時、その女性に熱心に迫っていたんですか?」

ラッセルは少し考えた。「まあ、惚れ込んではいましたね。自分をすぐに振らない女性に会ったのは初めてだったんでしょう。この機会を逃してなるものかと必死だったんでしょうな」

「キャスウェルは女性関係で問題を抱えていた?」

「問題があったかどうかは知りません。ですが女性にもてるタイプでなかったことは確かです。愛想が悪いし、無口だし、自分の殻に閉じこもっていて。おまけにあまり魅力的な容姿でもなかった」

「その女性患者とのことが始まったとき、キャスウェルには決まった女性はいなかったんですか?」

ラッセルは首を振った。「いません。それはほぼ確かです。一度、夜遅くにクリニックを出たとき、キャスウェルが照明かなにかを修理しているところに出くわしたんです。私は冗談のつもりで、家に帰るのが嫌なのかい、奥さんはなんて言うだろうな、なんてことを言ったんですよ。そうしたら彼はむっとした顔で私をにらんで、家には誰もいない、だからいつ帰ろうが関係ない、まったく帰らなくたって気づく人間なんていないって言ったんです。あれは……」

ここでラッセルはためらった。

「なんでしょう?」ケイトは一押しした。

「あれは非常に苛立ちのこもった答えでしたね。単なる軽口に対するものにしては」ラッセルは言った。「声には苦々しさがにじみ出ていました。失望と痛みとが。好きでひとりで暮らしているわけじゃないんだなと思いましたよ。女性と関係を築くことができず、しかもその原因は彼本人にあった。わかっていながら、変えることができない。我々は誰でも、なかなか自分の殻を破ることはできないものです」

ケイトはうなずいた。身をもって知っている。

「ようやくつき合う相手ができたわけですが、だからといって彼が急に魅力的な男に変身したわけじゃありません」ラッセルは続けた。「でも、少しだけ生き生きはしましたね。突然、未来が開けたんでしょうね。クリニックの医師はみんな彼の行為に激怒しましたが、私はどちらかといえば同情を覚えましたよ。それに、なんというか……ある意味、気持ちはわかった。キャスウェルは精神的な病を抱えた女性の無力さを利用するようなあくどい男ではありませんでした。本当に愛を求めていたんです。とはいえ、あの男がパートナーとの関係を築けるようになったとは思えませんね。結局、ふたりのその後のことは知りませんが」

「ふたり？」

「ええ、いま言ったとおり、キャスウェルは解雇されました。そして彼女のほうもその四週間ほど後にクリニックを去って、キャスウェルのところに引っ越したんです」

「そんなことができたんですか？」

「四週間後に十八歳になったんですよ。成人です。彼女は強制的に入院させられたわけではありませんでした。ただ双極性障害で、私のアドバイスに従って自分の意思であそこに入院したんです。ですから、もちろん好きな時に出ていくことができました」

「そして、キャスウェルのところに行ったんですか？」ケイトは訊いた。頭の中でなにかが形作られつつあった。ひとつの像が、つながりが。

「ええ、私の知る限りでは、あのふたりはだいたい同じ時期にこの地を去って、新しい人生を始めたはずです。とはいえ、彼女はもう二度と私に連絡をしてこなかったので、そのあとのことは知りません」

「彼女がキャスウェルと結婚した可能性は？」

「わかりません。ですが可能性はあるでしょうね、ええ」

ケイトは懸命に記憶を探った。これまで読んだハナ・キャスウェル事件にまつわる新聞記事、これまで自分で調べたこと、いろいろな人に会って聞いた話。名前は確か……。

「リンダ」ケイトは言った。「その患者さんの名前はリンダですか？」

ラッセルは驚いたようだったが、うなずいた。「そうです」

「それなら、彼女はキャスウェルと結婚したんです」ケイトは言った。目まぐるしく頭を回転させて考えた。「ラッセル先生、お聞きになったことがありますか？　スカボローで行方不明になった十四歳の少女がいたんです。名前はハナ・キャスウェル。四年前のある晩、姿を消して、その後見つかっていません」

ラッセルは少し考えた。「なんとなく憶えています。ええ。そうだ！」ラッセルは目を見開いてケイトを見つめた。「そうだ。名前はキャスウェルだった。もしかして……？」

「そうです、ライアン・キャスウェルとリンダ・キャスウェルの娘です」

「なんということだ！」

「リンダは娘のハナが四歳のときに家族を捨てました。なんでも夫と幼い娘を残して夜逃げしたとか。ハナは父親とふたりきりで残されました。そして十四歳になったとき、彼女も姿を消したんです」

「なんとも奇妙ですね」ラッセルがいぶかしげな口調で言った。

「はい」ケイトも同意した。「奇妙です。先生はいま、キャスウェルのことを変人だとおっしゃいました。苦々しく、失望を抱えていたと。それがエスカレートして、問題を抱えるにいたった可能性はあるでしょうか？」

「問題を抱えるとはどういう意味です？　見ようによっては我々は誰もが問題を抱えていますよ」

「ええ、もちろんです。ですが、問題の種類には違いがあるはずです。問題が日常生活の重荷になるかどうか。周りの人間の重荷になるかどうか。または、周りの人間にとって危険にさえなるかどうか」

「つまりお訊きになっているのは、キャスウェルが危険なことをしでかしかねない種類の問題を抱えていたかどうか、ですか？」ラッセルが言った。「いいですか、リンヴィル巡査部長、私はキャスウェルという人間とそれほど深く関わったことはありません。私の考えでは、あの男は自分自身のことでいろいろな困難を抱えていたし、きっといまもそれは変わらないでしょう。彼には人間関係を築けないという問題があります。これはパートナーとの関係のみならず、他人との関係全般に言えることです。あの男は人とつき合うということができない。あの無愛想で棘のある態度で人を突き放す。けれど心の奥では、どこか友情や絆や温かさを求めているところがあるんです。それがあの男の悲劇です。でもだからといって彼が危険かと言われると……正直、わかりませんね」

「キャスウェルの元隣人たちは、リンダが夫に耐えられなくなったんだと言っています。いま先生がおっしゃったような性格のせいで」

「それは想像がつきますよ。ライアンがリンダにとって適切な伴侶だとは、当時もとても思えませんでしたからね。ライアンは彼女を勇気づけて引っ張り上げるのではなく、むしろ逆に奈落に引きずり落としていた」

「では、リンダは四歳の子供を置き去りにしそうな人ですか？」

「どうでしょう。そんなことをしそうな女性などいますか？」

「心理学者は先生のほうです」ケイトは言った。

「リンダは自身の精神の病と困難な闘いをしていました。キャスウェルと別れて、自分自身だけでなく幼い子供の面倒まで見るのは荷が重すぎたでしょうね。子供を連れていかなかったのは、理性と責任感からだったのかもしれません」

「子供をあの父親のもとにひとりで残すことが？」

「ライアンは人でなしではありませんよ」

「でも、子供にとっていい父親でしょうか？」

ラッセルはケイトをじっと見つめた。「なにをおっしゃりたいんです？」

「ただ考えをまとめようとしているだけです」ケイトは言った。そして立ち上がった。「ラッセル先生、お時間を割いてくださって、どうもありがとうございました。私の名刺を置いていきますので、もしなにか思いつかれたらご連絡ください」

ラッセルは名刺を手に取った。「わかりました。ありがとう」

玄関でラッセルと別れの挨拶を交わし、ケイトは再びニューカッスル旧市街の狭い小路に立った。風が吹き抜ける。だがいまのケイトはほとんど気づきもしなかった。体がほてっていた。興奮のあまり。先ほどのクリニックでよりもずっと強く、答えのすぐ近くまで来たと感じる。その答えがケイトの血流を速めていた。

どうしてこれまで誰も気づかなかったんだろう？　リンダ・キャスウェルは姿を消した。突然、なんの前触れもなく。ハナと同様に。リンダは嫌われ者の夫を捨てたのだという説を、誰ひとり疑わなかった。誰もが納得できる理由だったからだ。

だが、証明されてはいないこの動機をいったん棚上げしてみると、なにが残るだろう？　ただひとつ、リンダ・キャスウェルが忽然と姿を消したという事実のみだ。

ケイトはこれまで何度もハナの事件に戻ってきた。もつれた毛糸玉をほぐすには始まりに立ち返らねばならないという強い信念から。

けれど、ハナは始まりではなかったのだ。

始まりはリンダだった。

二日前、若い男がチェンバーフィールドにやって来て、リンダのことを尋ねたという。もう一度クリニックに戻って、あのふたりの医師に話を聞かなくては。

その男の名前を知らなければ。それに、彼がなぜリンダに関心を持っているのかも。

ライアン・キャスウェルは単なる無口で殻に閉じこもっただけの男ではないかもしれない。無愛想で人好きのしないいだけの男では。

単に人生に失望して孤独のなかに逃げ込み、死を待つだけの男ではないかもしれない。

すでに当時から、単なる信頼のおける無害な管理人ではなかったのかもしれない。ライアンにとってリンダは、自分を受け入れてくれた最初の女性だったはずだ。だからリンダがライアンと別れようとしたときには、気も狂わんばかりだったに違いない。リンダが自分を捨てるのを阻止するためなら、どんなことでもしたのではないだろうか。

そして、ハナがティーンエイジャーになって精神的に自立し始めたときには、再び気も狂わんばかりになったのでは。さらに、そのあともずっと求め続けたのではないだろうか——自分のものだと言える女性を。

チェンバーフィールドに戻らなければ。

のだから。

2

「彼のところに行きたい」アメリーが言った。これを一日に百回は繰り返す。いや、千回だろうか。デボラは数えていない。それに数などどうでもいい。どちらにせよ意味は伝わっている

彼のところに行きたい。

それは裏を返せば「あんたたちのところにはいたくない」という意味でもあった。

「彼のところには行けない」ジェイソンが言った。その声は鋭い響きを帯びていた。「アレックス・バーンズは勾留されているんだ。そしてそこから直接刑務所に行くことになる。何年も。あいつのことは忘れるんだ、アメリー！」

「ジェイソン！」デボラは小声で夫をたしなめた。そんな言い方をしても得るものはなにもない。とはいえ、理解と共感を示したところで、やはりどうにもならないようではあった。実際のところ、アメリーにはなにを言っても通じない。

「どうしてごまかす必要がある？」ジェイソンは怒っていた。「あのバーンズという男は、最初からアメリーのことなど考えていなかったんだ。アメリーは目的のための手段にすぎなかったんだぞ。まずはたっぷり楽しんで、そのあとにアメリーを利用してうちの金を手に入れようとした。そのどちらにもアメリー自身が献身的に協力したんだ」

「彼のところに行きたい」アメリーが言った。

デボラは両手で顔を覆って、うめき声をあげた。この悪夢はどこまでひどくなるのだろう？アメリーが行方不明になり、殺人犯の手のなかにいると——一度目のときも二度目のときも——思われたあの日々、自分の人生でこれほど恐ろしい時間は二度とないだろうと思った。ところがいま、アメリーは戻ってきて、目の前に、安全なところにいるというのに、すべてが以前より悪くなったような気がする。娘はまるっきり見知らぬ人になってしまった。あらゆる面で自分をもてあそび、利用した男への想いに囚われて。その男と一緒になって、娘は両親を騙した。ためらいもなく、なんの感情もなく。

そう、それこそがデボラの心に深い戦慄を呼び起こすのだった——感情の完全な欠落が。アメリーの目のなかの空虚が。そこにはなにもない。暗闇しか映さない目。娘ははるか遠くにいる。

娘は病んでいるように見える。手が届かない。

「アメリー」デボラは言った。「お願いよ、理解しようとしてみて。アレックス・バーンズはあなたのためにならない。あの男がしたことは……」

「ふたりがしたことは、だろう」ジェイソンがデボラを遮って言った。彼は壁にもたれて立っている。怒りのあまり、じっと座っていられないのだ。怒りのあまり、口を閉じることもできない。

そんな夫が、デボラには少し羨ましくもあった。ジェイソンは少なくとも怒ることができる。

それが彼の助けになっている。だがデボラ自身には、深い絶望感のほかはなにもなかった。戦慄と無力感のほかは。さまざまな恐ろしい感情の渦は、最後には常に同じ思考へと行き着く――これで私たち家族は終わりだ。以前手にしていたものは二度と見つからない。以前の私たちには二度と戻れない。

いったいどうしてアメリーはここまで遠くへ行ってしまったんだろう？　大人の男と何か月も性的関係にあったというのに、母親である自分はなにひとつ気づいていなかった。あの男に感情面で完全に依存していたというのに、この自分は、娘の奇妙で拒絶的な態度は単に思春期のせいだと思っていたのだ。アメリーは両親に対して強い憎しみをたぎらせていたというのに、自分は、ごく普通のことだ、そのうち過ぎ去ると自分自身に言い聞かせていた。

「私たちに対してどんなひどいことをしているか、一瞬も考えなかったの？」デボラは訊いた。「あなたが行方不明になったとき、誘拐されたんだって考えたとき。私たちがどんなに辛い思いをするか、わかってたはずでしょう！」

アメリーは表情のない目でデボラを見つめて、言った。「彼のところに行きたい」

三人はいまリビングルームにいる。ヘレン・ベネットから、アメリーをできるだけひとりにしないようにとアドバイスを受けていた。

「アメリーはこれまで逃げ込んでいた世界から出ることを学ばなくては」ヘレンはそう言ったのだった。「その世界では、アメリーはアレックス・バーンズと幸せな生活を送っていて、いわばもう大人の女性なんです。そこから出るのは難しいことです。いまは依存症から回復している途中のようなものなんです」

あなただってなにも気づかなかったくせに、と、そのときデボラは思い、ほんの数秒間とはいえ一種の怒りのようなものを感じたのだった。なんとも素晴らしいカウンセラーね。何週間も毎日アメリーと話していて、本当のことはなにひとつ探り出せなかったなんて。

アメリーはクリニックに入院することになりそうだった。青少年向けの精神科クリニックだ。普通なら空きが出るまで何か月も待つらしいが、ヘレンはどうにかして——少なくともこの点では彼女を評価しなくては——アメリーのためにすぐに空きを見つけてきた。だがその前に、アメリーは児童裁判所で判事の前に立たなければならない。とはいえ、判事が下す決断は、どちらにしてもアメリーがたどることになる運命とおそらくは同じはずだった。つまり、クリニックで一日二十四時間、精神のケアを受けることだ。

「ひどいわ」以前、デボラはジェイソンにそう言った。「私たちの子供が入院だなんて！　そんなの……とても考えられない！」

「そういう場所があることを嬉しく思うべきだよ」ジェイソンはそう答えたのだった。「我々ふたりだけで対処するには荷が重すぎる」

実際のところ、デボラにもわかってはいた。アメリーの心はいつの間にか離れていってしまった。家族から、日常生活から。このままるでなにもなかったかのように再び学校に通い、ごく普通の日常生活を送ることなど考えられない。家族の保護のもとに戻って、デボラが守ってやらねばならない子供に戻ることなど。そんな時代はもう過ぎ去ったのだ。その破片を拾い集めて新しい家族像を作り直し、全員がなんとかやっていければ幸いだと思うしかない。

「そろそろお昼の準備をするわ」デボラは言った。延々とここに座って夜が来るのを待っているわけにはいかない。明日もまたまったく同じひどい一日になるとわかっていながら。「アメリー、なにが食べたい？」

アメリーは肩をすくめた。恐ろしくなるほどやつれている。痩せ細り、顔は蒼白。目は落ちくぼんでいる。髪はもじゃもじゃで、洗ってもいない。

「マカロニとチーズはどう？」デボラは訊いた。「大好物でしょ」

「どうでもいい」アメリーは言った。

「でも……」

「やめろ」ジェイソンが割って入った。「この子にはどうでもいいんだ。いい加減にわかれよ。うるさくするんじゃない。放っておけ」

「私はただ……」

「ああ、君はいつも、ただなにかを望んでただけだ。すべてがうまく行くのを望んでた。アメリーが好物を食べて、ピンクの壁紙の部屋で寝て、可愛らしく着飾るのを望んでた。この美しい家を手に入れることも、夫が世間体のいい職業についていることも望んでた。そして、ここで大声を出したり、喧嘩したり、だらけたり、むくれたり、怒りだしたりするのは、あってはならないことになってる。君は気づいてないんだ……」

「なにに？」ジェイソンが一瞬口を閉じたので、デボラは訊いた。自分の声が甲高くなるのがわかった。「私がなにに気づいてないっていうの？」

「いや、いいよ」

「なんなのよ？」

「君がアメリーにまだくだらないチョコレートエッグを買ってやってた頃。バービーの顔が描いてあって、なかにはバービーの服やらなんやらが入ってるあれだ。その頃アメリーはもう化粧をしてて、まったく別のことに興味を持ってた。いまになってようやくそれがわかったわけだが。でも君は、アメリーに小さな女の子のままでいてほしかったんだ。一緒に買い物に行って、歩行者天国でココアを飲んで、母の日にはベッドまで朝食を運んでくれる女の子のままで。アメリーがとっくにそんな時期からほど遠いところにいて、しかも毎日一歩ずつ進んでいることに、君はまったく気づこうとしなかった」

「あなただって気づかなかったじゃない！」デボラは言った。目に涙が溢れた。わけがわからない。ジェイソンまで。彼までもが自分に敵対するなんて。

「私は一日じゅう留守にしていた。君はずっと家にいたじゃないか！」

デボラは泣きだした。こうなることは、言ってみれば当たり前だった。互いに罪をなすりつけ合うようになることは。人生が悪夢に変わった責任は誰にあるのか？　これからもずっとこんなことが続くのだ。これから何年も、なにかがあるたびに、誰がどんな間違いを犯したかという問いばかりが繰り返されることになるのだ。

「悪かった」ジェイソンが打ちのめされた様子で言った。

「いいの」デボラはそう言って、涙をぬぐった。

もちろん、よくなどない。

「彼のところに行きたい」アメリーが言った。

デボラはハンカチを取り出すと、鼻をかんだ。そして、「ひとつだけ知りたいことがあるんだけど」と、娘に向かって言った。「あの土曜日、私たちが〈テスコ〉に車を停めて、私が買い物に行ったとき。戻ってきたら、あなたはいなくなってた。あの恐ろしい悪夢が始まった日──そもそもなんだったの？　具体的にはなにがきっかけだったの？　私たちが地獄を味わうことになろうが知ったことじゃないって、どこかへ行ってしまったのはなぜだったの？」

アメリーはまたしても肩をすくめた。その目にはなんの感情も見られない。

「どうしてよ？」デボラは叫んだ。叫び声になったのは、怒りのせいではなかった。いまだに怒りは感じない。ただ絶望ばかりだった。この先の一生、二度と抜け出すことができないだろうと感じるほどの深い絶望。「どうしてなのよ？」

アメリーがデボラに向き直った。その目にはいまだになんの感情も見られない。

「クラス旅行に行きたくなかったから」アメリーが答えた。「もう話したじゃない」

それからアメリーの視線は再び窓の外に向けられた。どこかずっと遠くに。

「彼のところに行きたい」アメリーは言った。

3

その夜のうちに死ななかったのは、天井の穴のおかげだった。少なくともマンディはそう思った。いずれにせよすぐには死ななかったかもしれないが、あの穴がなければ意識を失ってはいたはずだ。または衰弱のあまりもはや立ち上がることができなくなったか。そうなっていたら、毛布にくるまって、二度と起き上がることはなかっただろう。昨日、沈む直前の太陽の光のもとで、マンディはそれを見た。かつてキッチンだった場所の天井。穴などではなく、単にどこかに亀裂かなにかが入っていただけかもしれない。だがそんなことはどうでもよかった。そこには濡れた染みがあった。窓の上の部分に。

マンディは椅子をその下に持っていって、震える足で座面によじ登った。決してバランスを失ってはならないと怯えながら、慎重に。いまこのうえ椅子から落ちて骨折までするわけにはいかない。いずれにせよもう力尽きかけているのだ。火傷をした腕は息もできないほど痛み、右手と右手首は、まるで……そう、用心のためそもそも目をやることも避けているほどのありさまだ。ひどい傷のせいで悪臭がどんどん耐え難くなる。すぐになにかを巻き付けなくてはならないのはわかっていたが、手元にはなにもなかった。一片の布切れさえ。これ以上ひどくなるようなら、下着のシャツを脱いで切り裂くつもりだったが、寒さのあまりひどく震えているため、着ているものを一枚たりと犠牲にする気にはなれず、まだためらっていた。おそらくは比較の問題だろう。いつしか手の傷のほうが寒さよりも耐え難くなる。そうなったら実行することになるだろう。

キッチンの天井は低く、椅子に乗ると簡単に頭が届いた。マンディは口を開けて、乾き切ってひび割れた唇を漆喰に押し付け、湿った場所を直接舐めた。カルキの妙な味がしたが、なんにせよ湿っている。水だ。雨が降っているわけではないので、おそらく屋根裏の湿気が凝縮されたのだろう。家のなかの寒さを考えればとても想像し難いとはいえ、この家にはある程度の暖気があるのだ。少なくとも数日のあいだはプロパンガスのストーブがついていたおかげかもしれない。マンディはひたすら天井を舐め続けた。もはや止まらなかった。これほど美味なものは知らないと思った。これほどの安堵を感じたこともなかった。体からどんどん逃げ出しつつあった生命力がゆっくりと戻ってくるこんな感覚は、生まれて初めてだった。

実際、不思議だった。天井から舐めとったほんのわずかな水が、本当にマンディを元気づけたのだ。気分がよくなった。はっきりものを考えられるようにもなった。いつ永遠に眠り込んでもおかしくないという感覚は消えた。

やがてマンディは椅子から下りて、どうかもっと結露をお送りくださいと天に祈った。この馬鹿ばかしいほど小さな染みが、生き延びられるかどうかの決め手になると確信していた。

夜のあいだじゅう、マンディは定期的に起き上がり、暗闇のなか、毛布にくるんだ体を引きずってキッチンまで行き、椅子に上って、ほんのわずかな水分を体に取り入れた。熱があるのはわかっていたが、どうにかそれをコントロールできているのも感じていた。熱は下がりはしなかったが、上がることもなかった。それでも幻想は抱いていなかった。できる限り早くここを出なくてはならない。水が生きる気力を呼び戻してくれたとはいえ、もちろんそれだけでは足らない。いまのマンディは残されたわずかな体力を消耗しながら生きており、まもなく体全体が機能しなくなるだろう。なにしろ怪我がひどすぎる。それに空腹も。

翌日の午前中、マンディは脱出の可能性を探して、この奇妙な家を調べて回った。玄関ドア、窓、壁、床、天井。地下室はあるか？　緩んだ桟《さん》はないか？　緩んだ蝶番は？　窓の格子のなかで外れかけているものはないか？　同時に道具も探した。どんな道具が必要なのかはよく知らなかったが、手にすればきっとこれだとわかるだろうと期待していた。ところが、家には本当になにもなかった。なにひとつ。道具になりそうなものも、脱出口を作る出発点になりそうな場所も。マンディは壁に塗り込められたも同然だった。ドアの横に奇妙な茶色い跡を見つけた。それにところどころ壁紙を引っかいた跡も。これまでにも誰かがここを脱出しようと闘った痕跡なのかもしれなかった。その誰かは、トイレのタンクの水を飲んだ人物でもあるに違いない。

そのことは考えたくなかった。あまりに辛すぎる。

何度も窓から外を見て、目で周囲を確かめた。万一どこかに人の姿が見えたら、すぐにキッチンの椅子で窓ガラスをたたき割り、助けを求めて叫ぶつもりだった。だが、人などいなかった。どこまで見渡しても。

ジーンズのポケットにマッチ箱が入っていた。どこかの家の庭にあった小屋に隠れ住んでいたとき、アルコールストーブで缶詰を温めるために買ったものだ。あれはいつのことだった？　はるか昔だ。マンディはマッチをじっと見つめたが、それを使ってできそうなことは思いつかなかった。ドアに火をつける？　だが炎は外ではなく、中に広がるだろう。生きたまま無惨に焼け死ぬ危険が大きすぎる。

昼になる頃には、マンディは涙をこらえるのに必死だった。逃げ道がないことが徐々にはっきりしてきたからだ。可能性はない。この家のなかは最後の一センチ四方まで調べ尽くした。これからの数時間でなにか見つかると信じるのは、あまりにおめでたいというものだ。ここにはなにもない。

「考えろ」マンディは自分に向かってそう言った。「考えろ。すぐに喉が渇いて死んじゃうって思ってたのに、あの水があったじゃん。道は開けるはず」

だが同時に、水を見つけたのは滅多にない幸運だったのであり、そんな運はそうそう繰り返し巡ってくるものではないこともわかっていた。そもそも、もうすべて調べ尽くしたのだ。どう考えても、もはや助けになりそうなものが見つかる望みはない。

「私、死ぬんだ」マンディは言った。その言葉は奇妙な響きだった。穏やかで、現実的な響き。心の声に耳を澄ましてみた。こんなふうになんの感傷もなく言い切ったのは、本当のところは死ぬなんて思っていないから？　それとも衰弱しすぎてなんの感情も持てないのだろうか？　泣きたいと思ったが、それもできなかった。おそらく体には涙を製造するだけの水分がないのだろう。

もう一度椅子に上って天井から数滴の水を舐め取ったが、昨日のように力が湧いてくることはもうなかった。結局のところ、これでは足りないのだ。舌と唇を少し湿らせてくれるが、それだけだ。昨日はきっと体に幻想が喚起され、それが最後の力を目覚めさせたのだ。今日の体はもう騙されない。

椅子を下りて、体を引きずってリビングへと戻り、毛布にくるまり直した。傷ついた手はいまでは悪臭を放っている。マンディはかなり苦労して上着とセーターを脱ぎ、最後にシャツを脱いだ。そこまですると、疲労のあまり、セーターと上着を身に着け直すのに数分待たねばならなかった。そのあいだマンディは寒さで震えていた。同時に体のなかは熱く、顔もほてっていた。熱が上がり始めたのだ。

シャツは、本当はきれいに細長く裂いて、火傷をした腕と皮膚の剝がれた手の両方に巻き付けるつもりだった。だが、そんなことをする力は残っていないことに気づいた。そこでシャツ全体を手に巻き付けて、適当な結び目を作り、大きく不格好な塊にした。おそらく、どちらにしてももう役には立たないだろう。なにかの役に立つものなど、もうなにひとつない。

床に転がって体を丸めた。波となって体を駆け抜け、ゆっくりと全身の体温を上昇させる熱に身を任せた。寒さをあまり感じなくなったことに、マンディは感謝を覚えた。鼓動の小刻みなリズムに合わせて傷がどくどくと脈打っていたが、痛みはもうあまり感じなかった。

たぶん、死ぬのもそんなに悪くない。このまま眠り込んで、あちらの世界へと漂っていくんだ。

マンディは微笑んだ。

そのとき、車の音が聞こえた。

熱と言葉にできないほどの疲労感にもかかわらず、一瞬にして意識が冴えわたった。体を起こし、いまのは聞き間違いだろうかと考えた。いや、また聞こえてくる。車がこの家へと近づいてくる。それにあのエンジン音には聞き覚えがある。たまたま通りかかった人間ではない。マンディを救い出してくれそうな人間ではない。

急に驚くほど明晰に頭が働くようになった。ほんの一、二時間前には――それともそんなに前ではなかったのだろうか、もう時間の感覚がないのでわからない――ほぼ枯れ果てた前向きな思考の最後の残りかすを己のなかに呼び覚まそうと必死だった。機会も可能性も意外なときに巡ってくるものだと。いま、思っていたのとは違う形かもしれないが、見込みのある現実のチャンスが来たのだ。

よし。あと一、二分でドアが開くだろう。マンディにはひとつ非常に有利な点がある。もう壁につながれてはおらず、自由に動けることだ。そのおかげで、相手の意表を突くことができる。

素早く毛布から出た。アドレナリンが体じゅうを駆け巡り、急に新しい、おそらくは本当に最後の力が湧いてきた。下に人が寝ているように見えるよう、毛布を床の上でこんもりさせた。もちろん、毛布から腕が出ておらず、その腕が壁につながれていないことは、見ればわかる。けれどこの毛布が数秒の猶予を与えてくれるのではないだろうか。すべてがうまく運べば、それ以上の時間は必要ない。

マンディは忍び足でキッチンへ向かった。計画はとっさに練ったものだった。というのも、何度もさまざまなシナリオを頭に思い描いたというのに、この可能性だけは一度たりとも考えたことがなかったのだ。

予想外の出来事。人生の重要な転換点は、たいていそうだ。

積み上げられた空き瓶のケースから一本を取り上げると、流しで割った。完璧だ。鋭利な武器が手に入った。必要ならば相手の首を掻き切る覚悟だった。

マンディは決意を固めていた。これまでの人生のどんなときよりも。なにしろこれが唯一のチャンスなのだ。

マンディは待った。獲物を狙う獣のように。

音もたてず。感覚を研ぎ澄まして。いつでも飛びかかれるよう、全身を張りつめて。

ドアに鍵が挿し込まれる音がした。

4

ヴィクトリア・ロードの飾りけのない建物の前に車を停めると、ケイトは携帯電話を取り出して、デイヴィッドにかけた。デイヴィッドは電話に出なかったので、メッセージを残した。

「もしもし、私、ケイト。もうすぐ二時なんだけど、私、いまスカボローに戻ってきたの。あとひとり話を聞く相手がいるんだけど、それが終わったら家に帰って、メッシーを連れてそっちに行く。それでいい？」ケイトは自分の言葉の響きにうっとりと耳を澄ました。「そっちに行く……」という魔法のような言葉。

ケイトは微笑み、頭を上げて、バックミラーで自分の顔をちらりと見てみた。目がどういうわけか少し大きくなり、喜びで輝いていた。以前よりきれいになった。美人にはこれからもなれないだろうけれど、内からの輝きが表情を柔らかくし、生き生きと親しみやすいものにしていた。これまで他人を遠ざけてきたケイトの大きな特徴である、殻《かたく》に閉じこもった頑なな雰囲気がなくなり、温かくて心の広い人に見えた。

もう一度自分の顔に微笑みかけてみてから——こんなことをするのは初めてだ——車を降りようとしたが、そこで携帯が鳴った。メッセージが届いたようだ。ケイトはすぐに携帯をチェックした。デイヴィッドが即座にケイトのメッセージに返事をくれたのだと思ったからだ。ところがメッセージはコリンからのものだった。ケイトはため息をついた。

こんな扱いを受けて黙っているつもりはないからな、ケイト。僕とはもう関わりたくないのか？ わかったよ。でも、それなら黙って連絡を絶つんじゃなくて、せめて僕に直接そう言うだけの礼儀は示すべきだろう。人をそんなふうに扱うもんじゃない。僕はいまスカボローに向かってる。夕方頃には着く。住所は住所案内で手に入れた。話し合おう。頼むからもう僕を避けないでくれ。君が別れたい理由を聞く権利が僕にはある。

「だからそれはもう言ったじゃない！」ケイトは思わず声に出して言った。コリンにはもうデイヴィッドのことを話してあった。コリンを傷つけないよう、慎重に。そんな配慮を受ける権利は彼にはないと思ってはいたものの。

ところがコリンは、今日の夕方ケイトの家の前に現われるという。もしかしたらその時間にはもうケイトは家ではなくデイヴィッドのところにいるかもしれない。だがまだ家にいる可能性もある。だからといって、わざわざ慌てて帰るつもりはなかった。コリンに生活をかき乱されてなるものか。それに、事実をはっきり目の前に突きつけてやったほうがいいのかもしれない。これ以上コリンと連絡を取り続けるつもりはないと、はっきりわからせたほうが。長々と話し合う必要はない。コリンには興味がないと本人にわからせるだけの一言、二言で。

面倒くさいな、とケイトは思った。

車を降りて、ロックした。そして建物の正面壁を見上げた。一九五〇年代の建築で、簡素でどこかみすぼらしい。灰色の漆喰壁。ペンキの剝げ落ちた窓枠。それを除けば頑丈な造り。なんとなく私みたい、とケイトは思った。だがすぐに訂正した。デイヴィッドとつき合い始める前の私みたい。

先ほど、少しばかり苛立ったマナーリング医師が、クリニックを訪れてリンダ・キャスウェルのことを尋ねた男の名前を教えてくれたあと、ケイトは電話帳でこの住所を調べ出した。マナーリング医師は、確かではないが男はスカボローに住んでいると言ったような気がする、と伝えたのだ。幸運にも医師の記憶のとおりだった。ケイトがあらためて訪ねていくと、マナーリングはあからさまに深いため息をついた。だがそういう反応にはケイトは動じない。警察官というのはときどき人の癇に障ることをする。そういうものなのだ。

「ブレンダン・ソーンダースさん?」ケイトはそう訊いて、愛想よく微笑んで見せた。再び記者に化けていた。なぜそうするのか自分でもよくわからなかったが、そうしたほうがいいと直感が告げた。この男に警察だと名乗ったら、心のシャッターを閉ざされてしまう、と。ソーンダースがフラットの玄関ドアを開けた瞬間、ケイトはそれを悟った。そしてその一瞬で、なんと名乗るか決めたのだった。

「はい?」ソーンダースが返事をした。神経質で不信感のこもった声だ。それに落ち着きがない。この男の家の呼び鈴が鳴ることはそれほど多くないのだろう。どこか恐怖を感じているようにさえ見える。

「ケイト・リンヴィルといいます。記者をしています」

「はい?」再びソーンダースが返した。左の目がぴくぴく震えている。

「少しお訊きしたいことがありまして」

ケイトをなかに招き入れてくれるそぶりはない。「はい?」もはや三度目となる返事を、ソーンダースは繰り返した。

やはりスコットランド・ヤードだと言って強引に押したほうがよかったかもしれない。だがいまとなってはもう遅い。いま別の身分を名乗れば、ソーンダースは怒って、「はい?」さえ言ってくれなくなるだろう。

「ソーンダースさん、お名前はドクター・マナーリングからうかがいました。ニューカッスルのチェンバーフィールド・クリニックの医師の」

「はい？」

そもそもこの男はほかの言葉を知っているのだろうか？

「私がクリニックを訪ねたのは、とある記事を書くためです。行方不明になった少女たちの記事です。正確に言うと、ここスカボローで行方不明になった一連の少女たちのことです。サスキア・モリス、ハナ・キャスウェル、リンダ・キャスウェル」

ソーンダースが動揺を抑えるのに苦労しているのが見てとれた。どうやらこのままここで「はい？」ばかり繰り返しているわけにはいかないと悟ったようだ。「えっと……あの……それでどうして僕のところに？」

「チェンバーフィールドに行って、ライアンとリンダ・キャスウェルのことを尋ねたんです。そうしたら、ソーンダースさんが数日前にやはりあそこに行って、やはりリンダ・キャスウェルのことを尋ねたとうかがったので。リンダの症状のことをお知りになりたかったとか。もちろんなんの情報も得られなかったのはわかっています。医師には守秘義務がありますから」

「残念ながらね」

ケイトは再び微笑んだ。「ソーンダースさん、少しお邪魔してもかまいませんか？　お訊きしたいことがあるんです。特にライアン・キャスウェルのことで」

ソーンダースはためらった。長々とケイトと話すことに乗り気でないのは明らかだが、断わるための言い訳を思いつかないようだ。しぶしぶ一歩引いて、言った。「わかりました。ただ、いま仕事中なので……」

「長居はしません。お仕事はなにを？」

「作家です」

ブレンダン・ソーンダースという名前は聞いたこともなかったし、本の表紙で見たこともない。「それは興味深いですね。なにを書いていらっしゃるんですか？」

「長編小説です。ブレグジットについての」

「確かにとてもタイムリーなテーマですね」

ソーンダースはケイトをリビングに案内して、肘掛け椅子から慌てて新聞の山をどけた。

「どうぞ、お座りください」

そして自分はケイトと向かい合って、小さなスツールに腰かけた。先ほどよりずっと神経質になり、落ち着きがなく、緊張しているように見える。ずっと両手を揉み合わせている。この男はどこか妙だと、ケイトは思った。だが、単にいままで仕事に没頭していて、突然の訪問者に戸惑っているだけかもしれない。作家というのは複雑怪奇な人間だと、よく言われるではないか。

「ええと、それで、僕がどんなふうにお力になれると？」ソーンダースが尋ねた。少し落ち着きを取り戻したようだ。

「先ほど申し上げたとおり、行方不明の少女たちの件で記事を書いています」ケイトは言った。

「ですからどんな情報にも興味を持っています。まず始まりに立ち返りたいと思いまして。行方不明になった最初の少女に。ハナ・キャスウェルです。ところが調べているうちに、その何年も前にハナの母親が姿を消していたことを知りました。リンダ・キャスウェル。ある日突然いなくなって、その後行方知れずのままだとか」

「彼女は家庭から逃げただけですよ」

「公式にはそういうことになっていますね、確かに。でも本当にそうでしょうか？　その後、リンダから連絡なりなんなりあったんですか？」

ソーンダースは肩をすくめた。「僕は知りません。いや、たぶんなかったでしょうね」

「失礼ですが、ソーンダースさんはリンダさんとはどんなご関係ですか？」

ソーンダースは考えた。「あまり近いとは言えない親戚です。五親等くらいの親戚かな？　僕が彼女に興味を持ったのは、鬱のことでです」

「リンダ・キャスウェルは双極性障害でしたね」ケイトは言った。「どうしてその点で詳しいことをお知りになりたいと思われたんですか？」

「僕自身が鬱なんです。だからです」

「なるほど。それはお気の毒に、ミスター・ソーンダース。ところで私、女性が家族を捨てること自体はあり得ると考えています。幼い我が子だって捨てることはあるだろうと。不幸な結婚生活を送っていたり、病気で家庭生活は荷が重く、子供の面倒を見切れないと思ったときなど。でも、その後二度と娘のもとを訪ねないなんて、そんなことあるでしょうか？　おまけにその子までが姿を消すなんて。娘の父親やおおかたのメディアの見方では、娘は性犯罪の犠牲になったということです。おそらく殺されたのだと。どのメディアもそう書きました。少なくとも、ほとんどのメディアが。そんなことがあったあとにさえ母親が姿を現わさないなんてこと、あるでしょうか？」

「外国にいるのかもしれませんよ。すごく遠いところに」

「そうですね。オーストラリアにいると言われているようですね。親戚がいるんだとか。でもオーストラリアだってこの世界の一部です。少なくとも一度くらいは、自分の子供がどうしているか訊いてきてもよさそうなものじゃないですか？」

「なにをおっしゃりたいんです？」ソーンダースが訊いた。

「リンダ・キャスウェルはそもそもまだ生きているんでしょうか」

ソーンダースはすっと目を細めてケイトを見つめた。「どういう意味です？」

「もっと正確に言えば」ケイトは説明した。「そもそもリンダ・キャスウェルは家を出ていったりしたんでしょうか。世間で言われている話は本当なんでしょうか」

「話とは？」

「不幸な結婚生活に耐えられなくなって、荷物をまとめて出ていったという話です。夫と子供を残して、完全に姿を消してしまった」

「よくある話じゃないですか」ソーンダースが言った。

「ええ、わかっています。それに、キャスウェル夫妻の結婚生活が実際にあまり幸福とは言えなかったことも。夫婦のことを知っていたたくさんの人から、そう聞きました。ライアン・キャスウェルはいつも不機嫌で、ぶっきらぼうで、人とうまくつき合うことができない。まだとても若い妻にとっては、しかも精神的に重い病を抱えている女性にとっては、適切な相手だとはとても言えなかったでしょうね。きっとライアン・キャスウェルは、奥さんの病気にもあまり理解を示さなかったんでしょう。それどころか、むしろ彼女を責めたのでは。そういう意味では、彼女が夫を捨てても誰も不思議には思わなかった」

「僕もそう思いますね」ソーンダースが言った。「不思議に思うようなことはなにもない、という意味です」

「ライアン・キャスウェルとはお知り合いですか？」

「少しだけ」

「少しだけ？　親戚の夫だったのに？」

「五親等ですからね」ソーンダースが訂正した。「親戚といっても遠いんですよ。親戚という言葉が正しいのかどうかさえわかりません。ライアン・キャスウェルには一度だけ、親族の集まりで会ったことがあるんですが、ただ握手をしただけです。『こんにちは』以外、一言も話しませんでしたよ」

「そのときライアン・キャスウェルにどんな印象をお持ちになりましたか？」

「感じが悪いなと。無愛想で、なんというか……どこか変わっていました」

「おかしかった？」

「ええと、つまり、ほかのみんなとまったく交流できていなくて。僕の目には、なんだか自閉的に見えましたね。おまけにあのむっつりした顔……ずっと不機嫌で……リンダはどうしてあんな男と結婚しようなんて思ったんだろうって、考えましたよ。あんなにきれいで若いリンダが！　ずっと歳上の、あんな偏屈そうなオヤジと。わけがわかりませんでしたよ」

「で、どんな答えを導き出されたんですか？　どうしてリンダさんはキャスウェルと結婚したんだと思いますか？」

ソーンダースは首を振った。「難しい質問ですね。彼女はチェンバーフィールドであの男と知り合ったんです。もしかして精神的にどん底にいたとか。精神科のクリニックですからね……しかも入院したのは十六歳のときですよ。その年頃の女の子って、普通なら人生を謳歌しているものじゃないですか？　遊びに出かけて、友達がいて、化粧をしたり、かわいい服を買ったり……精神科クリニックで山のように抗鬱剤を飲んだりする歳じゃないはずです。リンダはキャスウェルのことを、そこから抜け出す道だと思ったのかもしれませんよ。支えだと。実際、知り合ってからすぐにクリニックを出て、キャスウェルのところに引っ越しましたからね。一緒に泥沼から抜け出せると思ったんじゃないですか。でも、泥沼から抜け出すのにあれほど使えない男はいませんね」

「リンダさんが行方不明になったときのことをご存じですか？　なにがあったのか」

「その場にいたわけじゃないんで」

「でもご親族でそういう話になりませんでしたか。きっとソーンダースさんのお耳にも入ったでしょう――ただの遠い親戚だとしても」

ソーンダースはため息をついた。彼が汗をかいているのに、ケイトは気づいた。この会話が苦痛なのだ。「僕が聞いた話では」と、彼は始めた。「ライアンがある日家に帰ってきたら、リンダはいなくなってたとか。小さかったハナはリビングでテレビを見ていたそうです。デッキにDVDが入っていて、同じ映画が何度もリピートされてた。ハナの周りには、持っていたぬいぐるみ全部と、お茶の入った瓶と、大量のチョコレートクッキーが置いてあった。リンダの姿はどこにもなかった。旅行鞄ひとつと、リンダの服の大部分がなくなっていた。そこからライアンは、リンダが逃げたんだと結論を出したそうです。それ以来、リンダからライアンには二度と連絡はありませんでした」

「犯罪の可能性は、誰ひとり考えなかったんですか？」

「犯罪？」

「男が家に帰ってきたら、妻が忽然と姿を消していた。なんらかの犯罪であってもおかしくないのでは」

「でもリンダの服がなくなってたんですよ。それに、家のなかで争った形跡もなかったわけだし。それにハナがいた……まだ四歳でしたけど、なにか見たなら、そう話したはずです。だから犯罪があったなんて考えた人がいたとは思えません」

「では……」ケイトは慎重に切り出した。「ライアン本人はどうでしょう？　ご親族でそちらの方向に疑念を抱いた方はいませんでしたか？　または、そういったことを口にした方とか？」

「そういったこととは?」

「ライアン・キャスウェルが妻の失踪に関係しているのではと疑った人は、誰もいないんでしょうか?」

ブレンダン・ソーンダースは鋭い目でケイトを見つめた。いまだに手をこねくり回していて、神経質そうに見えたが、いまや意識は冴えわたっているようだった。「もしかして、なにか見つけたんですか……?」

「あらゆる可能性を考えているだけです。個人的に、どうもおかしいと思うんです。ある男の妻が忽然と姿を消す。何年もたったあとに、その娘も姿を消す。妙だと思いませんか」

「どうして僕に訊くんです? よりによってこの僕に。ただ数日前にあのクリニックに行って、遠い親戚のことを尋ねたというだけの理由で?」

「どうして尋ねたんですか、ミスター・ソーンダース? 何年もたったいま頃になって。どうしてよりによっていま?」

「さっき言ったじゃないですか。僕自身の鬱病のせいだって。これがうちの家系の遺伝的な問題なのかどうか知りたかったんですよ」

「そういうテーマなら、インターネットでいくらでも資料を見つけられるじゃないですか。わざわざリンダの主治医を訪ねる必要はないはずです。それにもう一度お訊きしますが、どうしていまなんですか?」

「いま鬱だからですよ。昔からずっと鬱だったけど、いま特にひどいからです。自分の人生とうまく折り合いをつけられない。執筆はうまく行かないし。心にバリアがあるんです。痛みがあるんですよ。精神的な痛みが」

「それはよく理解できます、ミスター・ソーンダース。でも、リンダの担当医がなんの役に立つんですか？　というか、彼らはリンダの直接の主治医でさえなかったのに。彼らがあなたの病をどう治してくれるというんです？」

「あのふたりは僕に住所をくれました。当時リンダの担当だった先生の」

「ドクター・ラッセルですね」ケイトは言った。

「そっちにも行ったんですか？　僕も会いたかったんですけど、ちょうどお留守で」

「あの先生はもう引退していらっしゃいます。ソーンダースさんの病気のことで、具体的に力になってくれることはなかったと思いますよ。いったいなにをお望みだったのか、どうもよくわかりません。確かに鬱病が親族の遺伝的なものかもしれないという情報は得られたかもしれません。でも、だからどうなんですか？　それがわかっただけでは、なんの助けにもならないのでは」

「でも少なくとも、遺伝的なものだとはっきりするじゃないですか。僕個人がなにか間違ったことをしたせいじゃないって。間違った生き方をしているとか、いつも間違った決断をするとか、そういうことのせいじゃなくて、僕の遺伝子にもう組み込まれていて、僕自身の間違いとは関係ないんだってわかったかもしれない」

ケイトは考えた。ブレンダン・ソーンダースの動機が少しずつ見えてきた。この男は、自分が常に悲嘆に暮れているのを、自分の陥った危機を、自分の沈む気分を自分で責めて、おそらくは何時間も、何日も、自分の犯した間違いのことをくよくよ考え続けているのだろう。自分の鬱が生まれつきの病なのだと知れば、彼の心はずっと軽くなるに違いない。自分がなにをしようと避けることはできなかったのだとわかれば。

それでもケイトは、時期が気になっていた。苦悩の皺が刻まれた苦しげな顔を見れば、この男がもう何年も鬱病を患っていることは想像がつく。つい最近のことでもなければ、執筆がうまく行かないせいでもないだろう。それでも、彼がチェンバーフィールドに行ったのはつい最近のことだ。

偶然なのか。そうではないのか。

残念ながらマナーリング医師からは、ブレンダン・ソーンダースとなにを話したのかは聞き出すことができなかった。

「それはミスター・ソーンダース本人に訊いてください」と言われ、それ以上はなにも教えてもらえなかったのだ。

ブレンダン・ソーンダースのなにかが気になった。神経質そうな落ち着きのない態度。激しく汗をかいているところ。一瞬も手を動かすのをやめられないところ。そういう副作用のある薬を飲んでいるのかもしれない。それでも、だ。最初に会った瞬間から、彼はケイトのなかのなにかを呼び起こした。多くの犯罪捜査員が持つ勘のようなものを。年月とともに経験によって磨かれ、どんどん鋭くなっていく勘。その勘が呼び覚まされた。だが、勘をまとまりのある考えにまで持っていくことは、まだできない。いまのところは、すべてまだ曖昧な感覚にすぎない。けれど、見過ごすことも聞き過ごすこともできないほど、それははっきりそこにあった。

このソーンダースという男はどこかおかしい。ただ、それがなんなのか、事件にとって重要なことなのかがわからない。

ケイトは立ち上がった。するとソーンダースも即座に勢いよく立ち上がった。ケイトがようやく帰るとわかって、ほっとしたのだろうか?

「では」と、ケイトは言った。「これからも調査を続けます。なにがあったのか、全員がどんなふうに関わっているのか、わかるまで諦めないつもりです。リンダ、ハナ、それにほかの少女たち」

ソーンダースが咳ばらいをした。見るからに勇気を奮い起こしている。

「実は、チェンバーフィールドに行ったのは、僕の鬱病のせいだけじゃないんです」

すでにドアに向かって歩きかけていたケイトは、立ち止まった。「そうなんですか?」

「そうなんです。僕……僕も実は同じ理由で行ったんです。あなたがいまいろいろ質問したのと同じ理由。つまり、リンダが結婚した男のことで。ライアン・キャスウェルのことで」

「でもソーンダースさんがお訊きになったのは、リンダのことですよね」思ったとおり。やはりそうだ。ソーンダースは自分の鬱病の原因を探りにいったわけではなかったのだ。

「ええ、まあね。でも本当のところ、あそこの医師たちから見て、リンダが自分から家族を捨てて出ていったのはあり得ることかどうかを知りたかったんです。まだ幼い子供をテレビの前に座らせて、どこかへ消えてしまうなんて。そういうことをしそうな徴候があったのかどうかを知りたかったんです。でも残念ながら答えはもらえませんでした。守秘義務ってやつで。引退したあの先生の名前と住所はもらったんですが、さっき言ったとおり、留守でした」

心臓の鼓動が激しくなるのを感じた。ここにはなにかある。すぐに手が届くほど近くに。

「どうしてですか？　ミスター・ソーンダース、ライアン・キャスウェルがなにかしたかもしれないと疑っているんですか？」

ソーンダースはうなずいた。そして、指の骨が折れるのではないかと心配になるほどきつく両手を握り合わせた。

「疑ってます」

「どうして、いまになって？」

ソーンダースはケイトのほうを見ずに言った。「ずっと疑ってたんです。遅くともハナのことがあってからはずっと。でも、これまではなにも……わかるでしょう、はっきりした証拠があったわけじゃないんです。単なる感覚です。なにもかも、リンダらしくないっていうか。それに、キャスウェルはどこかおかしいとも感じていました」

「どういう意味ですか？　キャスウェルはどこかおかしいとは？」

「あの男は変です。一、二週間前に、久しぶりに町で見かけたんですよ。離れていたから、向こうは僕に気づきませんでしたけど。あの男の表情ときたら……全世界を敵にまわしてるみたいでした。それで、リンダが昔、僕に言ったことを思い出したんです。まだあの男と結婚してった頃に……」

「なんと言ったんですか？」

「あの男のコントロール癖のことです。あの男に説明することなしには一歩も自由に歩けないって言ってました。リンダがなにをするつもりなのか、どこへ行くのか、いつ帰ってくるのか、あの男は常に知りたがるって。それに、リンダが予定より遅くに帰ってきたときのあの男の怒りよう。彼はリンダを小さい子供みたいに扱ったんです。常にリンダの精神的な症状のことを持ち出して、自分の言うとおりにしろ、おまえは病気なんだからって言ったそうです。リンダは、自分が調教されたペットみたいに思えるって言ってました」

「でもそれなら、リンダさんが逃げたと考えるのも不思議ではないのでは？」

「もちろんですよ。だから僕もずっと、そうなのかなと思っていたんです。でもその後、ハナが行方不明になった。それからサスキア・モリス。それにマンディ・アラード」

マンディ・アラード。

ケイトは硬直した。マンディ・アラード。ケイトがこの名前を知っているのは、ケイレブから聞いたからだ。メディアには出ていない。ソーンダースはなぜ知っているのだろう？

幸いなことに、ケイトは即座に、自分もこの名前を知っていてはならないのだと気づいた。

「マンディ・アラード？」驚いたように訊いた。「そんな名前は聞いたことがないんですが。やっぱり行方不明の少女なんですか？」

ソーンダースがうなずいた。

この男が知っているはずはない。

「それで、ライアン・キャスウェルがそのマンディという子の失踪の背後にいると考えておられるんですか？　ほかの少女たちの場合も同様に？」

ソーンダースはじっと考え込むような顔で、ケイトを長いあいだ見つめていた。自分の持つ選択肢を秤《はかり》にかけている。それにリスクを。

「知ってるんです」ソーンダースは言った。そして、一瞬間を置いてから続けた。「僕、マンディ・アラードがどこにいるか、知ってるんです」

5

ハンドルはソーンダースが握っていた。ケイトの車だというのに。ソーンダースがどうしてもと言い張ったからだ。

「僕が運転します。いちいち助手席から指示を出すよりそのほうが簡単だから。道順が複雑なんですよ」

ブレンダン・ソーンダースには別の一面があることに、ケイトは気づいた。汗をかき、震え、関節は大丈夫かと心配になるほど手をこねくり回す、鬱で神経質な男というだけではない。彼には思い込んだらとことん突き進むところがある。それに自分の意思を押しとおす頑なさも。ソーンダースにはいま、なんらかの計画があるようだ。ケイトの目には、もはや失うものはないと悟った人間のように見える。それゆえにひとつの道を突き進む人間に。

「僕は車を持ってないんで、そちらのをお借りしないと。でも運転は僕がします」そう言ったとき、ソーンダースは滝のように汗をかいていた。

「ミスター・ソーンダース、私、自分の車は自分で運転することにしてるんです」

「じゃあ、やめてもいいんですよ。決めるのはそちらだ」

正気の沙汰でないのはわかっていた。ソーンダースと一緒に車に乗り、ハンドルを彼に握らせて、どこにあるのかもわからない場所へ向かうなど。この男はまったく普通ではない。たとえすべての事件の背後にいるのがライアン・キャスウェルだとしても、ブレンダン・ソーンダースは決してキャスウェルの悪事に気づいた単なる親戚ではない。

マンディ・アラードがどこにいるか知っている？　それなのに警察に行かなかった？

ケイトはなんとか説得を試みた。「ミスター・ソーンダース、ライアン・キャスウェルが連続誘拐殺人犯だとわかるなにかをご存じなら、おまけにキャスウェルの一番新しい被害者がいまどこにいるのかもご存じなら、そしてその被害者がまだ生きているのなら、いますぐ警察に知らせるべきです。いますぐ！」ケイトはそう言って、携帯に手を伸ばした。

ソーンダースの指の関節がポキポキと音を立てた。「もし警察に電話するなら、僕はなにも話しません。一切なにも」

ケイトはソーンダースを見つめ、彼という人間を推し量ろうとした。警察の尋問に長時間耐えられるタイプではない。臆病者だ。同時にどこか病んでいる。警察で問い詰められれば泣き崩れて、まったく見当違いのことをしゃべるかもしれない。そして号泣する。貴重な時間を無駄にするだろう。

ケイトのそんな思考を読んだかのように、ソーンダースが言った。「マンディ・アラードにはあまり時間が残されてないんですよ。いますぐ出発しても間に合うかどうか」

「マンディが危険な状況にいるのなら、警察と救急車を送らないと！」

ソーンダースはせわしない仕草で顔の汗をぬぐった。「車で一緒に行きましょう。さもなければ僕は一言も話しません」

「ミスター・ソーンダース、それは犯罪ですよ。本当です、こんなことは許されません」

パキ！　関節が音を立てる。

この男の鼻先に警察証を突きつけようかと、ケイトは考えた。そうすればソーンダースは降参するだろう。だが、リスクが大きすぎた。彼が口を閉ざすリスクが。そうすることで捜査に遅れが生じて、結果的にマンディ・アラードの命が失われるリスク。

とはいえ、すべてが壮大なはったりかもしれない。

ケイトは声に出さずに事態を罵った。誰かに知らせる方法はない。少なくともいまは。あとからなら、チャンスがあるかもしれない。少なくともソーンダースに運転させることのわずかな長所はそれだ。ケイトは両手が動かせる。自由に動くことができる。携帯はバッグのなかにある。

大きな過ちを犯そうとしているのかもしれなかった。いや、ケイトの同僚や上司の目から見れば、間違いなく大きな過ちだろう。ケイレブの目から見ても。これまで学んできたあらゆる職務規定に反している。

だがケイトはすべてを一枚のカードに賭けることにした。「わかりました。一緒に行きましょう。そちらが運転してください。私をマンディ・アラードのところに連れていってくれるんですね？」大スクープを狙う記者そのものだ。少女を救い出し、その後に独占記事を書く権利を得ようと目論む記者。

ソーンダースはケイトの車のキーを受け取った。そしてケイトの背後にぴたりとついて階段を下り、建物を出て、車まで行った。メッセージ一本送る隙もなかった。

こうして、ふたりはいま車に乗っている。すでに二時間以上たっている。鉛のような灰色の北海から風が吹いてくる陰鬱な日、単調で寂しい景色のなかを。

ソーンダースは熟練のドライバーらしく、運転ぶりは確かだった。さっきまでのような神経質な雰囲気はいまでは消えている。状況が自分のコントロール下にあるからだろう。

逆に私のほうは制御権を手放してしまった、とケイトは不快な気分で思った。無関心を装って窓から外を見ていたが、頭のなかにはさまざまな思考が渦巻いていた。自分になにができるだろう？　すべての背後にはなにがあるのだろう？

そこにソーンダースはどんな役割を果たしているのだろう？

「僕ね、マンディ・アラードのこと、知ってるんですよ」唐突にソーンダースがそう言った。

「だから……」彼はそこで口を閉じたが、ケイトには彼がなにを言いたいのか見当がついた。

だからマンディを助けたい。

「知っているんですか？」

「そうなんです。一時期、うちに住んでたんですよ。あの子、ひどい状態でね。実の母親に沸騰したお湯の入ったヤカンを投げつけられて、腕にすごい火傷をしたんです。それで家出したんですよ」

母親から危険な目に遭わされた、とケイレブは言っていた。ただ、一連の事件とはまったく別のケースだ、と。

だがどうやらマンディも一連の事件の一部なのは明らかなようだ。それに、ブレンダン・ソーンダースが本当にマンディ・アラードを知っているのも、やはり明らかだった。なにしろ細かいことを知りすぎている。

「マンディは家出したあと、ソーンダースさんのところに来たんですか？」ケイトは訊いた。

ソーンダースはうなずいた。ほとんど誇らしげにさえ見えた。「通りで拾ったんですよ。ひどい状態だったんで。腕はすぐに手当てが必要でしたし、泊まるところがなくて、ボロボロで、汚いなりで、お腹を空かせていた」

「それでマンディは素直についてきたんですか？　見も知らぬ他人に？」

「ほかにどうしようもなかったんですよ。あれ以上、一日たりと路上で暮らすのは無理だったでしょうね」

そのあと、なにがあったのだろう？

「そのあと、どうなったんですか？」ケイトは訊いた。

ソーンダースは嘲るように顔を歪めた。「あの子は一週間うちにいました。本当に快適に暮らしてたんですよ。僕は自分のベッドを譲ってあげて、ソファで寝てたくらいで。腕の火傷の薬も買ってあげたし、食事も作ってやったし。それに、あの子と話をしたんです。何時間も。家族のこと、どうして家族に耐えられなくなったのか、これからどうするつもりなのか……そういったことです。延々と話を聞いてやったんですよ」

ソーンダースの声には怒りがあった。どうやらマンディ・アラードには感謝の念が足りなかったようだ。

「そうだったんですか」ケイトは言った。集中して話を聞きながら、同時にいまどこにいるのかを見失わないよう気をつけていた。すでにニューカッスルを通り過ぎて、どんどん北へ向かっている。

「まだ遠いんですか？」ケイトは訊いてみた。

「あとしばらくですね」

「ソーンダースさんがマンディを、ご自宅からいまいる場所へ連れていったんですか？」

再び嘲るような顔。「違います。マンディは逃げたんですよ」

「逃げた？」

「逃げた！」ソーンダースはケイトの言葉を嘲るように繰り返した。「この単語の意味、知らないんですか？　逃げた！　あの子は逃げたんです！」

ソーンダースは落ち着きをなくしていった。

「もちろん、わかります」ケイトはなだめるように言った。「でもどうして逃げたりしたんですか？　そんなに親切にいろいろ世話をしてもらって」

実のところケイトには、なぜマンディ・アラードが逃げ出したのか、わかりすぎるほどよくわかった。そもそも一週間も耐えられたのが驚きだ。このソーンダースという男は、どこかおかしい。マンディもきっとそれを感じ取ったのだろう。ただ、再び体力と気力を回復するのに時間が必要だっただけで。

「たぶん、マンディは僕が電話で話しているのを聞いて、誤解したんです」ソーンダースが言った。「僕が警察と話してると思ったんですよ」

すぐにそうするべきだったんだけどね、とケイトは思った。十四歳の家出少女を一週間も自宅に住まわせて、くだらない説教を垂れるんじゃなくて。

「実際は誰と電話していたんですか？」ケイトは訊いた。

ソーンダースはケイトのほうを向いた。「そんなこと関係ないでしょう！」

「すみません、馬鹿な質問でした」

「ほんとですよ」むっとした顔のまま、ソーンダースは言った。

ケイトの不快感はどんどん増していった。そっと腕時計に目をやると、四時になるところだった。おそらく自分はいま、かなり困ったことになっている。なにを考えているのかまったく読めない男と車に乗って、どんどん北へと、寂しい場所へと向かっている。家出少女を……どうするために？　最良のシナリオは、彼女を解放することだ。

だが、マンディを自由にすることが本当にソーンダースの目的だろうか？　もし彼自身がこの事件に関わっているのなら、そんなことをしてもなんの得にもならない。そして、ソーンダースがなんらかの形でマンディの失踪に関わっているのは間違いない。そうでなければ、いまマンディがどこにいるのかなど知っているはずがない。とはいえそれも、本当に彼が知っていればの話だ。ソーンダースは罠をしかけ、自分はまんまとそれにはまったのだろうか?

寒気を覚えた。このまま遠くまで行けば行くほど状況は悪くなる。一瞬、ドアを開けて車から飛び降りようかと考えた。だがいま走っているのは高速道路のＡ１号線だ。飛び降りれば、おそらく命に関わる。

もう一度頭のなかで、先ほどソーンダースの自宅で交わした会話を思い返してみた。ソーンダースは途中で急に態度を変え、まったく違う口調になった。まるで突然作戦を変えたか、またはあの時点で初めて作戦を立てたかのように。当初は自分の鬱病のことを話していた。どれほど辛いかという話を。チェンバーフィールドに行ったのは、自分の鬱病が遺伝的なものなのかを知りたかったからだと言っていた。もしかしたら誤った生き方をしているせいではと考えていて、自責の念から逃れたかったのだと。ケイトには彼の気持ちがわかった。彼がなにを言いたいのかが理解できた。

ところがそのあと、ソーンダースは急に態度を変えた。ケイトがライアン・キャスウェルに対する疑念を口にしたあと、突然彼は、自分も同じ疑念を抱いていたと打ち明けた。そして気づけば、彼がクリニックに行ったのは自分の鬱病の原因を探るためではなく、リンダ・キャスウェルが幼い我が子を置いて永遠に姿をくらますことがあり得たかどうかを知るためだと言い始めた。完全にケイトの側に立って、同じ道を探る人間になった。そうしておいて、マンディ・アラードという切り札を切った。案の定ケイトはあっという間に、彼と一緒に目的地もわからないドライブに出ることを承知してしまった。誰にも知らせずに。とはいえ、誰かに知らせるのは不可能だった。そもそもこんな話に乗るべきではなかったのだ。

ケイトは軽くうめき声をあげ、ほてった顔を一瞬だけ冷たい窓ガラスに押しつけた。すべてがどうつながっているのかはわからない。だがもしかしたら、キャスウェルは事件とはまったく無関係なのかもしれない。もしかしたらソーンダースなのかもしれない。自分はいま〈ムーアの殺人鬼〉とふたりきりで車に乗っているのかもしれない。ソーンダースはケイトを危険な存在だと考えたのだ。事件を解明すると決意を固めた粘り強い記者が、自分にとって厄介な存在になるかもしれないと。自分がチェンバーフィールド・クリニックでリンダ・キャスウェルのことを尋ねたせいで、この記者が謎に気づいてしまった、と。

実際は私、なにひとつ気づいたりしてないのに、とケイトは思った。

もしソーンダースが、自分の鬱病のせいでクリニックを訪ねたという話を変えなければ、ケイトはそれをそのまま受け取ったことだろう。なにしろあの話には説得力があった。だが、ソーンダースはそもそもどんなリスクもつぶしておきたいだけなのかもしれない。

彼はリンダ・キャスウェルの遠縁だ。もし彼の話が正しいのならだが、ライアン・キャスウエルの妻に対する専制的な態度は、以前ケヴィン・ベントから聞いたライアンの娘のハナに対する態度と一致する。つまりソーンダースは、キャスウェル家のことを知っているようだ。ということは、もしソーンダースがリンダの親戚ならば、リンダは自分の意思でソーンダースについていったということになる。そして何年もあとに、ハナもまた。

でも、サスキア・モリスは？　マンディ・アラードは？

「マンディがお宅から逃げたあとのことですけど」ケイトは訊いた。その声にいまだに不安よりも興味が表われていることに、自分でも驚いた。実際には心臓が口から飛び出しそうなほどだというのに。「そのあと、なにがあったんですか？」

ソーンダースはケイトのほうに顔を向けた。「そのあと、マンディは本当に困ったことになったんですよ。本当にね！」

「ライアン・キャスウェルに出会ったから？」

「馬鹿だからですよ。単に馬鹿だから」

車はA1号線を下りて、寂しい田舎道に入った。とにかくどこか町を通ってくれないかと、ケイトは待ち焦がれていた。村でもいい。信号があれば、ソーンダースは停止せざるを得ない。そして周りには人家があり、人がいるだろう。逃げ込める場所が。だがおそらくいまはすでに、ノーサンバーランドとの境界を越えている。ケイトはこれまでノーサンバーランドに行ったことはなかったが、愛好家の熱烈な褒め言葉ならいろいろ耳にしていた。どれほど寂しいところか。どれほど人が少ないか。どれだけ歩いても人っ子ひとり見当たらない、と。

こんな話に乗るんじゃなかった!

もしかしたらマンディ・アラードはもうとうに生きていないかもしれない。ソーンダースがケイトに圧力をかける道具として、その名前を利用しただけなのかもしれない。そしてそれは、見事に成功したというわけだ。

ソーンダースはケイトをどこか寂しい場所に置き去りにするつもりなのでは。

やはりいま身分を明かしたほうがいいだろうか? 遅まきながら警察証を彼の鼻先に突きつけるべきか? そうすれば、ソーンダースは委縮するかもしれない。計画を放棄するかも。

だが逆に、いっそう決意を固める可能性もある。この切り札を切るのは——そもそも切り札だとしてだが——もう少しあとまで取っておこう。

ケイトがいないことに誰かが気づくのはいつだろう? 気づいてくれそうなのは、おそらくデイヴィッドだけだ。五時以降、遅くとも六時半か七時には。けれどデイヴィッドはケイトの居場所を知らない。たぶん携帯に電話をしてくるだろう。だがケイトが電話に出るのをソーンダースが黙って見過ごすとは思えない。そもそも、そのとき電話を受けられる状況にあるかどうかも怪しい。

馬鹿だった。あまりに愚かだった。

マンディと同じだ。ソーンダースが先ほど言ったではないか。馬鹿だからですよ。単に馬鹿だから。

コリンはどうだろう? おそらく、いま頃はもうケイトの家の前にいるだろう。そうでなくとも、あと一時間以内には着くだろう。そして、ケイトが家にいないか、または玄関ドアを開けようとしないことに気づく。それからどうなる？　だからといってコリンにはなにもできない。ケイトも同様だ。

考えろ、ケイト、と自分に命じた。冷静さを失うな。

「ここ、ノーサンバーランドですよね？」ケイトは訊いた。

ここがどこかを知る必要がある。

「そうです」ソーンダースは一言、そう答えた。

「ミスター・ソーンダース、私、今晩まだ重要な約束があるんです。だから……目的地まであとどれくらいかかるか、だいたいのところを教えてもらえませんか？　帰るのにどれくらい時間が必要か知りたいので」

おそらく皮肉な答えが――「あなたが帰ることなんてありませんよ！」といった言葉が――返ってくるだろうと、ケイトは覚悟していた。ところが、ソーンダースは嫌々ながらも情報をよこした。「あと二十分で着くはずです」

ケイトのバッグは助手席のドアと体のあいだにある。ゆっくりと、できる限り目立たないように、ケイトは手をバッグに差し入れた。そして慎重になかを探った。音を出してはならない。鍵や硬貨がジャラジャラ鳴ったりしてはならない。

携帯電話。手が携帯電話をつかんだ。ケイトは考えた。ロックを解除するためには、バッグのなかを見なければならない。手探りでは無理だ。

ケイトは鼻をすすると、「ティッシュペーパー、出してもいいですか?」と、従順さを装って訊いた。ケイトが無断でバッグをかき回すことをソーンダースはおそらく許さないだろうという予感があったからだ。

ソーンダースはうなずいた。「どうぞ」

ケイトはバッグを膝の上に引き上げて、なかを覗き、操作を始めた。携帯を持っているのと同じ手でパスコードを打ち込むことに成功した。よかった。打ち間違いはなかった。ディスプレイが開いた。

「なにもたもたしてるんですか?」ソーンダースが鋭い声で訊いた。

ちらりとケイトを見たが、道が非常に狭く曲がりくねっているため、すぐにまた前を向かざるを得なかった。「ティッシュは見つかったんですか?」

「それが、ないんです。絶対に入れたはずなのに……」ケイトはさらにバッグをかき回し続けた。そしてその動きに紛れて、メッセージアプリ〈ワッツアップ〉のボタンを押した。

「いい加減にしろ」ソーンダースがキレた。壊してしまいそうなほど強くハンドルを握りしめている。「もうやめろ。ティッシュがないなら、ずっとすすってればいい!」

ショーは終わりだ、とケイトは思った。これまでふたりはずっと、いわば協力者だった。事件を解明したいソーンダースと、事件を解明したいケイト。ソーンダースの態度はもうとうに怪しくはあったが、少なくとも自分は後ろ暗いことに巻き込まれてはいないというふりをしていた。だがいま、ソーンダースはそんなそぶりをやめた。そしてケイトにあからさまに圧力をかけ始めたのだ。

「わかりました」ケイトはバッグを膝の横に戻した。できればドアと自分の体のあいだではなく、自分とソーンダースのあいだに置きたかったが、それでは手がバッグのなかにあることに気づかれる危険が大きすぎる。慎重に横を向いて、視線を下げる。ソーンダースがいまだに道路に集中せざるを得ないことを、神に感謝した。ディスプレイが光っている。誰かとのチャット画面が開いているが、誰とのものなのかはわからなかった。一番いいのはケイレブ・ヘイルだ。二番目はロンドンにいる同僚のだれか。デイヴィッドとのチャット画面が開いている可能性もある。きっとデイヴィッドだってなんらかの行動を起こしてくれるだろう。おそらくすぐに警察に行ってくれるはずだ。

ケイトは音声メッセージの録音ボタンを押した。押し続けたまま、今度は再び前を向いた。自分の声が充分大きいこと、エンジン音がすべてをかき消してしまわないことを祈った。だからこそ、できればバッグをソーンダースの近くに置きたかったのだが、いまとなってはもう遅い。

「ノーサンバーランドか」ケイトは大声で言った。「私、来るの初めてなんです。本当にみんなが言うとおり寂しいところですね。ここ、海に近いんですか?」

「海岸沿いを走ってる。海までは半マイルもない」

「素敵。素敵な場所ですね」

「寂しすぎる。寒すぎる。そもそもイングランド全体が寒すぎる。できるならイタリアかどこかで暮らしたいよ」

「どうしてそうしないんです？　作家なんだから、どこでだって暮らせるでしょう」

「かもな」うなるように、ソーンダースは言った。どうもこの話題もやはり踏み込みすぎのようだ。

　できる限り多くの情報を録音しなくては。

「ケイレブ・ヘイル警部のこと知ってますか？　行方不明の少女たちの事件を捜査している人なんですけど」このメッセージを聞く人に――それがケイレブ本人でないなら――誰に知らせるべきかをわかってもらわねば。

　ブレンダン・ソーンダースは嘲るように笑った。「知ってるもなにも！　あのクソ野郎！」

「ヘイル警部に会ったことがあるんですか？」

「僕のことを疑ったんだ。でもなにひとつ証拠を見つけられなかった」

　ケイトは息を呑んだ。ケイレブはこの男に目をつけていたのだ。

　いまは考えるときではない。話せ。

「マンディ・アラードのこと、連れて帰れると思いますか？　つまり、本人が家族のもとに帰りたがるかってことですけど」ケイトは「マンディ・アラード」という名前をことさらはっきり、ゆっくり発音したが、すぐに後悔した。ソーンダースは馬鹿ではない。

「どうしてそう叫ぶんだ？　ちゃんと聞こえてるよ」

「すみません」もっと用心しなければ。「ただ、マンディのこと……」

「それはもう聞こえた。知らないよ。あの子の家族は最低だ。最低最悪。だからこそ僕は……」ソーンダースはそこから先は言わなかった。

「だからこそ、なんですか？」ケイトは訊いた。

「だからこそ僕は、あの子ならぴったりだと思ったんだ」ソーンダースが言った。

「ぴったりって、なにに？」

ソーンダースは答えない。ただまっすぐ前を見つめている。

ケイトは、この会話を携帯がまだ録音し続けていることを神に祈った。二週間前の晩、コリンはメッセージで、十五分にわたってケイトに延々と説教をした。だからケイトは、このアプリがかなりの長広舌を送信できるのは知っていた。ただリミットがどこなのかがわからない。だが、もしうっかり親指がずれていなければ、まだ録音モードであることは確かだ。

いまやブレンダン・ソーンダースがケイトとマンディをそのまま逃がすつもりなどないことは明らかだった。それも、もしマンディがまだ生きていればの話だ。ソーンダースはもうとうに自分が犯人だと認めたも同然だ。あの子ならぴったりだと思ったんだ。この男は事件に深く関わっている。そしてケイトが一と一を足して答えを導き出せることもわかっているはずだ。

だからケイトをこのまま逃がして、警察に駆け込ませるわけにはいかないのだ。

きっとソーンダースは、最初からケイトを逃がすつもりなどなかったのだ。

自分を馬鹿だといくら罵っても、なんの助けにもならない。いまはそのエネルギーを別のことに使わねば。そもそも選択の余地はほとんどなかったではないか。ソーンダースは明らかにマンディ・アラードを監禁している。マンディはまだ生きているのかもしれない。だがもしケイトがこの話に乗らなければ、ソーンダースは貝のように口を閉ざしてしまったことだろう。

　ケイトは大きくため息をついた。

「もうすぐ着く」とソーンダースが言った。

　車は細い道をさらに進んだ。三十分前から人の姿を見ていない。やがてソーンダースは唐突にウィンカーを出し、速度を落とした。車は右折して砂利道に入った。左右には野原とイバラの茂み。ところどころに最後の野バラの実がぶら下がっている。どんよりした灰色の景色のなか、その赤い実はまるで、これから冬眠に入ろうとする世界からの命のしるしのようだった。

　砂利道の手前に、風雨にさらされてボロボロになった看板が見えた。ほぼ解読不能な引っかいたような文字を読むための時間は、ほんの数秒しかなかった。

〈シーガルズ・クリフ〉。もし間違いでなければ。だが少なくとも意味は通る。ここはまさにカモメの断崖《シーガルズ・クリフ》にふさわしい場所だから。

「シーガルズ・クリフ」ケイトは大声で言った。またもや大きすぎたが、かまってはいられなかった。重要なのは、この名がきちんと伝わることだ。誰かはわからないが、このメッセージを受け取る人に。「ノーサンバーランドの〈シーガルズ・クリフ〉。聞いたことがないわ」

「おい、そう怒鳴るな！」

「すみません、興奮しちゃって。これ、ものすごい記事になるわ。私たちふたりで行方不明の女の子にもうすぐ会って、ふたりでその子を自由の身にするなんて！」ソーンダースがケイトのことをそこまでおめでたいと信じてくれるかどうか、心もとなかった。だがソーンダースはなにも言わず、でこぼこの道を慎重に運転していく。

ケイトは思い切ってちらりとバッグのなかに目を向けた。画面はすでに暗い。だがそれは、この会話がもう録音されていないという意味ではなく、単に携帯が省エネモードになっているだけだ。指を動かすと、画面が再び明るくなった。録音は続いている。電波が届いていることを祈りながら、送信ボタンを押した。

どうか、どうか、どうか。このメッセージを誰が受け取るにせよ、どうかすぐに聞いてくれますように。そして察して、正しい行動を取ってくれますように！

曲がりくねった砂利道は、小さな森を抜けていく。針葉樹はところどころすでに枯れている。やがて森が途切れ、目の前が開けると、そこは高台だった。海が見えた。広大で美しい、だがどこまでも寂しい景色。その中央に、風雨にさらされて灰色になった家があった。屋根は苔で覆われている。朽ち果てた柵の残骸がある。かつては庭だった場所を囲んでいたのだろうが、厳しい自然にさらされてもはや見る影もない。家の裏には納屋があるようだった。庭は荒れ果て、雑草や野草がはびこっていた。こんなところまで来る人はいないだろう。海岸沿いを歩くハイカーはいるかもしれないが、たとえハイキングコースがこの高台の真下を通っていたとしても、そこからではこの家は見えない。

完璧な隠れ家だ、とケイトは思った。

思わず唾を飲み込んだ。口がからからに渇いていた。

「ここだ」ブレンダンが言った。

6

コリン・ブレアは三度目の呼び鈴を押して、家のなかで鈍いブザー音が響くのを聞いた。だが今回もなにも起こらない。足音も聞こえない。一歩下がって、家の正面壁を見上げた。どの窓も真っ暗だ。時刻はすでに四時半で、あたりはすっかり暮れ始めている。家のなかに人がいるなら、どこかに明かりがついているはずだ。

住所は合っている。それに庭の塀には〈リンヴィル〉の表札もある。

コリンは家の裏に回り、小さな庭に足を踏み入れた。木々や茂み、何列ものバラがあり、夏にはきっと楽園に違いない。けれどいまはもちろん暗くて殺風景だ。家の裏手にも明かりは見えなかった。それに表の通りにも私道にも、ケイトの車はなかった。

ケイトは家にいないのだ。訪ねていくというメッセージを送ったのに。メッセージに既読を示すチェックマークがついたことも確認済みだ。

フェアじゃない。全然フェアじゃない。

キッチンのドアに近づいて、顔を窓ガラスにくっつけ、なかを覗いてみた。なかの様子がなんとなくわかる。流し台、コンロ、冷蔵庫、壁に作り付けの棚。そのとき突然なにかの影が現われ、ドアに近づいてきたので、コリンは仰天した。だがそれは黒い猫だった。メッシーだ。

以前ケイトと会ったときに写真を見せてもらったことがある。メッシーが後ろ肢で立って、小さな前足をガラスに押し付け、鳴いた。どうやら寂しがっているようだ。

ケイトは恋人のところにいるのだろうか？　だが、それなら飼い猫を暗い家に置いていくだろうか？

コリンは考え込んだ。ケイトの人生に現われた謎の男のことを考えると、胸に痛みが走る。だがコリンはずっと、ケイトは単に自分をかついでいるだけなのではないかという疑いから逃れられずにいた。なにしろ、その男というのは、あるときふと、どこからともなく現われたのだ。だがケイトは男たちが夢中になって追いかけるタイプの女性ではない。男が一目見て、どうしても知り合いになりたいと思い詰め、声をかけるような女性ではない。ケイトと長くつき合えば、そのうち彼女の心根の良さがわかり、魅力的に見えてくるかもしれない。なにしろケイトは賢く、ときには――滅多にないこととはいえ――ユーモアがあるし、なにより信頼が置けて、落ち着ける。この人ならいつも自分のそばにいてくれる、自分の味方でいてくれると男が考えるタイプの女性だ。

だがそれを除けば……実際、美しいとはとても言えない。あのとんでもなく素晴らしいプロポーションを除けば。残りは……電話をかけたり、メールを送ったりしてケイトを追いかけ続けたこの二週間のあいだ、コリンはしょっちゅう、どうして容姿にまったく魅力を感じられない女性に自分はこれほど必死になるのだろうと考えてきた。ケイトのなにかがコリンを惹きつける。おそらく職業だろう。

スコットランド・ヤードの刑事。これほど興味深い職業についている女性には会ったことがなかった。

もしかしたらケイトは、架空の男の存在を捏造して、コリンをなんとか穏便にお払い箱にしようとしているのではないだろうか。とはいえ、そんなことをする理由がわからない。ケイトは孤独だ。惨めなほど孤独だ。本人がそう言ったわけではない。けれど彼女を見ればわかる。感じられる。そもそもケイトのような女性は、とことんまで追い詰められていなければ〈パーシップ〉のようなサイトの助けを借りることなどないだろう。なにしろ男たちと会うのはケイトにとって地獄の苦しみなのだ。それもまた感じられた。ケイトは絶望している。そうでなければ、あんなことはしない。

ところが、ケイトはそこで大当たりを引いて、この自分のような男に出会った。そして……逃げてしまった。文字どおりの意味でも、比喩的な意味でも。家を売るためだと言ってヨークシャーに行き——不動産業者はケイトなしでも問題なく使命を果たせるというのに——おそらくは捏造の恋愛話に逃げた。いったいどうして？

人と近づきすぎるのが怖いんだ、とコリンは思った。もう何十年もひとりきりで暮らしてきたから。人生を突然誰かと分かち合うことになると想像して、怖気づいたのでは。

だがそれなら、そもそも〈パーシップ〉に登録して伴侶を見つけたいふりなどするべきではなかったのだ。

コリンはまた家をぐるりと回って正面に戻り、車のなかに座って考えた。長い時間運転してきた。渋滞にもはまったし、疲れている。今日のうちにロンドンまで戻る気力はない。このままケイトが帰ってこなければ、ホテルを探すしかないだろう。この季節にはあまり開いているホテルはないだろうが。

もう少し待ってみようか。例の恋人とやらが本当に存在しないのなら――コリンはほぼそう確信していた――ケイトはいつかここに戻ってくるはずだ。コリンはため息をついた。

ケイトの家の周りをうろうろするあいだ、携帯電話は助手席に置いたままだった。なにか新しい動きがあったかどうかを知るため、なんとなく手に取ってみた。

その瞬間、コリンは座席にまっすぐ座り直した。息を呑んで画面を見つめた。〈ワッツアップ〉のメッセージが来ている。ケイトからだ。

アプリを開いた。音声メッセージだ。数秒のあいだ、コリンは恐怖を感じた。もしかしたらケイトは、きつい調子で、誤解の余地なくはっきりと、消え失せろと自分に告げるのではないだろうか。メッセージを聞くのが怖かった。だが結局、再生ボタンを押した。

聞こえてきたのは……エンジンの音だった。そう、車のエンジンの音。メッセージは走行中の車のなかで録音されたものだ。おそらくケイトは運転しながらハンズフリー機能を使ったのだろう。

ケイトの声が聞こえた。かなりくぐもっている。携帯を耳に押しつけているというのに、ほとんどなにも聞き取れない。

「ノーサンバーランド……私……寂しい……」

再び冒頭に戻って聞き直したが、エンジン音が大きすぎるし、それに携帯は……そう、携帯はどこか遠くにあるに違いない。グローブボックスのなか？　それともケイトのバッグのなかだろうか？　だが、いったいどういうことだろう？

驚いたことに、別の人間の声が聞こえてきた。男の声だ。間違いない。

「海岸沿いを……海までは……」そのあとまた聞き取れなくなった。

これがケイトが出会ったという例の男だろうか？　やっぱり実在の男だったのか？

「イタリア」という言葉が聞き取れた。男がそう言ったのだ。それから、またケイトの言葉の切れ端。「作家なんだから」

そのあとは意味不明のつぶやき。それからケイトの声。かなり大きい。「ケイレブ・ヘイル警部……」

男の声。「僕の……疑った……」

再びケイトの声。またしても大声だ。ひとつの名前。「マンディ・アラード」

「してそう叫ぶん……」男の声がそう言うのがわかった。そのあとまた意味不明の言葉が続き、それから「ぴったり」。

「シーガルズ・クリフ、ノーサンバーランド」とケイトが言った。ほとんど怒鳴り声に近かった。

男の声。コリンに聞き取れたのは「……怒鳴る……」だった。おそらく男はケイトに、そんな大声で話すなと言ったのだろう。そこでメッセージは終わっていた。送信時刻は十六時二十三分。約十分前だ。

コリンは携帯を見つめた。いったいこれはなんだ？

もう一度メッセージを聞いてみたが、初回以上のことはほぼわからなかった。ときどき、先ほどは聞き分けられなかった「で」だとか「と」だとかが聞き取れた。それに、「家族」という言葉。

変だ。あまりにも変だ。

意味が通らない。ケイトはうっかり会話を録音して、送ってしまったのだろうか？　だが音声メッセージを録音しているあいだは、録音ボタンをずっと押し続けている必要がある。それから送信ボタンも押さなければ。経験から、携帯がどこかに押し付けられた拍子に、登録済みの番号にうっかり電話がかかってしまうことがあるのはわかっている。だが〈ワッツアップ〉の音声メッセージをうっかり送信してしまう？　そんな話は聞いたことがない。

ケイトとのチャット画面に返信を打ち込んだ。

やあ、ケイト、変なメッセージだね。途切れ途切れにしか聞き取れないよ。どうしたの？　どこにいる？　ノーサンバーランド？？　僕はいまスカボローの君の家の前にいるよ！

車を降りて、ケイトの家の前で自撮り写真を撮ると、メッセージに添付し、車に戻って送信した。そして何分間も、既読マークがつくのを待った。メッセージは届いたはずなのに、ケイトが読む気配はない。

コリンは考えた。もしケイトがあのメッセージをわざと送ってきたのなら、いったいなにが目的なのか。コリンに残酷な方法で、本当にほかの男がいるのだとわからせるため？　その男とケイトはいま車に乗って、ノーサンバーランドの手つかずの自然と孤独を楽しむロマンティックな愛の週末旅行に向かっている？　ケイトは「私にはほかの男がいるの、放っておいて！」とはっきりした形で示すことで、コリンを追い払おうとしているのだろうか？

だがそれなら、なぜケイトは直接携帯に向かって話さなかったのだろう？　恋人の目の前で話せばいい。どうしてわざわざ離れたところに携帯を置いて、メッセージが聞き取り不可能になるリスクを冒したのだろう？

隣にいる男に知られてはならないから？　彼にはコリンのことを知られたくないから？　でもどうして？　どうせコリンを振るのなら、隠す必要などないではないか。

それに……なんとなくケイトらしくない気がした。違和感がある。なにかがおかしい。

もう一度画面を見た。コリンのメッセージには、いまだに既読がつかない。ちょうどいま電波の届かないところにいるのかもしれない。あのあたりなら、どこでも起こり得ることだ。

メッセージのなかで、ケイトがとりわけ大きくはっきり口にした名前があった。「ケイレブ・ヘイル警部」

ケイトの同僚だろうか？　スコットランド・ヤードの？

コリンは眉間に皺を寄せた。この名前は前にも聞いたことがある。それとも、どこかで読んだんだったか？

思い出した。ケイトの父親の殺人事件。あれもまた、コリンを興奮させた出来事だった。家族の誰かが殺されたなどという人には、これまで会ったことがなかった。詳しいことをぜひとも知りたかったものの、ケイトはあまりその話をしたがらないことにもコリンは気づいていた。そこで自分でインターネットを使って少し調べてみると、大量のメディアの記事が見つかった。記事のなかに何度も出てくる名前があった。捜査に当たった刑事たちのひとりの名前。ケイレブ・ヘイル警部。はっきり思い出した。そう、あの刑事の名前だ。ということは、ヘイル警部はここスカボローの警察署に所属しているはずだ。

コリンはケイトからのメッセージをもう一度聞いたが、新しい情報は得られなかった。こちらからのメッセージにはいまだに既読がつかない。

もしもこれが助けを求める叫びだったら？

グーグルで「マンディ・アラード」という名前を検索してみたが、ヒントになりそうなものはなにも見つからなかった。くそ、いったい誰の名前だ？　ケイトからこの名前を聞いたことはない。とはいえ、ケイトとはもう二週間ほどまともに話していない。このあたりに住むケイトの友達かもしれない。

ケイトがいまノーサンバーランドにいるのは確かだろう。ひとりの男性と一緒に車に乗っている。そしてコリンの解釈が正しいなら、「シーガルズ・クリフ」という名の場所にいる。村の名前かもしれないが、なんらかの建物か、ホテル、農場の可能性もある。コリンの感覚では一割ほどしか聞き取れなかったあの会話には、ふたつの名前が出てきた。ひとつはコリンのまったく知らないマンディ・アラードという名前、もうひとつはスカボロー警察の警部の名前。

ケイトの父が殺害された事件を捜査したことから、ケイトはおそらくこの警部をよく知っているはずだ。

わけがわからない。少なくとも、あの会話の断片を助けを求める叫びだと解釈できそうな理由はひとつもない。仮にそうだとして……どうしろと？　警察に行けと？　ケイレブ・ヘイル警部のところへ？　不明瞭で混沌としたあの会話のなかでもはっきり聞き取れるほどケイトが大きく明瞭に発音した名前の主のところへ？

いくつかの言葉を口にするとき、ケイトはほぼ叫んでいた。コリンはもう一度メッセージを再生してみた。「ケイレブ・ヘイル警部」「マンディ・アラード」「シーガルズ・クリフ、ノーサンバーランド」。

まるで、とある場所の名前をどうしても理解してほしいかのように。それに刑事の名前を。それからマンディ・アラード……これだけは謎のままだ。

このメッセージは、うっかり送信されたものであるはずがない。ケイトは明らかに携帯をどこかに隠しておく必要があったのだ。会話の内容がほとんど聞き取れなくなるリスクを冒しても。

なぜなら、車のなかで隣にいる男に、ケイトが会話を録音していることを、それを送信したことを、決して知られるわけにはいかなかったから？

結局ケイトは本当にとある男と知り合って、恋に落ちたものの、その男が……犯罪者だったのだろうか？

コリンは興奮した。ケイトは危険にさらされているのかもしれない。そしてこの自分に助けを求めている。ここで行動しないようなら、男がすたる。逆に言えば、もしいま正しい行動を起こせば、自分は英雄になれる。ケイトだって決してその恩を忘れたりしないだろう。

だが、もしケイトが無害な恋人とどこかに出かけているだけなら……この自分は振られて傷ついたせいで突拍子もない話をひねり出した、ただの嫉妬深い男ということになってしまう。どうするべきか？　これまでの人生で、これほど迷ったことはなかった。

やがて、ついに心を決めた。そしてスカボロー警察の電話番号をグーグルで検索し、心臓をバクバクさせながらかけた。ヘイル警部につないでもらうつもりだった。馬鹿な男だと笑われたくはない。けれど、なにかがおかしい気がすると言えばいい。

7

近づいていって初めて、車があることに気づいた。ケイトの車は、ソーンダースが敷地の外側に停めた。半分朽ちかけた柵の内側まで歩いていくと、家からはまだ少し離れたところにカーポートらしき場所があるのがわかった。もともとはアスファルト敷きだったようだが、いまでは容赦なく繁殖するキイチゴの枝でほぼ覆い隠されている。アスファルトには分厚いヒビが入っており、そこから長くて黄色い草やイバラが伸びていた。その場所に一台の車が停まっていたのだ。大きな紺色の車が。

ブレンダン・ソーンダースが唐突に立ち止まり、「嘘だろ」とつぶやいた。

「ライアン・キャスウェルでしょうか?」ケイトは訊いた。「これ、キャスウェルの車ですか?」

ソーンダースはケイトの問いには答えなかった。「一緒に来い……」と言っただけで、そこからはもうなにも話さずに、家の玄関ドアに向かった。ケイトはソーンダースの目が離れた隙にバッグのなかに手を入れて、携帯を探そうとしたが、ソーンダースは後ろに目がついているのか、またはケイトの動きを察知したのか、唐突に振り向いて、ケイトの手からバッグを奪い取った。そのあまりの素早い動きにケイトは意表を突かれて、抵抗する間もなかった。「電話なんかしてもらっては困る!」

「電話するつもりなんて」ケイトは反論した。「バッグを返して!」

だがソーンダースはすでに歩き始めていた。ケイトはその後ろをぴったりついていった。いまとなっては、もうなにもない。先ほどのメッセージがうまく送信され、受信者が理解してくれることを祈るばかりだった。

玄関ドアには鍵がかかっておらず、半分開いていた。ブレンダンがドアを押して、なかに入った。

家のなかは薄暗かった。外にはすでに暗闇が迫っている。短い廊下を数歩進むと、大きめの部屋に出た。その部屋には格子のはまった窓がひとつあり、そこから一日の最後の光が射し込んでいた。その光のなかに、驚くべき光景が見えた。

女がふたりいた。ふたりとも床にうずくまっている。ひとりは窓の真正面に。未成年の少女だ。十四歳か、十五歳くらい。マンディ・アラードだろうか？　凄まじいありさまだった。髪はもつれ、大きく見開かれた目は熱っぽく光り、顔は黄ばんでいる。痩せ細り、頰は落ちくぼんでいる。生気が感じられず、もはや死にかけているように見える。最後の力を振り絞って座っているようだ。いつ倒れてもおかしくないのは見ればわかる。彼女にはどこか重傷を負った獣のような雰囲気があった。追い詰められ、もはや助かる望みもなく、敗北は時間の問題でありながら、それでも闘い続ける獣だ。左手になにかを持っていて、それを武器のように体の前に突き出している。それがなにかをケイトが理解するには、二度見しなければならなかった。割れた瓶だ。先端が鋭く尖っている。死にかけの人間の手のなかにあってさえ危険な武器だ。

少女と向かい合って、もうひとりの女がしゃがみ込んでいた。こちらは少女よりずっと年上だが、ケイトよりは若そうだ。その女は少女よりはるかに健康そうだったが、片手にマフラーを巻き付けていて、その手をもう一方の手で押さえていた。痛みがあるようだ。女がケイトとソーンダースのほうを振り返った。その顔は血まみれだった。

部屋全体に悪臭が漂っていた。排泄物のにおい。血のにおい。汗のにおい。熱のにおい。

「なんてこと！」ケイトは驚愕して叫んだ。

ブレンダン・ソーンダースの顔は蒼白になっていた。「リンダ！　リンダ、嘘だろ、どうしたんだ？」

ケイトは啞然とした。「リンダ・キャスウェル？」

「この子がキーを持ってる」リンダ・キャスウェルが言った。奇妙なほど感情の起伏のない、どこかぎごちない話し方だ。「車のキー。だからここから出られない」

「どうしてここにいるんだ?」ブレンダンが訊いた。部屋の真ん中にケイトのバッグを持ったまま立ち尽くす姿を見れば、この奇妙な状況に頭が追いついていないのは明らかだった。

「終わらせたかった」リンダが言った。「さっさと。この子をここに放っておくのは残酷だって、あんたがいつも言ってたから」

「僕は別にそういう意味で言ったんじゃ……ちくしょう、リンダ……」ブレンダンはいまにも泣きだしそうだった。

「すぐに医師に診せないと」ケイトは言った。

リンダの目が素早くケイトをとらえた。「誰?」それからブレンダンに向かって「誰なの?」と訊いた。

「記者だ」ブレンダンが答えた。「行方不明の少女たちについて記事を書いてて、僕たちのことをかなり探り出したんだ。今日の昼に急に僕のところに来たんで……」

「ここで始末しようと思った」リンダがブレンダンの言葉を引き取って終わらせた。そして、辛そうにふらつきながらも立ち上がった。リンダの顔は凄惨なありさまだった。左のこめかみから頬にかけて深い切り傷があり、それが口をも半分切り裂いていた。「まったく、この子、鎖につながれていたのに。マンディは。自分で手錠を外してた。そして襲いかかってきた。あの瓶で」

「クソアマ」マンディがそう言った。獣の唸り声のようだった。「ドぐされクソアマが」

「車のキーを落とした」リンダが言った。彼女の話し方がなぜ奇妙なのか、ケイトはようやく理解した。切り裂かれた唇のせいだ。どうやら口のなかにどんどん血が溜まるようだ。その証拠に、何度も血を床に吐き捨てている。彼女の足元の床にはすでに血だまりができていた。おそらく舌も傷ついているのだろう。「キーは落ちて部屋の向こうまで滑っていって、いまあの子が上に座ってる。近づけない」

このふたりの女は、場合によってはもう何時間もこの恐ろしい部屋で向かい合って座っていたのだと、ケイトは理解した。どちらも相手が力尽きて倒れるのを待ちながら。不幸なことに、先に倒れるのはまず間違いなくマンディだろう。彼女の体力はすでに限界に達している。

「車ならあるよ」ブレンダン・ソーンダースが言った。「彼女の車が」と、ケイトのほうを指す。

「この女をここに置いていくつもり?」リンダが訊いた。

「ほかに方法があるか？　もうちょっとでなにもかも探り出すところだったんだ。ここに連れてくるしかなかった」

「馬鹿か。なにも探り出せたはずがない」リンダは腕を持ち上げて、ウールのコートの袖で顔の血を拭った。繊維が傷に引っかかり、彼女の顔をいっそうグロテスクに見せた。手に巻き付けているマフラーは血を吸って濡れている。マンディはきっと野生の獣のように、割れた瓶でリンダに襲いかかったに違いない。そしてかなりの成果を収めたのだ。

「いや、この女はかなり知ってるんだ」ブレンダンが言った。いまにも泣きだしそうな顔だ。

「お願いだよ、リンダ、僕は正しいことを……」

「わかった。もうここまで来てしまったものはしかたない。いまさら変えられない。すぐに逃げないと」

リンダ・キャスウェルが事件全体にどう関わっているのかはまだわからないものの、ひとつだけ明白なことがあった。少女たちはここで死んだのだ。おそらくハナ・キャスウェルも。サスキア・モリスは間違いなく。検視によればサスキアは餓死したという。彼らはサスキアをこの辺鄙な場所に放置したのだ。人里離れた場所に。殺人としては簡単な方法だ。ドアを閉めて、立ち去るだけでいい。数週間後に戻ってきたときには、すべてが終わっている。おそらくブレンダン・ソーンダースが死体を始末したのだろう。

でも、なぜ？　いったいなぜ？

それはあとからわかることだ。いまはこのふたりが立ち去るのをなんとか止めなければ。とはいえ、成功の望みが薄いことはすでに予感していた。このふたりはケイトを始末するしかない。いまとなってはケイトはあまりに危険な存在だからだ。このまま黙って帰らせるわけにはいかないだろう。

いまこそ刑事だと名乗るべきだろうか——ちらりとそう考えたが、やはりやめておくことにした。刑事だと明かせばブレンダンを委縮させることはできるかもしれないが、リンダ・キャスウェルに対しては無意味に違いない。このふたりの関係がどんなものかはわからないが、上下関係は一目見れば明らかだった。指示を出すのはリンダ。ブレンダンはリンダの言いなりで、リンダに気に入られようと必死だ。そして、リンダを委縮させるのは簡単ではない。彼女が病んでいることは、目を見ればわかった。

目の前にいるのが警察官だと知れば、リンダは狂暴化するかもしれない。いまのところリンダはケイトのことをただの無力な記者だと考えている。ブレンダンが過剰反応して連れてきたりさえしなければ、まったく危険な存在ではなかった、と。だが警察官とわかれば、ケイトを見る目も変わる。そしてケイトを無力化しようと、ここに監禁したまま放置するよりもさらに過激な手段に出るかもしれない。監禁されるだけなら、なんとかして生きて出られるチャンスもある。たとえわずかなチャンスであろうと。

どうかこのふたりが私のバッグのなかを漁ったりしませんように、とケイトは思った。そうなれば、警察証を見つけられてしまう。

「私たちをここに置き去りにするのは犯罪ですよ」ケイトは言った。「それはわかっているでしょう。この女の子には緊急に医師の診療が必要です。できる限り早く」

「なにを言ってる」リンダが淡々と言った。「この女の子は、私に見捨てられるのがどうしてかよくわかってる。私のせいじゃない」

「〈見捨てる〉と〈監禁する〉は違います」ケイトは言った。

リンダは肩をすくめた。悪いことをしているという意識は一片もないようだ。

「ブレンダン、行こう」リンダが言った。

「バッグを返して」ケイトは言った。

リンダが首を振った。「まさか。なにも持たせるわけにはいかない。ブレンダン、この女の携帯を探して。電源を切って、海に捨てて。位置情報を割り出されたりしないように、念を入れないと」

ブレンダンはすぐさま命令に従い、ケイトのバッグをかき回し始めた。ケイトは息を詰めた。幸いなことに、ブレンダンは警察証を見逃した。そして携帯電話を高く掲げた。「ほら!」

Eメールと〈ワッツアップ〉のメッセージを見ようなんて思いつきませんように、とケイトは祈った。だがどうやらリンダはそんな手間をかけるつもりはなさそうだった。「電源を切って」

ブレンダンが携帯の電源を切った。これからすぐ崖の縁まで走っていって、携帯を海に向かって思い切り放り投げるのだろう。これで誰かがケイトの居る場所を知る方法はなくなる。あとはもう先ほどのメッセージが誰かに届いていること、その誰かが正しい結論を導き出してくれることを祈るだけだ。

リンダが再び床に血を吐き出し、ブレンダンとともに後退を始めた。ケイトとマンディから一瞬も目を離さずにあとずさっていく。ここで危険を冒してふたりに襲いかかっても無駄だと、ケイトにはわかっていた。怪我をしているリンダには勝てるかもしれないが、ブレンダンには負けるだろう。

玄関ドアが閉まった。鍵が何度も回される音が聞こえた。

もう完全に終わり」

「ああ、クソ」マンディが言った。それ以上体を起こしていられず、ぐったりと倒れ込んだ。これまで必死で握りしめていた割れた瓶が落ちて、転がっていった。「クソ、もう終わりだ。もう完全に終わり」

ケイトはマンディの隣に座って、マンディの頭を膝に載せた。「心配しないで、マンディ。あなた、マンディ・アラードでしょう？　心配しないで、逃げ道を見つけるから」

マンディは弱々しく首を振った。「もう全部調べた。全部。逃げ道なんてない。全然」

「あなたはとても強くて勇敢な子ね、マンディ。瓶を割ったのはすごくいいアイディアだった」

「まあ、無駄だったけど」

「それに、車のキーを渡さなかったのも。勝ててたかもしれないのよ、マンディ。ブレンダン・ソーンダースと私さえ現われなければ」

「そりゃどうも。でもどっちにしても勝ち目なかったよ。怪我がひどすぎて」そう言って、マンディは右手を上げた。

もしくは、解剖学的見地から右手首と右手だと思われるものを。手も手首も、ほぼ原形を留めていなかった。むき出しで血だらけの肉の塊。ケイトは思わずのけぞった。「いったいどうしたの？」

マンディは背後の壁を頭で指した。そこには金属の輪が取り付けられており、そこから延びる鎖の先端には手錠があった。「あいつにつながれた。でも抜けてやった。皮膚を削ったら、なんとかなった」

ケイトは吐き気をこらえねばならなかった。マンディの手——または手だった部分——は酷《むご》たらしい眺めで、重度の感染症をうかがわせる悪臭を発していた。その手の眺めよりさらに恐ろしいのは、この少女がどれほどの地獄を潜り抜けてきたかを想像することだった。この少女はいったいどれほどの勇気と胆力をもって、自身の体を向こう見ずに攻撃し、闘ってきたことか。これほどの闘いを無駄に終わらせてはならない。とはいえ、あまり時間は残されていない。マンディがいまだに敗血症にかかっていないのは奇跡というほかない。だが、それもそう長くは続かないだろう。

「ここで死ぬんだ」マンディが小声で言った。話すのが難しいのは見ればわかった。「腕もひどいんだ。火傷して。お腹すいてるし、喉も渇いてる。逃げ道はない。もう終わり」

家の外、少し離れたところから、ケイトの車のエンジンがかかる音が聞こえた。ブレンダンは携帯を処理し終わったのだろう。これからリンダとふたりで立ち去るところだ。

「マンディ、よく聞いて、まだ諦めちゃだめ。私たち、ここからきっと出られるから。私ね、実は記者じゃないの。ブレンダン・ソーンダースはそう思ってるけど。本当は刑事なの。わかる？」

マンディのほとんど透明に見える白いまぶたがまたたいた。「へえ、すごい。でもだからってなんにもならないじゃん」

「そんなことない。もう救助要請してあるの。もうすぐ助けが来て、ここから出してもらえるから」

「こんなところ、誰も見つけられない」

「ちゃんと道順も知らせておいた」誇張もいいところだった。「救助要請」が曖昧なメッセージのひとつにすぎないのと同じだ。だがいまこの瞬間、大切なのはただひとつ、マンディの生きる気力を呼び覚ますことだ。最後に残った力をなんとか振り絞ってもらって、これからの数時間を生き延びてもらうことだ。それを可能にするには、マンディに希望を持たせるしかない。

「お願い、信じて。必ずここから出られる」

「あのリンダ・キャスウェルって女」マンディが言った。「どうかしてる。完全にイっちゃってる。あいつの車に乗ったりするんじゃなかった。でも……」マンディはそこで口をつぐんだが、ケイトには彼女の言いたいことがわかった。リンダ・キャスウェルは女性だ。だから簡単だったのだ。ハナも——リンダの実の娘だというのに、そんなことがあり得るだろうか？——、サスキアも、マンディも。ケイトは、つい最近ステイントンデールでライアン・キャスウェルを探していたとき、見知らぬ女性にバス停で声をかけ、彼女を車に乗せたことを思い出した。あのとき、この人はなんと簡単に他人の車に乗るんだろうと思ったものだった。そしてすぐ、それは自分が女性だからだと思い当たった。女性たちが持つある種の恐怖と、そこから来る慎重な態度は、常に男性に対するものだ。同じ女性に対するものではなく。

「必ず出られるから」ケイトは繰り返した。

いつの間にか部屋は暗くなっていた。見えるのは物の黒い輪郭のみ。それに部屋はとても寒い。ケイトは床に落ちていた毛布を引き寄せて、マンディと自分とにかけた。あまり違いはなかったが、マンディはいずれにせよもう寒さを感じてはいないようだった。高熱で体が震えていた。

メッセージを受け取ったのが誰であれ、すぐに行動に移してもらわなくては。いますぐに。

「お願い」ケイトは声に出さずに祈った。「お願い」

祈りを聞いてくれる者は誰もいなかった。

8

「クソ！　シーガルズ・クリフなんてありふれた名前もいいところですよ。家、ホテル、B&B、レストラン、パブ、それにイギリスじゅうの海岸沿いの道のいたるところが同じ名前なんですからね」ロバート・スチュワート巡査部長が怒りの声をあげた。「ノーサンバーランドだって同じことです。ググってみたんですけどね。ああもう！」

ケイレブ・ヘイル警部は机に両肘をついていた。「もう一度情報を精査しよう。ケイトは我我になにを伝えたいのか？」

「技術者はいまだに背後の雑音を除去しているところです」スチュワートが言った。「早くしてくれるといいんですが」

ケイレブはキーワードが書かれた紙をじっと見つめた。

「海岸、寂しい」とつぶやく。「この二語からはなにもわからない。シーガルズ・クリフなんて名前の場所は、海沿いにあるに決まっているからな」

さらに読み進める。「イタリア。うーん。これがどういう意味なのかは、いまのところさっぱりだ」

「ケイト・リンヴィルはたぶん、ときどきどうでもいいことも話したんですよ」スチュワートが言った。「我々の推測が正しければ、ケイトはこのとき危険人物と一緒にいた。または直接危険にさらされていた可能性もある。だから情報を伝達するにも気づかれないようにしなければならなかった」

「作家……」ケイレブがメモを読み上げ、眉間に皺を寄せた。「文学談義をしているのか、または……」

「作家」という言葉が、ケイレブの頭のなかのなにかを呼び覚ました。だが、それがなんなのかがわからない。

もちろんケイレブは同時に、完全に間違った方向へと走っているのではないかと自問してもいた。先ほど、コリン・ブレアというロンドン在住の男が現われ、ケイト・リンヴィルから届いたほとんど聞き取れない音声メッセージを再生して聞かせてくれて以来、ケイレブの頭のなかには赤い警告灯が点滅し続けていた。だが同時に、自分は過剰反応しているのではないかという疑いも拭えないでいた。その点では通報者のミスター・ブレアも同じ意見らしく、どうやら大恥をかくだけの結果に終わることを非常に恐れているようだった。

「リンヴィル巡査部長とはどのようなご関係ですか？」ケイレブは先ほど、ブレアにそう訊いたのだった。

するとブレアは少し赤くなった。「恋人です。というか、元恋人、かもしれないけど……どうも新しい相手がいるようなので。でもケイトを危険な目に遭わせているのは、その男かもしれないですよね？」

ケイト・リンヴィルの現彼氏と、ケイトを追いかけてきた元カレ……これまでのケイトの空白の恋愛履歴を多少なりとも知っている者にとっては、不思議以上の現象だった。

ケイレブはコリン・ブレアの疑念に同意してはいなかったが、その疑念を完全に払拭する必要があるため、デイヴィッド・チャップランドに電話をかけた。デイヴィッドはまだ職場にいて、知らせを受けて非常に驚いていた。「ノーサンバーランド？　いえ、私はケイトと一緒じゃないし、ノーサンバーランドにもいませんよ。彼女はそんなところでなにをしてるんです？」

「それを教えていただければと期待していたんですが」ケイレブは言った。「誰かと車に乗ってどこかに向かっているようなんです。お心当たりはありませんか？」

デイヴィッドが電話の向こうで考え込むのがわかった。「彼女はいまも例の記事を書こうとしてますからね」やがてデイヴィッドはそう言った。「でも私にはあまりその話はしてくれないので。その点では彼女はプロフェッショナルなんですよ。はっきり証明されてからでないと話すべきじゃないと、いつも言っています」

そう、ケイトは確かにプロフェッショナルだ。ケイレブはよく知っている。その点で彼女を高く評価してもいる。デイヴィッド・チャップランドとの電話でわかったことはふたつあった。ひとつは、彼がいまだにケイトのことを記者だと信じていること。そしてもうひとつ、ケイトが捜査しているということ——ケイトが取材をしているとチャップランドが言うなら、それは捜査という意味だ。秘密捜査。

思わず罵声が口をついて出た。この点ではケイトをまったく評価できない——ケイレブの事件に首を突っ込みたがるという点では。

「今日の予定を言っていませんでしたか?」ケイレブは訊いたが、それほど大きな期待はしていなかった。プロ中のプロであるからこそ、ケイトはたとえ現在つき合っている男が相手であろうと、自分が個人的にしている捜査の進捗状況はなにも——少なくともほとんど——話していないはずだ。

「今朝、ニューカッスルに行くと言っていたくらいですね。あと、ああそうだ、二時少し前に携帯のメッセージボックスに伝言がありました。私はちょうど別の電話に出ているところだったので、取れなかったんですよ。スカボローに戻ってきた、もう一件インタビューを済ませたら猫を迎えに家に帰ると言ってました。そのあとで私のところに来ると」

「これまで、なにかの話のなかで、シーガルズ・クリフという名前を彼女が口にしたことは?」

「ありません。一度も」

「ケイトがメッセージボックスに残した伝言ですが——車からのものでしたか?」

「いいえ。少なくとも走行中の車からではありませんでした」

「なんらかの背景音は？」

「特に思い出せるものは……」

「これから警官をひとりそちらに行かせます。ケイトからのその電話を技術的に解析するために、携帯電話を我々に預けていただけませんか？」

デイヴィッドは嬉しそうではなかったが、それでも承知した。「いったいなんなんですか？ケイトは危険な目に遭っているんですか？」

「わかりません。そういえば、ケイトの伝言を聞いたあと、かけ直されましたか？」

「いいえ。用件は全部わかりましたから。どうせ晩に会うことになっていましたし。いったいなにがあったんですか？」

「特になにもなかったのかもしれません。あまり心配しすぎないようにしてください、ミスター・チャップランド。携帯の件で、警官がうかがいます」ケイレブは電話を切った。

そして「ニューカッスルか」とロバート・スチュワートに向かって言った。

「なにをするつもりだったんでしょうね？」

「とにかく北のほうでなにかを発見したんだろう。ニューカッスルに、ノーサンバーランド……」

部屋にいた全員が、しばらくのあいだ黙ったまま考え込んだが、誰も「ニューカッスル」という地名からひらめきは得られなかった。

ケイレブは今度は「作家」という言葉を再考してみた。この言葉に関連するなにかがあった。

それはわかっている。それほど昔のことではない……。

「そうだ」ケイレブは言った。「作家と関わったのがいつだったか、わかったぞ。あのブレンダン・ソーンダースという男だ。自分でそう名乗っていた。作家だと」

スチュワートがケイレブをじっと見つめた。「マンディ・アラードに一週間、宿を提供した男ですね。マンディはそこから逃げるように出ていった」

「そうだ。ただ、ソーンダースに対する容疑は固まらなかった。それでもだ。マンディ・アラード……この名前もケイトは口にしていたな。私の名前と、マンディ・アラードの名前、それに作家……クソ、ケイトはいったいなにを突き止めたんだ？」

「そうだ、ケイトと車に乗っている男は『僕の……疑った』と言っていますよ」ロバートが叫んだ。「間違いない、これはソーンダースですよ！　我々は奴のことを疑ったんですから。ケイトはブレンダン・ソーンダースと一緒にノーサンバーランドにいて、シーガルズ・クリフという名のどこかに向かっているんです。そしてこの変なメッセージを送った。間違いなく、まずいことになってるんですよ」

「じゃあなぜ直接私に送ってこない？　もうとうに別れたらしいあのブレアとかいう妙な男じゃなくて」

「それは、たぶんケイトが正確に携帯を操作できる状態じゃなかったからです。あの音声からすると、携帯はバッグのなかにあったんでしょう。会話を録音していることをソーンダースに知られるわけにはいかなかった。だからほとんど手探りで操作するしかなかったんですよ。アプリのチャット画面にたどり着けただけでも幸運だったんじゃないですか。ケイトはとにかく誰かにメッセージを送った、でも誰に送ったかは自分でもわからないまま、それが僕たちのところに届くのを祈るしかなかったんです」

ケイレブはドアに向かって駆けだした。走りながらコートを着た。「ソーンダースの自宅に行くぞ。いますぐだ」

「ソーンダースはたぶんいまノーサンバーランドですよ」スチュワートが言った。

「かまわん。隣人がなにか知っているかもしれん。ソーンダースは我々の持つ唯一の手がかりなんだ。それから、誰かに〈シーガルズ・クリフ〉というのがなにか調べさせろ。有望そうな場所を絞っていかねば。ほかに方法はない」

スチュワートは天井を仰いだ。藁の山のなかから一本の針を見つけるほうが、よほど簡単そうだ。やはりその場にいたヘレンにうなずいて見せた。

「わかった」ヘレンが諦念のにじむ声で言った。「シーガルズ・クリフね」

それからロバートは上司を追った。

車は暗闇のなかを走っていく。ブレンダンがハンドルを握っている。その横顔を眺める。彼のきつく引き結ばれた唇を。ブレンダンの行為を私がよく思っていないことを彼自身わかっていて、そのせいで不満が溜まっているのだ。かわいそうなブレンダン。いつも私に気に入られたくて、座り込んで、ご褒美を欲しがる犬のような目で私を見る。

けれど、いつも彼にご褒美をやるわけにはいかない。ブレンダンはときに愚かとしか言いようのないことをやらかすからだ。

たとえば今日がそうだ。〈シーガルズ・クリフ〉にやって来て、私をマンディとの膠着状態から救ってくれたのはよかった。けれど、なぜあの記者を連れてきたりしたのか？　私たちに迫っていたから？　あの女はなにも知らなかった。なにひとつ。正しい結論を導き出す手がかりになるものは、なにも持っていなかった。

愚か者が。こんな奴が親戚かと思うと嫌になる。遠い親戚とはいえ、それでも……まったく恥ずかしい！

ただひとつよかったのは、我々に車があることだ。さっきは一瞬、ブレンダンと一緒にマンディから私の車のキーを奪い返そうかと考えた。けれど、たとえふたりがかりでも危険なことには変わりなかっただろう。マンディがあのガラス瓶を握りしめている限り。あれは剃刀みたいに鋭利な武器だ。私にひどい怪我を負わせた。きっとブレンダンもどこかに怪我をすることになっただろう。自分の顔がいまどんなふうに見えるのか、考えるのも恐ろしい。ブレンダンの驚愕の表情を見れば、きっとひどいに違いない。助手席のサンバイザーについた鏡で怪我の様子を見ることはできる。けれどそうするには、まだ心の準備ができていない。家に帰ってからにしよう。暖かく安全な自宅のバスルームで、血をそっと洗い流して、大きな傷にヨードチンキを垂らせばいい。傷跡は残るだろう。それはわかっている。一番心配なのは唇だ。血がどくどくと溢れて止まらない。傷がきちんとふさがらなければ、この先ずっと口が歪んだままになる。

車のなかにあった救急箱から、ガーゼの大きな止血パッドを取り出して、それを顔に当てている。すぐに血を吸ってびしょ濡れになるので、何度も交換せねばならないが、頻度はだんだん減ってきているような気がする。つまり血は徐々に止まりつつあるのだ。

私をこんな目に遭わせたあの獣、マンディ・アラードは、決して許せない。

「医者に行かないと」ブレンダンが言う。蒼白な顔をしている。うす暗い光のなかでさえ、それがわかる。光はこの車の照明のものしかないというのに。いまではもう外は暗い。早くA1号線にたどり着いて、スピードを上げたい。いまはまだ曲がりくねった細い田舎道を走っている。

「医者になんて言うの？　襲われました？　そうしたら医者は警察を呼ぶ。警察は、いつ、どこで、どうして……って知りたがる。私たちのこの状況で、それは無理」

「でも、このまま手当てもしないいままだとよくないと……」

「うるさい！」私は怒鳴りつける。ブレンダンのなにが腹立たしいといって、この延々と続く泣き言だ。これから家に着くまで三時間近く、私の傷のことをくどくど嘆きながら、なにひとつ解決策など示せないだろう。ブレンダンはそういう男だ。解決策などない。自分で手当てするしかない。それは明らかなのだから、わざわざ話し合う必要もない。

どちらにしても、ブレンダンなど追い払うべきなのだ。なにしろ私がマンディ・アラードに出会ったのはブレンダンのせいなのだから。マンディ・アラードを拾ったのはブレンダンだ。あの日、本当なら私の車を整備工場に取りにいくだけのはずだったのに、この男は帰り道に、ボロボロのあの娘が通りをとぼとぼ歩くのを見て、家に連れて帰った。あの娘はそれから一週間もブレンダンの家にいた。それからブレンダンは私に電話してきて、見つけた、と言ったのだ。完璧な少女を見つけたと。まさにぴったりの娘だと。私のために生まれてきたような娘だと。ただ残念なことに、ブレンダンはあの電話さえしくじって、マンディに聞かれ、逃げられることになった。おそらくマンディは、ブレンダンが警察か青少年局に電話しているか、またはポルノサイトかなにかで働いていると考えたのだろう。後にブレンダンは警察で、電話の相手は母親だったと言った。そして母親はいつものように息子をかばった。

けれどマンディはもう逃げてしまっていた。

数日後に私が道でマンディを見かけたのは、単なる偶然だった。不思議なことに、一目見てすぐ、これはブレンダンが話していた少女に違いないとわかった。特徴が合っていたし、なんとなく……雰囲気というか、自分でもよくわからないが、いずれにせよ私は確信を持った。それに、マンディがいまでもあのあたりをうろついているのは、いかにもありそうなことだった。家出をして、ブレンダンによれば、どうしても帰りたくないということだったから。娘の動きから、左腕に怪我をしているとわかった時点で、もう疑いの余地はなかった。この娘がマンディだ。

正直に言うと、ブレンダンの熱心なセールストークがなければ、マンディを候補に入れることは決してなかっただろう。あまりにみすぼらしいし、汚らしい。あまりにもハナに似ていない。

そう。あまりにハナに似ていないのだ。

でもブレンダンは、マンディはまさにぴったりだと言った。もはや家がないから、いつまでも嘆いたり泣いたり、家族のもとへ帰らせてほしいと頼んだりして私を煩わせることはないと。なにがぴったりだ。確かにマンディは家族のもとには帰りたがらなかったけれど、私のもとに留まろうともしなかった。ハナやサスキアと違って、マンディは泣きはしなかった。でも攻撃的で、怒りっぽく、粗暴だった。捕らえられて日ごとに狂暴化する野生の獣だった。最初の晩、マンディがあの家で疲れ切ってぐっすり眠り込んだあと、あの娘を鎖につないだ。用心のためだ。直感がそうするべきだと警告した。最初、壁に取り付けられた鉄の輪を見ても、マンディはなんの反応も示さなかった。おそらく疲れすぎていて、なにも考えられなかったのだろう。私は輪に鎖を取り付けて、手錠をつなぎ、マンディの手首にはめた。そのときマンディは目を覚ました。そしてその瞬間から、地獄が始まった。私は、マンディもいつかはおとなしくなる、そのうち鎖を外してやれると思っていた。けれど、そのときが来ることはなかった。事態は悪くなる一方だった。

「どうしてあそこに行ったんだよ?」ブレンダンが私に訊く。その声には駄々をこねる子供のようなかすかな非難の響きがある。どうしてマンディのところに行ったんだ、僕になにも言わずに、なにも打ち明けずに、僕が望むようなふたりの共犯関係をないがしろにして……。

「さっきもう言った。時間を短縮したかった」ブレンダンが息を呑むのがわかる。「短縮する」とはどういうことかを想像しようとしているのだ。

いまとなってはもう、今日〈シーガルズ・クリフ〉に行ったのが慈悲の心からだったのかどうかわからない。つまり、私はマンディを本当に殺し、解放してやりたかったのか。いま包帯代わりに手に巻いているマフラーは、自宅から持ってきたものだ。これをマンディの首に巻き付けて……と、私は想像していた。だが、本当に実行に移しただろうか? なんとも言えない。もしかしたら、私は単にマンディのところに行きたかっただけなのかもしれない。もう一度彼女の姿を見たかったのかも。マンディが極度に衰弱しているだろうことはわかっていた。だから落ち着いて話ができるかもしれないと思ったのだ。そんな欲求は、ほかの娘たちには感じなかった。ほかの娘たちにはそのうち見切りをつけ、けりをつけた。話などしても退屈で無意味なだけだった。

けれどマンディは違った。あの娘には魅かれた。いまでも魅かれている。彼女に傷つけられたせいで、顔を血まみれにして、特大サイズの止血パッドを使っているいまでさえ。顔ほどではないが、手もひどくやられた。本来ならマンディを憎むべきところだし、実際憎らしいと思ってもいる。だがそれでも、彼女の野性と不屈の精神は、いまだに私を魅了する。けれど、そんな複雑で矛盾だらけの心情をブレンダンに打ち明けることはない。ブレンダンは混乱するだけで、理解することなどないだろう。

「私が今日あそこに行ったのを、幸運だと思うべき」私は言う。「でなかったら、あの娘はあんたとあの記者に襲いかかっただろうから。いま頃、あんたが顔を斜めにぐっさり切られてうろうろしてたかも」

マンディはきっと敵がふたりでも攻撃しただろうと、私は確信している。必要ならば、三人だろうと四人だろうと、かまわず襲いかかっただろう。

私はあのとき、自分が見ているものを理解するのに一秒余計にかけてしまったのだ。寒くて臭い部屋。盛り上がった毛布。マンディがあの毛布の下にいると、私はまったく疑っていなかった。あの寒さを考えたら、毛布からマンディの鼻先さえ出ていないのも当然だと思った……だが、なにかが引っかかった。あの光景のなにかが間違っているような気がした。ただ、ほんの一秒のあいだ、それがなにかがわからなかった。そして、鎖が壁から垂れ下がっていて、先端にマンディの手がないことに気づいたその瞬間、斜め後ろでなにかが動くのを目の端がとらえた。避ける間もなく顔になにかが叩きつけられて、刺すような鋭い痛みを、とてつもない痛みを感じた。私は悲鳴をあげた、血が流れる感覚があり、私は血を見て、血の味を感じ、血を飲み込んだ。続いて手に同じくらい激しい痛みを感じて、握っていた車のキーが落ち、床を滑っていった。豹かなにかの肉食獣が襲いかかってきて、牙と爪が肌に食い込んだのだと思ったほどだった。ようやく振り向くと、マンディの姿が見えた。痩せこけて黄色い顔をした骸骨が、手になにか武器を持っていた。

どこからこんなものを、どこからこんなものを――私はパニックに陥りかけた頭でそう考えていた。まるであの瞬間、それを知ることに意味があるかのように。同時に、片腕を上げて顔をかばい、もう一方の怪我をしたほうの手を暴れる獣のほうにのばして体を防御しようとした。あのままだったら、私に勝ち目はなかっただろう。あと一、二分あれば、マンディはあの武器を使って――あとからあれが割られた瓶だとわかった――私の喉を掻き切っていただろう。だが幸いなことに、マンディは衰弱していた。何日も飲まず食わずだったうえ、自分もひどい怪我を負っていた。マンディは突然ふらつき、倒れまいと頑張っていたが、膝がくずおれ、床に倒れ込むと、少し離れたところに転がっていった。私が重い冬用のブーツを履いた足で蹴ろうとしたからだ。マンディは私の車のキーのすぐ横まで転がっていって、素早くそれをつかむと自分の体の下に押し込んだ。それから半分体を起こして、手に持った瓶を突き出し、文字どおり歯をむいて見せた。

こうして、マンディは私を捕らえた。車のキーを押さえることで。玄関の鍵はまだドアにささったままだったから、外に出て、鍵をかけ、マンディを見捨てることもできた。けれど車なしではあの荒野から出られない。絶対に無理だ。おまけにひどい傷を負って、出血までしているのだから。

そういうわけで、私たちはにらみ合ったまま座り込んでいた。何時間ものあいだ、互いに相手が力尽きるのを待っていた。先に倒れるのはマンディだと、私にはわかっていた。彼女と違って、私はきちんと食べていた。体力があった。彼女にはもはやほとんど力が残っていなかった。

そこにやって来たのがブレンダンだ。あの女と一緒に。記者だという。メディアの人間をあの家に、あのグロテスクな場面に引っ張り込むなんて、いったいどこまで阿呆なのか。とはいえ、ブレンダンはもちろん、あんなことになっているとは知らなかった。今日ノーサンバーランドに行くことは彼には知らせていなかったから。ブレンダンはきっと、家にいるのはもはや危険な存在ではない死にかけたマンディだけだと思っていたのだろう。だがいずれにしても彼は間違っていた。マンディはたとえ死にかけていても危険な存在なのだから。

「あんたの計画は、あの記者をマンディと一緒に閉じ込めて放置するっていうものだったのか」私は言った。この愚か者が考えていたことを正確に理解するために。

ブレンダンはうなずいた。「ああするしかなかったんだ、リンダ。あの女はかなり真相に迫ってきてた。といっても、一連の事件の背後にいるのはライアンで、君はライアンの最初の犠牲者だと思ってたんだけど」

なかなか興味深い推理だ。

「そう思わせておけばよかったのに」私は言った。「そりゃライアンは困ったことになっただろうけど、なにがいけない？　当然の報い。他人をあんなふうに扱う男なんて」

「あの記者、チェンバーフィールドにも行ったんだ」ブレンダンが言った。「だから僕、怖くなって……」

チェンバーフィールド。私が憎む言葉があるとすれば、それだ。あの恐ろしいクリニック。医者ども。病人たち。

「わかった」私は言った。「それでもあの女が真相を突き止められたとは思わない。あの……名前はなんだった？」

「ケイト・リンヴィル」

「あのケイト・リンヴィルが。でももう終わったことは仕方がない。あのふたりはあそこでくたばる。あんたがそのうち行って、死体を始末する。それで終わり」

ブレンダンは再びうなずく。いつものように従順に。ハナの死体を始末したのもブレンダンだ。サスキアも。だからマンディとあのケイトという女のことも始末するだろう。家は再び空き家になる。

ブレンダンが横目で私を見る。「もうこんなことはやめないと、リンダ。このままずっと続けるわけにはいかないよ」

またしても余計なことを。

「あんたがマンディにしろって私を説得したんだけど」私はブレンダンに思い出させてやる。

「別に説得したわけじゃ」ブレンダンが弱々しく自己弁護する。「もしかしたら君に合うんじゃないかって考えただけで」

私はため息をつく。ブレンダンはいつもろくなことを考えない。

高速道路に入ったときには、顔の血は止まっていた。血を吸い取るのに使っていた止血パッドはなくなりかけていたから、幸いだった。ようやく顔になにかを押し当てていなくてもよくなった。疲れが襲ってきた。あくびをしたかったが、できない。口を大きく開けられないからだ。唇が引きつっていて、また出血が始まるのではないかと怖かった。だからあくびはこらえた。手持ち無沙汰だったので、いまだに膝に載せたままだったあのケイト・リンヴィルという女のバッグを開けて、怪我をしていないほうの手でなかを漁ってみた。なかの物をひとつずつ取り出して、弱々しい光で眺めてみる。鍵。リップクリーム。財布。財布を開いてみると、まずは仕切りに入った銀行カードが目に入る。そこになにが書いてあるのかを読もうと、目を細める。

ケイト・リンヴィル……。ということは、あの女がブレンダンに名乗ったのは本名だったのだ。

当然ながら、さっきあの家では、あのケイトという女にはほとんど注意を払っていなかった。ほかのことで頭がいっぱいだったからだ。いま思い返してみると、彼女はなんとも目立たない存在だった。壁の花タイプだ。彼女の特徴は思い出せない。きっと別の場所で別の機会に出会っていても思い出せなかっただろう。人の記憶に残るような特徴がないのだ。おそらくあれは、人生に常に裏切られるタイプの女だ。誰の目にもとまらない。興味を持ってくれる男もいない。ずっとひとりで暮らし、いつかひとりで死んでいく女たちのひとり。いや、ケイトの場合はもう違う。マンディと一緒に死ぬのだから。

バッグの中身は、ああいう女の典型的な持ち物だ。たとえば私のような特別な女たちが持ち歩くものは、なにひとつない。口紅もなければ――この透明な乾燥対策のリップクリームは別物だ――、パウダーも、アイペンシルも、マスカラもない。一日の途中で化粧直しをするためのものは、なにひとつ。バッグの底に転がっているタンポンふたつが、ケイトが本当に女であることを示す唯一の証拠だ。

バッグのなかには、もうひとつなにかが入っていた。一種の黒い革のケースだ。引っ張り出して、開いてみる。左側にIDカードがある。「ロンドン警視庁」と書かれている。その下には「ポリス・オフィサー」。さらにその下にはIDナンバー。そして、つい先ほどシーガルズ・クリフで出会った女の写真。ケイト・リンヴィル、と書いてある。「巡査部長」

なんだって?

私はそのカードを見つめ、何度も何度もそこに書いてある文字を読み返す。まるで、何度も読めば内容が変わるかのように。ロンドン警視庁？　スコットランド・ヤードのことだ。ブレンダンがしょうもない理由であの家に連れていったあの女は、なんらかのスクープを求める記者などではない。スコットランド・ヤードの刑事なのだ。この国で最も重要な警察署の。ということは、どこかのぼんくら記者がうっかり間違って私の周辺に現われたわけではなく、スコットランド・ヤードが私の事件を捜査しているのだ。スコットランド・ヤードがチェンバーフィールドで私のことを尋ねた。スコットランド・ヤードがブレンダンを訪ねた。とはいえスコットランド・ヤードは、ライアンを疑っていたというのなら、少しばかり間違った線を追っていることになる。ケイトが記者ならば、ライアンを疑う人間がいるのか、でもそれがどうした、と思っていられた。けれどケイトが刑事とわかったいま、私の頭に思い浮かぶ言葉はたったひとつ——クソ。彼らはすぐ近くまで迫ってきている。しかもスコットランド・ヤードの人間は優秀だ。高度な訓練を受け、充分な経験を積んでいる。

それに、ケイトには同僚がいるだろう。ケイト・リンヴィル巡査部長は、ひとりで勝手に捜査などしない。彼女がいまなにを捜査しているか、これからなにをするつもりか、次の一歩をどこに踏み出すか、正確に知っている人間たちがいるはずだ。もしかしたらノーサンバーランドに向かうことをもう誰かに知らせているかもしれない。ブレンダンは大馬鹿だから、自分でこういうことに気づけない。あの女のスマートフォンを処分したのは間違いだった。最初はいい考えだと思ったが、やはりメールやメッセージをチェックして、彼女がなにを知っているのか、誰になにをどうやって知らせたのかを確認すべきだったかもしれない。

「クソ」私は大声で言った。

ブレンダンがびくりと体を震わせた。「どうしたんだよ?」

私は警察証をブレンダンの鼻先で振ってみせた。もちろん彼にはなにも読めないことは承知のうえで。

「記者？　へえ？　あの女がそう言ったの？」

「うん。それが……？」

「ケイト・リンヴィル巡査部長。スコットランド・ヤード。あんたはスコットランド・ヤードの刑事をあの家に連れていった。それがあんたのやらかしたこと。これまであんたがやらかした愚行に比べても、あり得ないくらいの愚行。ああ、クソ、もう滅茶苦茶！」

ブレンダンは蒼白になった。先ほどよりもいっそう。「でも、本人は……」

「そう、本人が記者だって言ったわけだ！　で、あんたは身分を証明しろとも言わずに、すぐに詳しい話を始めたあげく、あの女を家まで連れてきた」正直に言えば、私だって記者だと証明しろとは言わなかっただろう。記者だと言われればきっと信じたはずだ。記者でない場合があるなどと、夢にも思わなかっただろうから。でも、そんなことはどうでもいい。いまはブレンダンに対してフェアな態度を取る気にはなれない。この男が憎い。この男の愚かさが憎い。

私は警察証をバッグに戻す。そして考える。必死に、迅速に。疲れはどこかに飛んでいってしまった。

「引き返す」私は言った。「次の出口で引き返す」

「でも、どうして……」

「状況が変わったから。あの女が刑事だから。誰と一緒にどこへ行くかを、同僚に知らせた可能性があるから」

「いや、それは無理だよ……」

「そう言い切れる?」私は怒鳴る。「一〇〇パーセント、そう言い切れる?」

ブレンダンは口を閉じる。言い切れないのだ。

「あのふたりがあと数日のうちに勝手に死ぬのを待っているわけにはいかない。その前に特殊部隊があの家に突入するかもしれない。ケイトは私たちのことを知っている。私たちの名前を。危険が大きすぎる。いまならまだ、私の名前を誰かに伝えてはいない。戻らないと。できるだけ早く」

ブレンダンはまるで幽霊のようだ。顔は蒼白を通り越して、ほぼ透明に見える。「でも、戻ってどう……」

「殺す」私は言う。「ふたりとも。警察が見つける前に。マンディのことも殺さなきゃならないけど、なによりあのケイト・リンヴィルを殺さないと。わかったらさっさと方向転換して、スピードを上げなさい!」

9

ロバート・スチュワート巡査部長は、上司であるケイレブ・ヘイル警部の行動に悪い予感しか抱けなかった。だが警部を止められるとも思えなかった。先ほど、ブレンダン・ソーンダースの住居がある建物の入口前に着いたふたりは呼び鈴を何度も鳴らしたが、なんの反応もなかった。どの窓にも明かりは灯っていなかった。そこでケイレブは急遽、以前ソーンダースを警察に通報した隣人宅の呼び鈴を鳴らし、うまく建物のなかへと入り込んだ。隣人の住居前にたどり着くと、ケイレブは彼女の鼻先に警察証を突きつけて、ソーンダースの住居の鍵を持っている人間はいないかと尋ねた。幸運なことに、最初から大当たりだった。というのもその老婦人は、ブレンダンが家を留守にするときには彼の家の植物の水やりを引き受けており、合鍵を持っていたのだ。

「ではその合鍵を私に貸してくださいませんか」ケイレブは感じよくそう言った。老婦人はすぐに承知した。

「サー」ロバート・スチュワートがそわそわするのにもかまわず、ケイレブはソーンダースの住居の鍵を開けて、廊下の電灯をつけた。「ちょっと、まずいですよ、こんなことをしちゃ！」

「ケイトはいまこの瞬間にも危険にさらされてるかもしれないんだぞ。捜索令状を待っていたら手遅れになりかねん」ケイレブはそう答えた。「できるだけ早く、できるだけ綿密に探すんだ。例のシーガルズ・クリフという場所の手がかりになりそうなものを」

「この住居は以前もう徹底的に捜索されてますよ」

「だがあのとき探していたのは別のものだった。行方不明の少女たちの痕跡、特にアメリー・ゴールズビーの行方をつかむための手がかりだ。当時はまだアメリーも被害者のひとりだと考えられていたからな。シーガルズ・クリフがどこかなんてことは、誰も気にかけていなかった。さ、始めるぞ！」

これはやばいぞ、と、ロバートは不快な気分で思った。不法侵入なのだから。ケイトからのあの切れ切れの音声メッセージを考えると、あとから「緊急の危険」があったと証明できるかどうかも怪しい。ケイレブはあれをケイトからのSOSだと解釈した。だが、まったく別のものである可能性だって捨てられない。

とはいえ、なにを言っても無駄だ。ケイレブは上司だ。それに、おそらく彼が正しいのだろう。

ブレンダン・ソーンダースの住居は狭く、屋根の傾斜のせいで使えるスペースはさらに少なかった。おまけに家具が多すぎ、どれも大きすぎる。それでも住居は、窓際や棚やキッチンボードに置かれたたくさんの美しい鉢植えの植物のおかげで、居心地がよさそうだった。ソーンダースは情熱的な植物愛好家らしい。それに文学好きでもあるようだ。住居は本で溢れ返っている。いたるところに本の山がある。床も例外ではなく、通り抜けるのが難しいほどだった。

こんな場所でどうやって探し物を見つけるんだ？　ロバートは気が遠くなった。

ふたりはあらゆる場所を探した。引き出しを引っ張り出し、戸棚の扉を開け、あらゆる手帳をめくり、鉢植えを持ち上げ、本の山をどかし、家具の下を覗いた。ケイレブは机の上のデスクトップコンピューターの電源を入れたが、案の定パスワードが設定してあり、それ以上は進めなかった。

ふたりは途方に暮れて顔を見合わせた。

「どこかに手がかりがあるはずなんだ」ケイレブがつぶやいた。

「あるとは限りませんよ」ロバートは反論した。「だいたいシーガルズ・クリフが本当に問題の場所なのかどうかさえわからないんですよ。リンヴィル巡査部長がたまたま通り過ぎた場所の道路標示を読んで、ひとつの情報として送ってきただけかもしれない。そこが目的地かどうかなんて……どうしてわかるんです?」

「だが、我々の手のなかにあるのはこれだけなんだ」ケイレブが言った。「さあ、続けて探すぞ!」

ふたりは探し続けた。合間にケイレブは何度も署に電話を入れた。だが音声メッセージの技術解析にはいまだに新しい成果はなく、デイヴィッド・チャップランドの携帯電話からも手がかりになりそうな情報は得られなかった。ヘレンがノーサンバーランドにあるさまざまな〈シーガルズ・クリフ〉を当たっていた。ケイトが二時にはまだスカボローにいたらしいこと、そしてメッセージがノーサンバーランドから送られてきたのが四時半少し前だったことを踏まえて。ケイトが二時から二時半のあいだにスカボローを出発したと考えるなら、四時半に到着した場所の範囲は絞られる。もちろんすべては、ケイトが目的地に着く直前にその場所の名を口にしたことを前提としている。だがそれも決して確かではない。

ソーンダースの住居に忍び込んでから約一時間後、ロバート・スチュワートは決定的な手がかりを見つけた。ブレンダン・ソーンダースのベッドの上の造りつけの板に並べられた本を次次にめくっていたときだった。どの本にも分厚い埃が積もっており、もう長いあいだ読まれていないことがうかがわれた。その時点で、ロバートはもう半ば希望を捨てていた。ところが、一冊の本のあいだから、突然しおり代わりらしいなにかが落ちてきたのだ。足元に落ちたそれを、ロバートは身を屈めて拾ってみた。

パンフレットだ。

シーガルズ・クリフ。

「ボス！」ロバートは叫んだ。キッチンで棚から料理本を引っ張り出して奥を覗いていたケイレブのところへ走っていった。「見つけました。これは偶然じゃないですよ！」

ケイレブはパンフレットを見つめた。「ああ、偶然じゃないな。これだ」ケイレブはじっくりと眺めてみた。縁が黄ばんでおり、もう長いあいだ寝室の本のあいだにはさまれていたのは間違いない。表には踊るような赤い文字で〈シーガルズ・クリフ〉と書いてある。その下にある名前を読んで、ケイレブの頭のなかで警告灯が点滅し始めた。「ジョゼフ・マイドーズ」

「以前ソーンダースが修理工場に受け取りに行った車の所有者の名前だ。ちくしょう、マイドーズを放っておいてはいけなかったんだ。捜査員が訪ねたとき、彼は留守だったが……」ケイレブはそこから先は言わなかった。あのときソーンダースを容疑者リストから外したために、マイドーズのこともそれ以上は調べなかったのだ。

間違った道だ、と当時ケイレブは考えたのだった。どこにもたどり着かない道だと。だがあのとき、自分たちは真相のすぐ近くまで迫っていたのだ。

パンフレットをめくってみると、海岸沿いの景色を描いた美しい絵があった。その下には「英国の海沿いの道」とあり、さらに一軒の家の絵と、そこで買えるもののリストがある。さまざまな飲み物、サラダ、フィッシュ・アンド・チップス、バーガー。

裏面には海岸とその周辺の地図の絵があった。おそらくノーサンバーランドだろう。そこにはとある町が記されていた――アルンウィック。〈シーガルズ・クリフ〉はそこから少し南にあるようだ。

「酒場ですね」ロバートは興奮を抑えて言った。

「どちらかといえば、海岸沿いのハイキングコース上にある一種の休憩所だろう」ケイレブは言った。「だがこの紙きれは大昔のものだ。まだ営業しているだろうか?」

「いずれにせよマイドーズが所有者のようですね。少なくとも経営者ではあった」

「おそらく、いまはもう違うだろう」ケイレブは言った。「いまはここスカボローに住んでいるんだから。この場所からは遠すぎる」それから考え込んだ。「これからノーサンバーランドの警察に連絡を取る。すぐにここへ人を送ってもらわねば」

「ここになにがあると言うつもりですか?」

「マンディ・アラードはここにいるのかもしれない。ケイト・リンヴィルも。ブレンダン・ソーンダースも。ジョゼフ・マイドーズも。誰かが人質に取られている可能性がある。武装部隊が必要だ」

「サー……まったく違ってるかもしれないんですよ。それはわかっておられるんですよね」

「ああ。だが、こうなったらもうなにひとつ危険を冒したくない。特にケイトが危険な目に遭うかもしれないとなったら」

「わかります。でも……」

「我々はこれからあらためてマイドーズの家に行く。今度はなかに入るぞ」

ロバートはため息をついた。どうやら上司は、これから数時間のあいだに、場合によっては二度目の不法侵入を試みるつもりのようだ。

10

マンディはもはや呼びかけに応えられる状態ではなかった。熱で全身が燃えるようで、ケイトが辛抱強く何度もかけ直してやる毛布も、そのたびにはねのけてしまう。目は閉じたままで、ときどきなにかよくわからないことをつぶやく。ケイトはマンディの助けになりそうなものをなにひとつ持っていなかった。水がないのはもちろん、包帯も消毒液もない。この少女はもう限界を超えている。すぐに助けが来なければ、生き延びられないだろう。

とうに夜になっていたが、ケイトの目は暗闇に慣れて、周りのものをぼんやりと認識することができた。先ほど、脱出の可能性がないかと、この家をもう一度徹底的に捜索したところだった。とはいえ成功の見込みは薄いと予感してはいた。なにしろマンディがすでに何時間もかけて同じことをしたのだ。それも、ケイトが探したときより家のなかはずっと明るかったはずだ。だからマンディがなにも発見できなかったのなら、おそらくここにはなにもない。ただケイトは、なにもせずにぼんやり座り込んでいることに耐えられなかった。待つことに意味があるかどうかもわからないまま、ただ待ち続けることに。

結局ケイトは再びマンディの隣に座って、彼女の体をまたしても毛布でくるみ、自分は両腕をきつく体に回して壁にもたれた。暖かいコートとブーツを身につけていたのは幸運だったが、それでもまるで自分が巨大な氷の塊になったような気分だった。空腹と喉の渇きは、いまはまだそれほどでもなかったが、もちろんそのうち問題になるだろう。ここを脱出して自由になるための助けになりそうなものは、なにひとつ見つからなかった。リンダの仕事は完璧だったというわけだ。

リンダ・キャスウェル。彼女は被害者ではなかった。加害者だったのだ。家族を捨てたあとどこに行ったのかはわからないが、いずれにせよ戻ってきていたのだ。いったいどうやって誰にも正体を見破られずに英国で暮らしてこられたのだろう？　どこかに住民登録なりなんなりしているはずだ。そして、ハナが行方不明になったあと、警察は捜査の一環として母親に連絡を取ろうと試みたはずだ。けれどリンダは見つからなかった。それがケイトには謎だった。リンダがこの孤立した家に隠れて暮らしていた様子はない。そもそも水も電気もなしで何年も暮らすことなど、まず不可能だろう。それに金もいる。なんらかの収入源が必要だ。リンダは大きな車に乗っていた。もちろんどこかで不法就労しているのかもしれない。家政婦や掃除婦として。だがそれでは、住む部屋を借りて住民登録することはできない。考えられるのは、リンダに不法就労先を世話した人間が、彼女を住民登録なしで自分の所有する不動産に住まわせているという可能性だ。その人間がリンダにあの大きな高級車を貸したのだろうか？

それともリンダはブレンダン・ソーンダースの家に住んでいるのだろうか？　ソーンダースとリンダには、遠縁であること以外にもなんらかの奇妙なつながりがあるようだ。

リンダはハナを誘拐した。ケイトはそう確信していた。もしかしたら、ことの始まりは、我が子を取り戻したいという誰にでも理解できる母親らしい望みだったのかもしれない。養育権を得るために裁判で闘っても、精神科クリニックに長いあいだ入院していた事実のせいで勝ち目はないと考えたのだろうか。リンダはハナのことを見張っていたに違いない。何日も、何週間も。そしてあの十一月の雨の晩、スカボロー駅の前で行動に出た。ハナはおそらく母親のことをぼんやりとしか記憶していなかっただろう。とはいえ、写真を見て顔は知っていたのではないか。だからなんのためらいもなく車に乗ったのだ。驚き、混乱はしただろうが、悪い予感など抱きようがなかった。もしかしたら、あれほど気難しく人嫌いの父親と暮らしているからこそ、母親に会いたいと焦《こ》がれていたかもしれない。ハナはきっと喜んだに違いない。無邪気に。

ところが、ハナはここに連れてこられた。そしてそのうち、母は自分を家に帰すつもりはないと気づいた。父のライアンとの関係がどれほど悪かったにせよ、父親は父親だ。父の家がハナにとっての我が家だ。ハナはごく普通の少女だった。友達がいて、日常生活があった。もとの生活に戻りたかった。それなのに、囚われの身になってしまった。さらに、そのうち母が精神を病んでいることも感じ取るようになったのではないか。どれほど絶望したことだろう。どれほど途方に暮れたことだろう。悩み、おののき、恐怖を感じたことだろう。ケイトは暗い空っぽの部屋を見回してみた。壁に沁み込んだ少女の苦しみを呼吸しているような気がした。

それからどうなったのだろう?

ハナはその後、見つかっていない。だがケイトは、ハナはすでに死んでいるだろうと思った。おそらくサスキア・モリス同様に飢えと渇きで死んだのだろうと。リンダはそのうちこの家を訪ねてこなくなったのだ。水も食料も運ばず、ハナがひとりぼっちで苦しみながら死ぬのを放置した。ハナがリンダのゲームに参加しなかったから? もはやリンダが夢見た娘ではなかったから?

ケイトは、チェンバーフィールドのクリニックの医師たちの話を思い出した。彼らは守秘義務のために、リンダの病については詳しいことを語らなかった。双極性障害だと言っていた。だが、もしかしたらもっと重症だったのではないか。リンダは病的な執着で、自分のものだと言える人間を求めていたのでは。鬱期には途方に暮れるあまり。そして躁期には攻撃的に。ライアンとの恋愛関係でも、当初はリンダのほうがずっと積極的だったのかもしれない。もちろんライアンも女性との関係を求めていたことは間違いないだろう。だがそれはごく一般的な欲求だ。孤独な人間が伴侶を求めていただけのことだ。

リンダがハナに背を向けて、彼女が死ぬのを放置したのは、ハナの涙や、家に帰してほしいという懇願に、もはや耐えられなくなったからに違いない。リンダのことを愛し、リンダとともに人生を歩むことをハナが拒否したせいで、リンダは激しく侮辱されたと感じ、傷つき、不満を溜めたのだろう。そしてリンダは間違いなく自分の不満をうまく処理できない人間だ。

それでもリンダは味を占めてしまった。娘が欲しかった。自分は娘を持って当然だとも思った。なにしろ、実際に女の子を産んだのは事実なのだから、母親になり、娘と暮らす権利があると考えた。そしてサスキア・モリスをさらった。ところがまたしても失敗で、ハナのときと同じ葛藤が繰り返された。当然サスキアは家に帰りたがっただろうし、ハナと同じように必死に懇願しただろう。リンダを母親として受け入れようとはしなかった。そのせいでサスキアは自身に死刑宣告を下してしまったのだ。リンダは再び背を向けた。情け容赦なく。

ケイトは、隣で重い息をしながら眠っているマンディを見下ろした。マンディ・アラードを誘拐することで、リンダはこれまでの型を破った。ハナは過保護に育った内気な少女だった。サスキアも同じだ。リンダはきっと、それこそが問題だと考えたのだろう。だからマンディ・アラードを試してみた。過保護とはほど遠い育ちの少女を。家出して、ふらふらさまよい歩く少女。家には戻らないと固く決意している。だがもちろん、マンディでもうまくは行かなかった。なぜなら、まさにマンディのような少女こそ、監禁されて黙ったままでなどいないからだ。

夢の娘に変身することなどあり得ない。

リンダはこれからも続けるだろう。ケイトはそう確信した。リンダは典型的な連続犯だ。社会病質者で、本物の人間関係を築くことができないが、まさにそれゆえに人と関係を築いてみせるとますます強く決意を固める。リンダの目を見たとき、ケイトはそこにあった表情に気づいた――いや、より正確に言えば、表情の欠如に。これまでにも、ああいう人間を追い、捕まえてきた。感情のない生き物たち。他人の身になって考える能力、自分と自分の感情以外のものに目を向ける能力がまったくない人たち。話してわかる相手ではない。リンダ・キャスウェルと話し合い、彼女を説得することなど、決してできない。けれどももちろん、法律では彼女のような人間を閉じ込めておくことは許されない。ことの重大さを世間が理解するのは、事件が起きてからだ。今回の場合は、ふたりの少女の死だった。そしてマンディとケイトも、奇跡が起きなければこのまま死ぬだろう。

きっと誰かが探してくれる。勇気を奮い起こすために、ケイトは自分に言い聞かせた。デイヴィッドはきっといま頃、私が彼の家に行かなかったことで大騒ぎしているはずだ。デイヴィッドは私の家に向かうだろう。そして誰もいないことに気づくだろう。なにかがおかしいと、きっとわかってくれるはずだ。

それから、どうなる?

先ほどの音声メッセージは、デイヴィッドに届いたかもしれない。とにかく誰かのところには届いているはずだ。このあたり一帯が電波の届かない場所でなければ。もしそうなら、メッセージはどこかを漂ったまま、誰にも届かないままだろう。そもそも、どちらにしても理解不能のメッセージだったかもしれない。聞き取れるかどうかも怪しいが、たとえ聞き取れても理解してもらえるだろうか。

ケイトは両手で頭を抱えて、床を見つめた。うめき声が出そうになるのをこらえた。絶望的な状況だ。一分たつごとに、それがどんどん明らかになってくる。リンダとブレンダンがケイトたちをすぐには殺さず、自然の成りゆきに任せたという事実に、当初は希望を覚えた。自力であろうが他力であろうが、とにかく脱出する可能性が残されたからだ。だが徐々に、そんな可能性などないことがわかってきた。こんな場所をそもそも誰が見つけてくれるだろう？

そのとき、なにかの音が聞こえてきて、ケイトは顔を上げた。外からの音だ。風の強い夜だし、ときどきカモメの鳴き声もするが、それを除けばあたりは静かだった。そこにははっきりと聞こえる……車の音が。車が近づいてくる。

ケイトは跳び上がった。ここに偶然やって来る車などない。こんな夜遅くならなおさらだ。デイヴィッドだ、と、一瞬思った。メッセージを受け取ったデイヴィッドが、意味を理解して、奇跡のようにこの孤立した家を見つけてくれたのだと。デイヴィッド——私の英雄、私の騎士。だがそれから、そのエンジン音を認識した。耳になじんだかすかなガタつき。やって来るのはケイトの車だ。

ということは、犯人たちが引き返してきたのだ。

奴らは戻ってきたのだ。

ケイレブはノーサンバーランドの警察官たちに〈シーガルズ・クリフ〉の場所を説明しようとした。パンフレットに描かれた地図をたったひとつの頼りとして。電話の向こうの刑事は、あまり嬉しそうではなかった。部下たちを連れて、真っ暗闇のなか人里離れた寂しい海岸へ向かい、〈シーガルズ・クリフ〉という名の家を探さねばならないこと、そこにどんなことでもしでかしかねない誘拐犯——ブレンダン・ソーンダース——が被害者たちとともに立てこもっている可能性があることを聞かされれば、無理もない。

「ロンドン警視庁の刑事がひとり、まず間違いなく命の危険にさらされています」相手のためらいを感じ取って、ケイレブは大げさに報告した。「彼女を救出するためにできる限りのことをするのは当然です！」

「その〈シーガルズ・クリフ〉というのがどこにあるのか、さっぱりわかりませんね」電話の相手の声は苛立っていた。「周りの人間に訊いてみますよ。誰かが知っているかもしれませんから。海岸沿いのハイキングコース近くにある一種の休憩所なんですね？」

それは先ほどもう言った。「そうです。どうか急いでください！」そう言って電話を切った。

ロバート・スチュワートがすでにジョゼフ・マイドーズの住所を署から手に入れていた。

「すぐに向かうぞ」ケイレブは言った。「家にいてくれるといいが。そうすれば例の休憩所の正確な場所を聞けるからな」

「マイドーズが協力してくれればの話ですけどね」ロバートが懸念を表明した。

「するさ」ケイレブは苦々しい思いで言った。

ジョゼフ・マイドーズはノース・ベイに建つ美しい一軒家に住んでいた。皮肉なことに、ゴールズビー家の住まいからそれほど遠くない場所だ。ケイレブとロバートがマイドーズ邸を訪ねるのは初めてだったが、捜査員たちは以前マイドーズから話を聞こうと訪ねていき、手ぶらで帰ってきたことがあった。いま、家には明かりが灯っておらず、呼び鈴を押しても誰も出てこない。ガレージ脇の小さな窓から、ケイレブはなかを覗いてみた。空っぽだ。

「留守みたいですね、サー」ロバート・スチュワートがそわそわと言った。

ケイレブは隣の家に行って、呼び鈴を押した。憔悴した顔の若い男がドアを開けた。背後から子供のわめき声が聞こえてくる。

「はい？」

ケイレブは警察証を見せた。「スカボロー警察犯罪捜査課のケイレブ・ヘイル警部です。必要があって、どうしてもミスター・マイドーズと話をしなければならないのですが。お隣の」

若い男はケイレブをまじまじと見つめた。「ミスター・マイドーズと？」

「そうです。お宅の隣に住んでいるんですよね？」

「ええ、まあ。でも警部さん、ミスター・マイドーズと話すのはまず無理ですよ。あの人はもうずっと前から……ひどい認知症だから。たぶんもう自分の名前もわからないんじゃないかな。

僕に言わせれば、完全介護が必要な状態ですね」

「それなのにまだ自宅で暮らしているんですか？」

「奥さんが介護してるんです」

「でもいまはお留守のようです。奥さんはご主人を夜に一人きりにして外出して、大丈夫なんですか？」

男がため息をついた。「僕にもよくわかりませんよ。奥さんはしょっちゅう外出するんです。かわいそうなミスター・マイドーズをどうしてるんだろうって思いますね。薬を飲ませて落ち着かせておくんですかね？　でも、もしかしたら旦那さんはもうとっくに自力では動けないのかもしれませんけどね。よくわかりません。でもやっぱり、あんな状態の人間を何時間もひとりにしておくべきではないですよ」

「奥さんとおつき合いはありますか？」

「ほとんどありません。すごく変な人なんです。道で会っても、たいていは挨拶もしないんですよ。ミスター・マイドーズよりずっと若い人です。あの夫婦は五年前にうちの隣に引っ越してきたんですけど、そのときにもう旦那さんのほうはかなり物忘れがひどくて、わけがわからないことを言ったりしてました。うちのカミさんが一度あのふたりを食事によぼうとしたんですけど、理由もなにもないそっけない断わりの返事を書いたカードがうちの郵便受けに放り込まれたんですよ。それでうちももうつき合いはやめたんです。あの若い奥さんが近所づき合いを求めてないのは明らかでしたからね」

「最後にミスター・マイドーズを見たのはいつですか？」

男は考え込んだ。「半年くらい前かな。そうだ、夏でした。奥さんが旦那さんを連れて散歩してました。通りを行ったり来たり。旦那さんのほうは、目に映る景色やなんかをわかっているようには見えませんでしたけどね。そのあとにもふたりで散歩したことがあるのかは知りません。少なくとも僕は見てませんね」

「ミスター・マイドーズが以前ハイキング客用の休憩所のようなところを経営していたかどうか、ご存じありませんか？　ノーサンバーランドで」

「それは知りません。でもあの夫婦は確かにノーサンバーランドから来たんですよ。カミさんが最初の頃訊いたら、奥さんがそう答えたんです。ノーサンバーランドで暮らしてたって。でもそれ以上はなにも言ってませんでした」

当たりだ、とケイレブは思った。間違いなく我々は正しい手がかりを追っている。

「マイドーズさんの家の鍵をお持ちじゃないですか？」ケイレブは訊いてみた。

男は申し訳なさそうに首を振った。「いいえ。だいたい、あの夫婦が誰かに鍵を預けたとは思えませんね。他人に干渉されたくない人たちですから」

「わかりました。どうもありがとうございました」ケイレブはきびすを返した。男はドアを閉めた。幸いなことに、男はこれからどうなるのだろうと知りたがるほど好奇心旺盛ではないようだった。

「家に入るぞ」ケイレブはロバートに言った。そして暗く静まり返った家の正面壁を見上げた。

「なんとしても」

「無理ですよ、サー。それに、入ってもたぶんなんにも得られませんって。たとえジョゼフ・マイドーズが家にいたとしても、認知症なんですから。いまそう聞いたじゃないですか。〈シーガルズ・クリフ〉に行く道を教えてくれたりはしませんよ。そんな場所が存在することすら憶えてないいんじゃないですか」

「そうかもしれない。でも……」ケイレブは首を振った。「どうしても、なかに入らなくてはならない気がする。緊急に」

「でも無理ですって」

ケイレブはもうロバートの言葉に耳を貸さず、庭に踏み込むと、家の周りをぐるりと一周した。ロバートは小声で悪態をつきながらあとに続いた。

テラスの先にガラス張りのドアがあった。しっかり鍵がかかっているようには見えない。ケイレブは上着を脱ぐと、右手に巻き付けて、桟で仕切られたガラスの一部に叩きつけた。そして割れ目から手を入れて、内側から鍵を回し、ドアを開けた。

「やばいですよ」ロバートは言ったが、それでも上司に続いて暗い家のなかに足を踏み入れた。

ケイレブは明かりをつけた。どうやらダイニングルームのようだ。長いテーブル、椅子、暗い色の木でできた重厚な戸棚。家具はどれも重くてかさばる不格好なものばかりだ。その部屋は日常的に使われているようには見えなかった。ふたりはそこから廊下に出た。ひどく散らかっている。無数の靴が壁に沿って並び、何脚もの椅子の上にジャケットやコートや帽子やマフラーが山積みになっている。コート掛けがないため、すべてを椅子の上に置いているようだった。

「居心地のよさそうな家ではないですね」スチュワートが言った。

「二階に行くぞ」ケイレブは言った。「たぶん上が寝室で、ジョゼフ・マイドーズがいるんだろう」

だが、マイドーズの姿はなかった。二階には寝室が三つあったが、ひとつは空っぽで、家具も置かれていなかった。残りふたつの寝室にはベッドがあったが、使われているのはひとつだけのようで、シーツが敷かれ、掛布団が乱れていた。その部屋にはいたるところに衣類が散乱していた。明らかに女性ものだ。もうひとつの部屋のベッドにはマットレスが置かれているだけで、枕も掛布団もなかった。ケイレブは戸棚を開けてみた。「男物の服がある。ミスター・マイドーズのものだろうな。でも本人はどこだ？　ここで寝ているようには見えない」

「奥さんがやっぱり介護施設に入れたのかもしれませんよ」ロバートが言った。「どうもそういうことを隣人に話すようなタイプではなさそうですし。でもそうだとしたら、マイドーズ氏の姿を最近誰も見ていないことや、どうして奥さんが家にずっといなくてもいいのかの説明になります」

「なるほど」ケイレブは言った。「だが、それならなぜマイドーズ氏の衣類がまだここにあるんだ？　下着もセーターもズボンも」

「施設ではずっとパジャマだからじゃ？」ロバートが推測した。「それに、ここにあるのがマイドーズ氏の衣類の全部かどうかだってわかりませんよ」

ケイレブは眉をひそめた。「この家に地下室はあるか？　あるなら下りてみたい」

「サー、我々は本当ならここにいちゃいけないんですよ」

だがケイレブはすでに一階に戻りかけていた。ロバートは再び悪態をついた。今回はもう声を潜めるだけの遠慮もなく。

散らかった廊下にあるドアは、それぞれキッチン、リビング、ダイニングに続いていた。最後のひとつのドアを開けると、寒くて暗い空間だった。電灯のスイッチを入れると、天井からぶらさがった電球が灯って、石造りの階段を照らした。地下に続いている。かびのにおいが一階まで立ち上ってくる。そこに混じるのは、かびよりもっと強烈ななにかのにおい……。

「なんか……変なにおいですね」ロバート・スチュワートが言った。「なんていうか……腐ったような……」

こういった地下室には当然ネズミの死骸があってもおかしくない、とケイレブは思った。それでも、先ほどからずっと胸にのしかかるよくない予感がどんどん膨らんでくる。とにかく下りていって、様子を見なければ。

ふたりは急な階段を下りていった。下りるにしたがってにおいはどんどんきつくなる。ケイレブとロバートはもはや言葉を交わさなかった。ふたりとも極度に緊張していた。

ドアが開いたままだったふたつの部屋を覗いて、明かりをつけてみた。片方の部屋には洗濯機と乾燥機、それに洗濯物でいっぱいの洗濯籠があった。もうひとつの部屋の壁沿いには木の棚があって、そこにいくつものコーンフレークの箱、缶詰、さまざまな果実ジュースの瓶が並んでいた。これがマイドーズ家の食料貯蔵庫なら、夫婦の食生活は充実しているとは言い難い。

地下にはもうひとつドアの閉まった部屋があった。悪臭はいまでは耐え難いほどだ。ドアは施錠されていたが、鍵は鍵穴に挿し込まれたままだった。ケイレブは鍵を回して、ドアを開けた。襲いかかってきた腐臭に、ふたりとも思わずふらついた。

「うわあ」スチュワートは嘔吐しそうになり、反射的に手で口と鼻を押さえた。ケイレブは明かりをつけた。

そこは地下のほかの部屋同様に窓のない空間で、壁はむき出しの石材だった。床も石、壁も石、天井も石。地下牢そのものだ。

中央にベッドが一台。そしてそこに人間の体が横たわっていた。慎重に近づいたケイレブとロバートは、おざなりに毛布で包まれたその体の腐敗がかなり進んでいることを認めた。それに、この体の持ち主の腕と脚が——または腕と脚の残骸が——ベッドに紐で縛り付けられていることも。

ケイレブはロバートのほうを向いた。息が浅くなっていた。

「たぶん」と、ケイレブは言った。「これがミスター・マイドーズだ」

「手伝って」到着して、車を降りると、私はブレンダンに言う。ブレンダンは大きく目を見開く。

「なにをするつもりだよ?」ブレンダンが訊く。怖いのだ。彼の恐怖のにおいが嗅げるほどだ。きっと、いつもどおり自然に片が付くと気楽に考えていたのだろう。だがときにはそうはいかないこともある。たとえばスコットランド・ヤードの刑事を誘拐被害者の監禁場所に連れてくるほど愚かな真似をしたときには。

「納屋にまだガソリンのタンクがあるから」私は言った。「持ってきて。それから、棒か斧かなにかがないか探して。片方の窓か、できれば両方の窓を割って、家のなかにガソリンをまいて、火をつける」

ブレンダンは驚愕の表情になった。「あのふたりを閉じ込めたままで?」

「ああ、もちろんあのふたりは事前に解放するのよね!」私は皮肉な言葉を怒鳴る。どこまで愚かなのだろう?

「あのね、あのふたりを事前に外に出すんなら、火をつける意味がどこにある?」

すべてはブレンダンの度量を超えているようだった。けれど彼はこれまで一度も本気で私に逆らったことがない。従順にすべてを私の都合に合わせ、なんでも私の言うとおりにすれば、いつの日か私が彼の愛に応えると思っているのだ。けれど私は、自分に従順なだけの人間を愛したことなど一度もない。好感を持ったことさえない。そういう人間のことを利用はするが、軽蔑している。ブレンダンだって馬鹿ではない。私の軽蔑の念をきっと感じ取っているだろう。それでも自分の行動を変えることができないのだ。あまりに激しく恋焦がれ、私と永遠に続く本物の恋愛関係を築きたいという憧れにがんじがらめになっているから。そのためなら、この男はなんでもするだろう。実際すでにかなりのことをしてきた。

ブレンダンは家の裏手にある納屋に向かう。携帯電話の懐中電灯機能を使って。彼が納屋のなかをごそごそ探し回り、なにかにつまずく音が聞こえる。納屋のなかはひどい散らかりようだ。何年にもわたって、どこへ置くべきかわからないものはすべてあの納屋に放り込んできたけれど、予備のガソリンがあそこに置いてあることはわかっている。もとはジョゼフのヨットのエンジン用だった。けれどそのうちジョゼフはもうヨットを操縦しなくなり、必要なくなった。操縦の仕方を忘れたからだ。

ブレンダンはタンクをふたつ持って戻ってくる。私の足元にタンクを置くと、きびすを返して、再び納屋のなかに消える。今度はバールかなにかを探しているのだ。私はコートのポケットから煙草とライターを取り出す。緊張をほぐすために一服しようと思うが、諦めざるを得ない。なにしろ唇が引きつっていて、煙草を吸えばまた出血が始まるのではないかと怖いからだ。

暗く静かな家のほうにもう一度目を向ける。なかからはなんの音も聞こえない。マンディはもう意識を失っているのかもしれない。だが賭けてもいい、あのケイト・リンヴィルという刑事は意識を研ぎ澄ましているだろう。エンジンの音を聞いて、自分の車だとわかっているはずだ。あの女は私たちが戻ってきたことを知っている。そして、私たちが来たのは彼女を解放するためでも、楽しくおしゃべりするためでもないのを理解している。これから真剣勝負が始まることを、あの女は理解している。おそらく私たちがいつ家に入ってきてもいいように、準備を整えているだろう。スコットランド・ヤードの刑事というのは、ピストルを携帯しているのだろうか？　私もブレンダンも彼女の身体検査はしなかった。とはいえ、おそらくピストルは持っていないだろう。持っているなら、先ほどもう使っていたはずだ。あんなふうに私たちの言いなりになるのではなく。あのリンヴィルという刑事は女としては地味でつまらない存在だし、自尊心の欠如に苦しんでいるかもしれない。けれど、自分で考えているよりもずっと賢く、闘うための根性もあるはずだ。私は他人のそういう能力を感じ取ることができる。もし可能だったなら、リンヴィルは反撃したはずだ。

だが、いま私たちが家のなかに入れば、彼女は反撃に出るだろう。しかし、私はそんな危険を冒して彼女を喜ばせてやるつもりはない。家の外からすべてを済ませる。

ブレンダンが手に鉄の棒を持って戻ってくる。そう、いつもどおり、この男は使える。

私はブレンダンの手から棒を取り上げる。「私が窓を割る。あんたはどこかに布切れがないか探してきて。ガソリンを窓から注いだら、布にもガソリンを染み込ませて、火をつけて、家のなかに投げ入れる」最後の行為はブレンダンに任せるつもりだ。私自身が突然火だるまになる危険は冒したくない。

「リンダ……」ブレンダンがなだめるような口調で言う。

「私の言うとおりにしなさい」私はそっけなくそう答えて、まずはキッチンの窓を割るために、家の横手にまわる。窓には格子がはまっているので、なかに閉じ込められたあのふたりに逃げられる心配はない。彼らは罠にかかった獣も同然だ。

窓ガラスはとても分厚く、何度も棒を叩きつけねばならない。使えるのは怪我をしていない片方の手だけだ。二度、間違えて格子を叩いてしまう。ようやくけたたましい音を立てて窓が割れる。あまりに音が大きいせいで、ふと不安になる。この音はずっと遠くまで聞こえたに違いない。けれどこのあたりにはどこまで行っても誰もいないと思い出す。

「大丈夫」私はつぶやく。「大丈夫」

ブレンダンが背後に現われる。タンクひとつと布切れを持っている。そのとき、家のなかでなにかが動くのが見える。人影が見える。ケイト・リンヴィルに違いない。リンヴィルの足の下でガラス片がジャリジャリ音を立てる。床一面にガラスの破片が散らばっている。私はタンクをつかんで、蓋を開け、勢いをつけてガソリンを家のなかにぶちまける。リンヴィルが一歩飛びのく。遅くともこの時点で、私がなにをするつもりか悟ったに違いない。

リンヴィルは片手を上げ、「これが見える？」と訊く。

もちろん見えるはずがない。真っ暗なのだ。「なに？」

リンヴィルはなにかをぶらぶらと振って見せる。そして「自分の車をどうやってここから動かすつもり?」と訊く。

私は硬直する。

そうだ、車。ちくしょう。

車は家から少し離れた安全なところに停めてある。鍵がかかっていて、ハンドブレーキも引いてある。おまけにこの荒地……車を崖の縁まで押していって、海に落とすことはできないだろう。それに、たとえ崖の縁から落とせたとしても、海ではなく、下の道に落ちるだけだ。携帯と違って、車を大きく振りかぶることはできない。車から警察はすぐにジョゼフにたどり着く。そして私に。

「キーをよこせ」私は言う。だがもちろんリンヴィルは馬鹿ではない。おとなしく渡すはずがない。

「私はロンドン警視庁の刑事です」リンヴィルが言う。「バッグのなかに私の警察証があります。捜査チームの同僚たちは、私の捜査のことをよく知っています。もうすぐここに到着しますよ」

「おまえが誰かはわかってる」私は答える。頭のなかでめまぐるしく考える。同僚たちが到着するという話は本当かもしれないが、はったりかもしれない。だが彼女が本当のことを言っている可能性は大だ。それに本や映画で見る限り、警察官というのは捜査責任者と話し合わずには一歩も動かないものだ。または、動いてもすぐに責任者に知らせるものだ。

「もし私とマンディをここで殺せば」リンヴィルが言う。「あなたはさらに二件の殺人罪に問われます。間違いなく量刑に影響がありますよ」

ナンバープレートを外したらどうか、と私は考える。だがすぐに、そんなことをしても無駄だと気づく。車両識別番号を取り除くことはできない。どこにあるのかはわからないが、たとえその番号が刻印された場所に――たとえば窓を割るなどして――たどり着けたとしても、それを判別不能にするには何時間もかかるだろう。おそらくそんな時間は我々にはない。

スカボローに戻ってスペアキーを取ってくるという手もあるが、実を言うとスペアキーがどこにあるのかわからない……行くのに三時間近く、そしてここに戻るのにまた三時間、少なくとも六時間は必要だ。しかもスペアキーを探す時間は別だ。

「すぐにキーをよこせ」私はもう一度言う。

リンヴィルは返事さえしない。

車を燃やすこともできるが、そんなことをしてなんの役に立つだろう？　燃えた車の残骸なら見たことがある。写真やテレビで。金属やブリキは驚くほど大量に残る。そうなると、車両識別番号も残るのでは。

怒りのあまり大声で泣きだしそうになる。あの車はクソいまいましい障害だ。もちろんこの家だって、たどっていけばジョゼフにつながる。でももう何年も使われておらず、誰も住んでおらず、誰でも入り込んで、なんにでも使うことができた。けれど車は……。

車はジョゼフの名前で登録されている。隣人たちは私のことを知っている。彼らは私をジョゼフの妻のミセス・マイドーズだと思っていて、リンダ・キャスウェルのことはなにも知らない。もちろん私はジョゼフと結婚してなどいない。そもそもライアンと離婚してもいないのに、どうやって結婚できるというのだ。

とにかく、もう家に帰ることはできない。ジョゼフのお金にも手をつけられない。ブレンダンも用心のために逃げることになるだろう。リンヴィルは彼の名前を知っている。もう同僚たちに伝えてあるかもしれない。私たちふたりとも、この国を出なければ。私は身分証明書を持っていないというのに。

この刑事を殺して、その車で逃げることになるのか。

あまりにもめまぐるしくあれこれ考えたせいで、めまいがしてくる。しかも、どちらの方向になにを考えても、行き着く先は常に破滅だ。

少し後退して、離れたところで待っていたブレンダンの隣に並ぶ。

「しかたない」私は彼に言う。「いますぐ家に入って、あの女からキーを取り上げてきて。私の車をここからどかさないと」

ブレンダンは呆然と私を見つめる。「なんだって？　あの女、武器を持ってるかもしれないじゃないか！」

「まさか。ピストルを持ってるならもうとっくに使ってる。だから持ってない」

「でもあのガラス瓶……」

臆病者め。「あのガラス瓶でマンディが襲撃に成功したのは、私を驚かせたから。私は心の準備ができてなかった。でもいまのあんたは違う。女をひとり組み伏せて車のキーを取り上げるくらい、できるはず！」

「ふたりだよ」

「マンディはもう死にかけてる。相手にするのはあの小柄で痩せたケイト・リンヴィルひとり。それでも怖いの？」

　ブレンダンの心は揺れているようだった。いまいましいことに、私たちには時間がない。自分の肩までの身長しかない、体重はおそらく半分の女と闘うための勇気をなんとか奮い起こしてもらうために、説得に一時間かけるわけにはいかない。

「私が行く」

「でも、そんな怪我をしてるのに」ブレンダンが言う。引きつって痛む唇を自由に動かすことさえできたなら、私は大声で笑っていただろう。怪我をしてるのに？　ああ、そのとおり。でも私たちふたりのうち、どちらかが家のなかに入らなければならないのだ。そしてブレンダンは入ろうとしないではないか。

ふたりのうち少なくとも一方は家に入ってくるだろうと、ケイトにはわかっていた。警察に犯人の直接の手がかりを与えたくなければ、車のキーが必要だからだ。リンダ・キャスウェルは簡単に諦める女ではない。キーを取り戻そうとするだろう。この絶体絶命の状況からなんとか無事に抜け出すチャンスがあるとすれば、このキーしかない。

玄関ドアの鍵が回る音がした。そして用心深い足音。

ケイトはかつてキッチンだった部屋に身動きもせずに立っていた。入ってきたのはひとりだけのようだ。軽い足音は、大柄なブレンダン・ソーンダースには似つかわしくない。家に入ってきたのはリンダだ。どちらがよかったのかは、よくわからなかった。ブレンダンのほうが体が大きいし、逞しい。だがリンダほどの勇気はないし、ためらいなく暴力を振るうこともないだろう。リンダは小柄で華奢かもしれないが、どんなことでもする決意を固めている。

足音が止まった。おそらく手前の部屋を懐中電灯の光を使って探索しているのだろう。マンディが部屋の隅に横たわっていること、どこかで待ち構えてはいないことを確認しているのだ。

実際、マンディは毛布の下にいた。頭が出ていて、髪が床に広がっている。ほとんど死んだも同然に見える。ケイトにもそれはよくわかっていた。残念なことに、マンディは本当に死にかけている。リンダにとって危険な存在ではない。

再び足音。近づいてくる。非常にゆっくりと。

「ケイト・リンヴィル?」リンダの声だ。

ケイトは答えない。

「たぶんキッチンにいるんでしょう」リンダが言う。「いまからそっちに行く。キーをよこせ」

ケイトはまだ答えない。

廊下に光が見えた。床を、壁を、天井をかすめる光。リンダは獲物に近づくトラのように張り詰め、用心深く歩いてくる。いたるところに命を脅かす危険が待ち受けていると知っているトラだ。

光がドアのすぐ前に来た。と思うと、人影が現われた。リンダ・キャスウェルだ。

怪我をしていないほうの手に持った携帯電話の光が、その顔をわずかに照らしていた。高く突き出た頬骨は、光と影を受けて、さらにぎすぎすして見える。目もずっと大きく見える。こめかみから口まで顔の半分を横切る血まみれの切り傷が、グロテスクな歪んだ印象を与える。それでもリンダはいまだに美しい女性だった。腫れた唇やいたるところにある乾いた血にもかかわらず、ケイトにはそれが見て取れた。リンダは保護を必要とする女ではない——自分自身からの保護を除けば。にもかかわらず、男の所有欲をそそるタイプだ。それをリンダ自身、うまく利用している。男たちは、か弱い女を守ってやっていると信じながら、実ははじめから操られ、利用されているというわけだ。

「キーを」リンダが言った。

ケイトは首を振った。「どうして渡さなきゃいけないわけ？」

「いずれにしても手に入れるから。ブレンダンと私とで。だけどそうなったら、おまえは痛い目を見る」

「ブレンダンの姿は見えないようだけど」

「私が呼べばすぐに来る」

「リンダ、ブレンダンは来ない。あなたたちふたりにとって事態は悪くなる一方だって、いま頃理解し始めてる。彼はもうずっと前から、一連の事件に頭を抱えていたの。だからチェンバーフィールドに行って、あなたの病気のことを尋ねたの。そのこと知ってた？」

リンダの目に驚きの光が見える。知らなかったのだ。

「まさか」リンダが言った。

「本人に訊いてみればいい。私がブレンダンのことを知ったのも、そのおかげなんだから。クリニックで彼の名前を聞いたの。賭けてもいい、ブレンダンはね、あなたを止めるために役に立ちそうな情報を得ようとしたのよ。あなたの異常な行為を止めるために」

「私は異常じゃない」リンダが言った。口の端から一筋の血が流れ出して、顎をつたう。傷が開いたのだ。「それに、ブレンダンはなにも止めようとなんてしていない。止めたいのなら、おまえをここに連れてきたりはしなかった」

「パニックだったのよ。私が全部暴く寸前だと思って。でも私が見たところ、彼はここで起きたことに絶望的な思いでいる」

「ここで起きたことは、おまえには関係ない」

「あなたは自分の子を殺した。ハナを」

「私はあの子を殺していない」

「あなたはここで、ハナを飢えと渇きで苦しむにまかせて死なせた。それが異常な行為よ」

「あの子は私を受け入れなかった」

「ハナはこんな荒野の真っただ中に監禁されたくなかったの。それまでの生活から急に引き離されて。見知らぬ女性に愛情を抱けと強制されて。あなたの計画全体が狂気の沙汰なのよ、リンダ。他人に愛を強制することなんてできない。誰にもできない。自分自身にさえ、誰かを愛することを強制なんてできないっていうのに。あなたはとんでもなく歪《いびつ》な妄想を追いかけてるの。ブレンダンはとうにそれをわかってる。もっと人が死ぬことになる前に、やめさせたいと思ってる」

「キーを」リンダが言った。

「私が自分からこれを渡すことはない。欲しいなら無理やり奪うしかない」

リンダは一歩前に踏み出した。その目がどれほど病んでいるか、どれほど硬直し、どれほど空虚か、ケイトは認識した。ケイト自身は一歩後退した。足の下で窓ガラスの破片が音を立てた。先ほどリンダがまいたガソリンのにおいが部屋に充満している。

突然リンダが飛びかかってきて、ケイトに正面からつかみかかった。怪我をしていないほうの手の五本の指をケイトの顔に食い込ませ、同時にケイトの腹を膝蹴りした。ケイトは驚きと痛みに悲鳴をあげ、うずくまった。その隙を利用して、リンダが腕をケイトのうなじに叩きつけた。ケイトはうめき声とともに倒れた。リンダは即座にケイトの上に体を投げ出し、いまだにケイトが握りしめているキーに手を伸ばした。ケイトは一瞬、痛みに気を失いそうになったものの、車のキーは死んでも守り抜かねばならないとわかっていた。リンダがキーを手に入れれば、ケイトとマンディの運命は決まったも同然だ。リンダはふたりを生かしてはおかない。知りすぎたふたりを。それに、どうやらケイトの音声メッセージは誰にも届かなかったようだ。または、届いても意味不明だったのかもしれない。いずれにせよ助けが来る気配はない。少なくとも手遅れになる以前には。

リンダが攻撃の際に携帯電話を落としたため、小さな明かりが消えた。部屋のなかは真っ暗になった。

背中にガラスの破片が当たるのを感じた。床に溜まったガソリンに頭が浸かったせいで、においがより強烈に鼻を刺した。体の上で、リンダがあえぎながら、ケイトを失神させようと何度も顔を殴り、いたるところを蹴りつける。この女性にこれほどの力があるとは思っていなかった。さまざまな武術の技を習得してきたにもかかわらず、体勢を立て直すことができない。先ほど食らった腹への膝蹴りがあまりに強烈だったせいだ。吐き気がして、体全体が麻痺したかのようだった。最後に残った力を集中させて、ケイトは一心にキーを握りしめ続けた。それ以上のことは、なにひとつできなかった。

突然、リンダが叫んだ。

「ブレンダン！　ブレンダン！　手伝って！」

いまここにブレンダンが加われればおしまいだ。簡単にキーを奪われてしまう。ふたりの敵相手に勝ち目はない。ダメージを受けているいまはなおさらだ。

「ブレンダン！」リンダが再び叫んだ。

リンダの肩越しに、ドアに人影が現われるのが見えた。真っ暗なせいで輪郭しか見えない。ブレンダンだ。いつものようにおずおずとではあるが、リンダに反抗することはできず、言われるがままにやって来たのだ。ケイトは全身の力を振り絞って寝返りを打ち、リンダを自分の体の下に抑え込もうとしたが、うまく行かなかった。呼吸がうまくできないために、力が出ない。ガソリンのせいでもある。においはいまや気が遠くなるほど強烈だった。

負ける、とケイトは思った。もうおしまいだ。彼らの勝ちだ。

海辺のこの家で死ぬんだ。やっと人生が好転しかけたいま。

恐怖が襲ってきた。悲しみが。

そのとき、一本のマッチに火が灯るのが見えた。そのちっぽけな火に照らされて、ドアに立つ人の姿が見えた。ブレンダンではない。

そこにいたのはマンディだった。おずおず歩いてきたのではない。そう見えたのは、彼女がひどく衰弱しているからだ。

熱に浮かされ、立っていることさえままならないというのに、その体に残された最後の一滴の力を振り絞って、マンディは決然とそこにいた。

「やめて！」ケイトは怒鳴った。これほどの大声を出す力がどこから湧いてきたのかわからなかった。「火を消して！　早く火を消しなさい！」

リンダが頭をもたげて、振り返った。その一瞬を利用して、ケイトは最後の反撃に出た。勢いよく上半身を起こして、リンダの顔に拳を叩きつけた。リンダは悲鳴をあげて横ざまに倒れ、ガソリンまみれの床に転がった。

「火を消して！」ケイトは怒鳴った。

マッチなんてどこにあったんだろう？　あの子を止めなければ、全員がここで焼け死ぬことになる。

「いい加減にして、マンディ、火を消しなさい！」

マンディが床に膝をついた。衰弱のあまり風に吹かれる木の葉のように震えながらも、それでもなんとかマッチの火をガソリン溜まりに近づける。凄まじい火柱が上がり、キッチンと、床に倒れたまま動かないリンダの姿とを照らした。

「くたばれ、魔女！」マンディがかすれ声で囁いた。おそらくは大声で罵りたかったのだろうが、火をつける以上のことをする力はもう残っていないようだった。

ケイトはなんとか立ち上がり、胃の痛みを無視して、マンディの腕をつかんで立ち上がらせた。

「逃げて！」そう怒鳴って、マンディを廊下に押しやった。「早く外に！」

マンディは玄関ドアのほうへとよろめき去った。一方、リンダは立ち上がろうとしているものの、口と目にガソリンが入ったらしく、方向がわからずにふらついている。炎はすさまじい勢いで広がっていく。あとほんの数秒でリンダを飲み込んでしまうだろう。

ケイトは、いますぐ逃げたいという本能と懸命に闘った。私は警察官だ。たとえ犯罪者といえど、炎のなかに残して逃げるわけにはいかない。ひとっ跳びでリンダのもとに行き、手を貸して立ち上がらせようとした。「立って、リンダ、立って!」

リンダの顔は血まみれだった。なんとか体を起こし、震える足で立った。だが玄関ドアではなく、部屋の奥へと逃げようとする。ケイトはその腕をきつくつかんだが、リンダはいまだに驚くほど強く、決然としていた。

「早く来て、外に出ないと!」

「いや!」リンダは叫んだ。

「来なさい!」心を病んだこの女性の腕を放したくはなかった。けれど事態はどんどん切迫してくる。すぐに自分の命を救うこと以外は考えられなくなるだろう。

「いや!」リンダは必死でケイトの腕から逃れようとする。血まみれの顔、乱れた髪、見開いた目の彼女は、あまりに凄惨だった。もうおしまいだと悟って、残りの人生を刑務所か病院で過ごすよりは、炎のなかで死にたいと思っているのだろう。だがケイトは、なんとか少しだけリンダをドアのほうへと引っ張っていくことに成功した。肩越しに振り返って、少なくともマンディの姿はもうないことを確認する。きっと外に逃げることができたのだろう。外にいるブレンダン・ソーンダースがマンディにとって脅威になるとは思えなかった。燃える家を目にしたブレンダンはきっと、腕をだらりと垂らしたまま呆然とあたりを見回すばかりで、なんらかの形で事態に介入できる状態ではないだろう。

突然、火柱が噴き上がり、リンダは反射的に一歩前に踏み出した。ケイトはそれを利用して、リンダをキッチンから廊下に引っ張り出すことに成功した。廊下には煙が充満していて、もうなにも見えない。正しい方向に進んでいることを祈るしかない。耐え難い熱さだ。肺が燃えるようで、呼吸をするたびに痛む。咳の発作が起き、煙を吸い込んで、息ができなくなった。

外へ、外へ、外へ――頭のなかにはそれしかなかった。

リンダはいまでは、まるで命のない物体のようにケイトの腕にぶら下がっている。足だけはまだ動いているが、リンダ自身の意思がコントロールしているようには見えない。リンダの口からは呼吸のたびにヒューヒューと音が聞こえる。ケイトはいまにも倒れそうになりながら、なんとか前に進み続けた。目の前に新鮮な冷たい空気の流れが感じられる。この煙と熱の向こうに。あそこまで行くんだ、あそこまで行けば助かる。リンダがケイトの手から滑り抜けて、床に倒れた。ケイトはかがんで、リンダの腋の下に手を入れると、後ろ向きに歩きながら、彼女の体を少しずつ引っ張っていった。煙が目に入り、涙が溢れ出た。もうなにも見えず、息もほとんどできず、いつ力尽きても不思議ではない。そのとき、空気の流れが強くなった。冷気を感じた。ケイトはリンダを引っ張りながら、外へとよろめき出た。必死で空気を吸った。湿った夜気が、まるで美しいベールのように、熱く燃える肌を包んでくれるのを感じた。ケイトはくずおれた。リンダを放り出して草の中にしゃがみ込み、咳き込み、喘いだ。

やがて顔を上げると、オレンジと赤に輝く炎が夜闇を照らしていた。地面にへたり込んだマンディの姿が見えた。無表情で木の幹にもたれて、目を閉じている。ブレンダンの姿もあった。ただその場に立ち尽くし、目の前の光景を理解できないでいるようだ。

リンダが目を開けて、ケイトを見た。そして「死にたい」とつぶやいた。

十一月十八日土曜日

I

　ケイトが家に戻ったのは早朝だった。ケイトの知らないケイレブの部下が車でスカボロー郊外のケイトの家まで送ってくれた。夜のあいだの出来事は、あの家に火がついた瞬間から先、ケイトの頭のなかでまるで霧がかかったようにぼんやりしている。非現実的で混乱した光景が折り重なっている。何時間も咳き込んで力尽きたせいで、もはや頭のなかで整理することもできないいくつもの光景。彼らが一様に草の上に座り込んで炎を見つめていると、突然、警察が現われた。救急車と消防車も。リンダとマンディは救急車でどこかに運ばれていった。ブレンダン・ソーンダースは警察車に乗せられて消えていった。気づくとケイトも別の車に乗っていた。小型バスの堅い後部座席に。誰かが肩に暖かい毛布をかけてくれていた。医者がケイトを診察してなにか言ったが、ケイトは切れ切れにしか理解できなかった。蜂蜜入りの熱いお茶をもらったのに、飲もうとしては、咳のせいで何度もむせた。煙を吸い込んだことによる炎症、という言葉が聞こえ、病院に運ばれずに済むといいけれど、とぼんやり思った。家に帰りたかった。デイヴィッドに会いたかった。

　やがてどこからともなくケイレブが現われて、コリン・ブレアという男がケイトの謎めいた音声メッセージを警察に届けたのだと知らせた。それを聞いて、ケイトは思った――なるほど、コリンね、そりゃそうか。あれがコリンに届いたのも、考えてみれば当然だった。あんなにしょっちゅうメッセージを送ってきていたから、チャットリストの一番上にいたのだ。

「いったい君はここでなにをしているんだ?」ケイレブがそう訊いたが、その声には怒りよりも安堵の響きがはっきりと感じられた。

「リンダ・キャスウェル」ケイトは言った。「彼女が女の子たちを誘拐して、殺したの」

ケイレブは呆然とケイトを見つめた。「リンダ・キャスウェル? ハナの母親か?」

「娘を取り戻したかったのよ」ケイトは言った。「でもハナとはうまく行かなかった。それで、サスキアで試してみた。そのあとはマンディで。もちろん、うまく行かなかった。行くわけない」

「供述することはできるかな?」ケイレブが訊いた。

ケイトはうなずいたものの、そのあとに自分がした供述の内容さえ、いまになって思い返すと、夜のあいだのあらゆる光景や感覚と入り混じってぼんやりしている。ただ誰も妙な反応を見せなかったことから、自分の言葉が理解可能だったことは確かだろう。どうやらケイトはすべてを論理的に、正しい順番で話し、最後にこう言ったようだった。「お願いします、家に帰らせてください」

「病院に行ってきちんと検査をしてもらわないと」ケイレブが言った。「煙による炎症があるというし、腕にひどい火傷もある」

そのときまで、火傷にはまったく気づいていなかった。ケイトは自分の腕を見つめた。誰かが包帯を巻いてくれていた。おそらく医者だろう。

「大丈夫です」ケイトは言った。「家に帰らせてください」

最後には皆が、ケイトを引き留めておくことはできないと認めた。ケイレブはまだ署を出られなかったが、部下のひとりがケイトを車で送ってくれた。医師がケイトに自分で運転してはならないと厳しく言い渡したからだ。ケイトの車は翌日誰かが取りにいってくれることになった。ケイトがスカボローに着いたのは、早朝の四時になる頃だった。車のなかで、ケイレブの部下の携帯電話を借りてデイヴィッドにショートメッセージを送り、自分の携帯はもうないものの、無事でいること、いまスカボローに向かっていること、できるだけ早くデイヴィッドのもとに向かうつもりであることを伝えた。きっといま頃心配しすぎでどうにかなっているだろう。

心の隅でケイトは、デイヴィッドが家の前で待っていてくれるのではないかと期待していた。だが通りは空っぽで、静まり返っており、寝静まった家々が立ち並んでいるだけだった。

「ひとりで大丈夫ですか?」ケイレブの部下が心配してくれた。

ケイトはうなずいた。「はい、大丈夫です」咳はかなり収まっていたが、代わりにいまになって火傷が痛み始めていた。それに胃はまだ痛む。けれどすべてどうでもよかった。死ぬほど疲れているのと同時に、意識は冴えわたっていた。ケイレブが現われてすべてを引き受けてくれたときどれほど安堵したかを思い出して、感謝の念を覚えた。何時間にもわたる緊張と不安と、どんどん大きくなるパニックと絶望からようやく解放されたあのとき。ケイトは自分にできることをした。マンディとリンダとケイト自身とを燃える家から救い出した。マンディもケイト自身も、あの場所で飢えと渇きで惨めに死なずに済んだ。おとなしく焼け死ぬのを待ったりせず、リンダをあの家のなかに誘い込んだ。ここからは、リンダのことはケイレブに任せておけばいい。ブレンダン・ソーンダースのことも。ほかのすべても。

バッグは取り戻したので、鍵を使って家のドアを開けることができた。早速メッシーが目の前にやって来て、小さな嘆きの声をあげた。ケイトはかがんでメッシーを抱き上げた。

「かわいそうに。ずうっとひとりだったもんね。誰にもご飯をもらえなかったもんね」

家じゅうの電灯をつけて、キッチンに行くと、メッシーを床に降ろして、ふたつのボウルにそれぞれキャットフードとミルクを入れた。メッシーは大喜びでボウルに突進した。ケイト自身は空腹ではなかったが、ミネラルウォーターの大瓶を半分、ごくごくと飲んだ。咳はかなり収まっていて、もうあまり飲み損ねることもなかった。

「さて、これからどうする？」ケイトは声に出して自分に訊いた。

できればすぐにデイヴィッドのところに行きたかった。彼と一緒にキッチンのあの大きなテーブルの前に座って、お茶を飲みながら、すべてを話したかった。ケイトの本当の職業のこともだが、この数日と、特に昨夜起きたことについて。けれどいまは車がないし、タクシーを呼ぶための電話さえない。こんな時間では、隣人の家の呼び鈴を鳴らして、電話を使わせてくださいと頼むこともできない。どう考えてももう少し待つしかなかった。

火傷をした腕をビニール袋でくるんで、時間をかけてたっぷりとシャワーを浴び、ガソリンと煙のにおいを髪と肌から落とした。服はできればすぐに洗濯機に突っ込みたかったが、空っぽの家には洗濯機がなかった。しかたなくほかの汚れた衣類と同じ場所に置いて、なるべく早くコインランドリーに行こうと決意した。それからメッシーと一緒に寝袋に入って、眠ろうとした。けれど一時間たつ頃には諦めた。心臓の鼓動があまりに激しくて寝られない。いまだにアドレナリンが体じゅうを駆け巡っているのだ。五時半に起き上がると、紅茶を淹れて、パンを焼いた。キッチンの窓から外の暗闇を見つめたが、電灯に照らされた自分の姿が映っているだけだった。早朝に、ほぼ空っぽのキッチンに置かれたキャンピングチェアに座って、紅茶の入ったマグカップを握りしめる孤独な女。

「私は孤独じゃない」ケイトは言った。「あと少ししたらデイヴィッドのところに行くんだから」

どうしてまた不安になるのだろう？　孤独だなどと思うのだろう？　どうしてまたしても疑念にさいなまれているのだろう――自分自身に対する、デイヴィッドに対する、ふたりの関係に対する疑念に。

デイヴィッドはここにいてしかるべきでしょ、と、ケイトの内なる声が言った。スカボローに向かってるってショートメッセージを送ったんだから。あんたがとうにここにいることを、デイヴィッドは知ってるはず。

彼はまだメッセージを読んでいないのかもしれない。だって送ったのは真夜中だったんだから。

でも恋人が約束の時間に姿を現わさず、行方不明になったというのに、どうしてぐっすり寝ていられるのだろう?

いや、ぐっすり寝てなどいないのかもしれない。一晩じゅう恋人を探したあと、疲れ切って眠りに落ちたのかも。きっと私のメッセージボックスには、彼からの必死のメッセージが何百と入っているに違いない。

ケイトは人差し指でこめかみを揉み、憂鬱な考えを追いやろうとした。あれこれ推測したり考えたりしても意味はない。デイヴィッドがどんな気持ちでいるかなど、知りようがないのだから。もしかしたら、ケイトが約束の時間に来なかったこと、事前に断わりの連絡も入れなかったことで、怒っているのかもしれない。

ちゃんと説明しよう、とケイトは思った。そうすればわかってくれる。

なにかほかのことを考えようとした。ケイトは事件を解決した。犯人は判明し、逮捕された。それなのに嬉しいとは思えなかった。少女たちの身に起きたことは、あまりにひどすぎた。リンダ・キャスウェルが何年にもわたって誰にも邪魔されず、思うままに行動できたなんて、あまりに残酷な話だ。ブレンダン・ソーンダースがリンダに言われるがままに手助けをしてきたなんて。あまりに多くの無意味な苦しみ。しかもそれは、苦しみから生まれた苦しみだ。ケイトはリンダの無力感をありありと想像することができた。おそらく十代の少女だった頃から、すがりつくことができる相手を必死で探してきたのだろう。支えになってくれて、自分は君のものだと本気で言ってくれる相手を。だが、まさにそのせいで、他の人間たちはますますリンダから遠ざかるばかりだった。それは当然というものだ。リンダの唯一のチャンスはライアン・キャスウェルだった。彼自身も人とうまくつき合えない変わり者だったから。けれどライアンの隣にいても、リンダの心は満たされなかったのだろう。娘のハナは、きっとリンダにとって救世主だったはずだ。けれどもちろんハナも、リンダが普通の母親でないことを感じ取った。そもそもリンダ・キャスウェルの孤独な人生の拠り所となるためだけに、北の果てのあんな家に閉じ込められて朽ち果てたい人間などいない。リンダには治療が必要だったのだ。

ケイトは二杯目のお茶をカップに注ぎながら、これからケイレブとの関係はどうなってしまうのだろうと考えた。なにしろこれで二度も、ケイレブが担当しながら間違った方向に捜査していた事件を、ケイトが独力で解決してしまったことになる。ケイレブの部署に応募してほしいという申し出は、まだ有効だろうか？　それとも、ケイレブはもうケイトには愛想をつかし、ケイトがロンドンに戻って二度と会わずに済むようになるのを待ち切れないと思っているのだろうか？

この問いにも、いまのところ答えは見つからない。

ケイトはメッシーを膝に抱き上げた。小さく穏やかに喉を鳴らす猫の背を撫でていると、鼓動が徐々に落ち着いてきた。そうやってケイトは窓から外を眺めた。夜の闇がゆっくりと灰色の夜明けに変わり、裸の木々や茂み、庭の荒れた生垣、かつてはガーデンテーブルをしまってあった納屋などが暗闇から姿を現わし、見慣れた光景を作り出すのを。

せっかちだと思われるのが嫌で、デイヴィッドの家の前に着いたのは十時少し前だった。メッシーは連れてこなかった。週末のあいだじゅうずっとデイヴィッドのところに居座るつもりだという印象を与えないように。場合によってはメッシーはあとから迎えに行ってもいい。ここに来るために、ケイトは隣人宅の電話を借りてタクシーを呼び、好奇心を抑え切れない隣人のさまざまな質問をかわした。どうして車がないの？　携帯も？　それにその腕はどうしたの？　近いうちにコーヒーを飲みに寄って、そのときにすべてを話すと約束すると、隣人はようやくケイトを解放してくれたのだった。

ケイトはデイヴィッドの家の玄関ドアの前に立って、呼び鈴を鳴らした。ところが、なんの反応もない。デイヴィッドの車も見当たらない。土曜日の午前中だから、おそらく週末の買い出しに行ったのだろう。ケイトは不安と苛立ちに支配されまいと、懸命に深呼吸した。まるでなにごともなかったかのように買い物に行くなんて。さすがにいま頃はもうケイトからのメッセージを読んでいるはずだ。ケイトが戻ってきたことを知っているはずだ。それなのに、デイヴィッドはケイトがスカルビーにある家を出発する瞬間まで、訪ねてくることはなかった。それともちょうどいまスカルビーにいるのだろうか？　すれ違ってしまったのだろうか？

遅い、とケイトは憂鬱な気持ちで思った。いま頃私の家に行ったんだとしたら、ずいぶん遅くに出発したことになる。

これからどうしようかと考えた。外は寒い。車がないから、なかで待つこともできない。それにいまだに携帯もないので、あらためてタクシーを呼んで家に帰ることもできない。

デイヴィッドが玄関ドア脇の桶の下に合鍵を隠しているのを、ケイトは知っていた。以前、なんのためらいもなく教えてくれた。デイヴィッドが自分の留守中にも家に入っていいと、はっきり伝えてくれたことはない。それを許可するなら、きっとケイト用に合鍵を作って手渡してくれただろう。ただケイトは、いまではデイヴィッドという人のことを多少は知っている。だから、彼が合鍵の話をしたことがないのも、鍵のことでなんらかの具体的な行動を取らないのも、ケイトに勝手に家に入ってほしくないという意思表示ではないとわかっていた。デイヴィッドは単にこういった問題を解決しようと思いつかないだけなのだ。より正確に言えば、そもそも問題があることに気づかないのだ。そしてあとになって、ケイトが延々と思い悩んでいたと知って驚くことになる。

なかに入ろう、とケイトは思った。でないとひどい風邪を引いてしまう。きっとデイヴィッドもわかってくれる。

鍵はいつものとおり桶の下にあった。ケイトはドアを開けて、急な階段を上った。なじんだ居心地のよい暖かな空気に包まれて、深く息を吸った。きっと大丈夫。

コートをコート掛けにかけて、キッチンに行った。飲み残しのコーヒーが入ったカップがテーブルの上にあった。中身はすでに冷たくなっている。隣には封を切ったトースト用パンの袋と、ジャムのついたナイフ。ケイトはテーブルの上を少し片付けながら、緊張がほぐれてくるのを感じた。ここにいても大丈夫だと思える。デイヴィッドとはもうずいぶん長い時間をこの家で過ごした。一緒に料理をして食べ、話し、笑い、ワインを飲み、蠟燭に火を灯し、共に寝て、そのあとにはまたキッチンに座って、手を握り合いながらもう一杯ワインを飲んだ。

「うちに住めばいいじゃないか」――家が売れたらどこに泊まればいいのかと訊いたとき、デイヴィッドはそう言ってくれた。

彼は本気なんだ、とケイトは思った。もちろん、彼は本気なんだ。

それでも、いまだになんとなく落ち着かなかった。いまでは心の奥に居座ってしまった不安。デイヴィッドがそばにいないから。早朝に、家の前にいてくれなかったから。

だって、デイヴィッドはそういう人じゃないもの。私よりずっと楽観的な人なんだから。どんなことにも。そういう性格なんだから。

ケイトは落ち着くために強い酒を一杯飲もうと決めた。酒を飲むには妙な時間だが、なんとかして少しでもリラックスしないと、おかしくなりそうだった。昨夜はあまりに多くのことがあった。そして家に帰りついたら独りだった。誰かにあそこにいてほしかった。抱きしめて、なにがあったの、と訊いてほしかった。話を聞いて、慰めてほしかった。

自分を憐れむのはやめなさい、とケイトは自分に命じた。ここで深みにはまると、もう悪循環から抜け出せなくなることは、よくわかっていた。

ケイトはリビングルームに行った。そこの戸棚にデイヴィッドは酒類を保管している。ジン、ウィスキー、ラム、さまざまな果実で作った蒸留酒。「マッカラン」と書かれた紙箱を手に取った。スコッチウィスキーだ。なかから瓶を取り出す。

ブラヴォー、ケイト、と自分に皮肉を言う。朝の十時にウィスキーだなんて。なかなかやるじゃない。

そのとき、一枚のカードが床に落ちた。かがんで拾い上げた。写真が印刷されたカードで、下にのたうつような文字で〈僕たちの素晴らしいスコットランド旅行の思い出に。二〇一四年八月〉と書いてあった。

写真にはふたりの男性が写っていた。ふたりともTシャツ姿で、無精ひげを生やしている。空に向かってそびえたつ緑の山々を背景に、川岸に立っている。おそらくスコットランドだろう。ふたりとも朗らかな笑顔だ。

ケイトは呆然とその写真を見つめた。写真の男のひとりはデイヴィッドだった。

そしてもうひとりは、アレックス・バーンズ。

メディアに出たさまざまな写真を見ていたので、すぐにバーンズだとわかった。だが同時にケイトの脳は、そんなはずがないと訴えていた。デイヴィッドとアレックスは互いを知らなかったはずだ。ふたりの最初にしてただ一度の出会いは、十月のあの嵐の夜、海岸で一緒にひとりの少女を海から助け出したときのことだ。それ以前にも、そのあとにも、ふたりは会ったことがない。三年前の夏に一緒にスコットランドを旅したはずはない。

ケイトのなかのなにかが、真実を理解することを拒否していた。それでも徐々に、この写真の意味はひとつしかないとわかり始めた。戦慄のあまり全身が冷たくなり、胃がむかむかしてきた。

たったひとつの意味——デイヴィッドは嘘をついていた。デイヴィッドはアレックス・バーンズを知っていたのみならず、親しくつき合ってさえいたのだ。あの晩デイヴィッドはたまたま海岸を通りかかったのではなかった。ヨットの様子を見に行って、帰りにわざわざ最も面倒な回り道をしてあの場所を通りかかったわけではなかった。デイヴィッドがあそこに行ったのは、アレックス・バーンズが連絡してきて、助けを求めたからだ。または、デイヴィッドは最初から関わっていたのだ。あの欺瞞に満ちた不愉快な出来事——アメリー・ゴールズビーの狂言誘拐事件に。

「そんなわけない」ケイトはつぶやいた。「まさか、そんなわけない」

とっさに、ウィスキーの瓶とカードとを箱に戻して、いま見たもののことは忘れてしまいたいと思った。だが同時に、そんなことはできないとわかってもいた。こんなことを忘れたりはできない。ふたりのあいだに大きな嘘があることを知りながら、デイヴィッドとの関係を続け、深めることなどできない。デイヴィッドとこの話をするしかない。考えてみれば馬鹿げているとはいえ、ケイトの頭のなかにはまだ希望に満ちた小さな声があって、その声が、デイヴィッドはきちんと説明してくれるはずだと言い張っていた。彼と彼の道徳観への疑念をすべて拭い去ってくれる、納得のいく説明があるはずだと。

だって、私だって嘘をついていたんだし、とケイトは思った。私も職業を偽っていたんだから。私たちふたりとも、お互いに対して誠実とは言えなかった。

自分の職業に思い至って、ケイトはあらためて戦慄した。自分は刑事だ。そしてたったいま、デイヴィッド・チャップランドが警察に対して虚偽の証言をしたことを知ってしまった。これを自分の胸に留めておいてはならないことは、よくわかっていた。デイヴィッドが自己弁護にどんな理由を持ち出してこようと関係なく。たとえデイヴィッドになんらかの納得できる事情があったとしても、刑事としてケイトには事実を報告する義務がある。もしそれをせず、いつか事実が明るみに出た場合、ケイトは職を失うことになるだろう。

小さなうめき声が出た。いまケイレブ・ヘイルに電話をして、知ってしまった事実を話したら、デイヴィッドとの関係は終わりだ。

戦慄し、途方に暮れ、どうするべきかと懸命に考えていたため、車が近づいてくる音に気づかなかった。突然、階段の下で鍵がドアに挿し込まれる音がした。階段を上ってくる足音。デイヴィッドだ。

家のなかに突然人の姿が見えたら驚くだろうと思って、事前にここにいると知らせようとした。けれど、声が出なかった。その場を動くことさえできなかった。リビングルームの開いた戸棚の前に立って、カードを手にしたまま、ケイトはいまだに、どうしようと考えていた。

廊下からケイトの姿を認めたデイヴィッドは、一瞬驚いてのけぞったが、すぐに落ち着きを取り戻した。

「ケイト！　来てたんだね。昨日はどうした？」リビングルームに入ってきてケイトに歩み寄ろうとしたが、ケイトの表情と雰囲気になにかを感じたのか、立ち止まった。

「腕を怪我してるじゃないか」デイヴィッドは言った。

ケイトはうなずいた。「ええ」

「どうして連絡もしてこなかったんだ?」デイヴィッドが訊いた。

「メッセージを送ったけど」

デイヴィッドは申し訳なさそうに肩をすくめた。「いま携帯が手元にないんだ。あのヘイルって警部が部下をよこして、持っていっちゃったんだよ。僕のメッセージボックスに入ってた君からの最後の電話を解析したいとかで。なにがあったの? 君……」そこでデイヴィッドは言いよどんだ。きっと、「君、ひどい顔してるよ」と言いたかったのだろう。実際、そのとおりに違いない。寝不足で、蒼白で、疲れ切っていて。あの刺すような煙のせいで目がまだ真っ赤なのもわかっている。

「疲れてるみたいだね」デイヴィッドは結局そう言った。

デイヴィッドはメッセージを受け取っていなかった。ほんの数分前なら、ケイトは安堵したことだろう。なにしろ、それはデイヴィッドがなぜケイトの家に姿を見せなかったかの説明になるから。デイヴィッドはなにが起こっているのか、ケイトがどこにいるのか、まったく知らなかったのだ。

だがいま、事態はもっと複雑だった。こうなってみると、ケイトとのコミュニケーションが少しばかりいい加減なことが、ふたりのあいだの唯一の問題だったらよかったのにと思う。

「買い出しに行ってたんだ」デイヴィッドが続けた。「僕がなにか作るよ。それからなにがあったのか話して……」

ケイトはデイヴィッドの言葉を遮った。「デイヴィッド。問題があるの」

デイヴィッドがケイトを見つめた。「どんな?」

ケイトはカードを振って見せた。「これ」

デイヴィッドはカードをケイトの手から受け取り、まじまじと眺めた。まるで内容をすべて暗記しようとしているかのように、じっくりと。「これ、どこから?」

「ごめんなさい。家探ししたわけじゃないの。ただ、ちょっとウィスキーを飲もうとしただけで。そうしたら、そのカードが箱から落ちたの」ケイトはためらった。「あなたの隣の男」思い切って言った。「アレックス・バーンズよね」

デイヴィッドはカードをテーブルの上に置くと、うなずいた。「ああ。そうみたいだな」

「一緒にスコットランドを旅行したの?　三年前に?」

「スコットランドで知り合ったんだよ。僕がカレドニア運河でのヨットツアーを企画して、ガイドしたときに。アレックスは参加者のひとりだった。ちょうど仕事がある時期で、少し金を稼いだから、参加費を支払えたんだって。たまたまアレックスもスカボロー出身だったけど、それ以前には一度も会ったことがなかったよ」

「アレックスはそのツアーにずいぶん感動したみたいね。わざわざウィスキーを贈ってくれたくらいだから」

「ああ。でもほかの客からもよくプレゼントをもらうよ。別に珍しいことじゃない」

「そう。でも問題はそこじゃないの。デイヴィッド」ケイトはデイヴィッドを見つめた。自分の目がどれほどの絶望をたたえているか、見えるような気がした。「あなた、アレックスを知らないと言ったじゃない。一度も会ったことがなかったって。アメリー・ゴールズビーを陸に引っ張り上げるのを手伝ったあの晩以前には。あなたは警察に対して……」

デイヴィッドが苛立たしそうにケイトの言葉を遮った。「ああ、わかってる。だからなんだよ?」

「私に対しても同じ話をした」

「そんなに重要なことかな? 面倒くさいことになるのが嫌だったんだ。警察とも、君とも」

「あの晩、アレックスはあなたに電話してきたの? ひとりではアメリーを海から引っ張り上げられないからって?」

デイヴィッドは答えない。

それでケイトは悟った。「違うのね。それなら直接警察に電話すれば済むことだし。警察を呼んだって、アレックスがアメリーを救ったヒーローになれることには変わりなかったんだから。あなたは最初から、あのふたりと海岸で待ち合わせてたのね。なにか問題が起きた場合に備えて。あんな嵐の夜だったから。アメリーに万一のことがあってはいけない。最初からふたりの屈強な男が彼女を救うために控えていたほうがいい。そうなのね?」

デイヴィッドはいまだになにも答えない。

「私の推測だけど」ケイトは続けた。「あなたとアレックスは、かなり親しい友達なんじゃない? スコットランドでヨットツアーをしたときから。あなたはアレックスから聞いてすべて知っていた。最初から全部。十三歳の女の子との情事のことも、その子がアレックスのもとに逃げ込んだことも。それで、その状況を利用してお金を手に入れるにはどうしたらいいか、一緒に計画を練った」

デイヴィッドの顔が歪んだ。「すべて知っていた、ね！　なんだかすごい陰謀に関わったみたいな言い方だな。ああ、いつだったかアレックスから、あのアメリーって子と関係を持ってしまったって聞いたよ。僕はすぐに、気は確かかって言った。中学生だぞ！　こいつ、どうかしてるって思ったよ。ただ、アレックスは本当に彼女を実際よりも年上だと思っていたんだ。ただ今年の夏以降は知っていたけどね……まあ、アレックスも気の毒だったよ。あの子、まるでひっつき虫みたいで、アレックスを放そうとしなかった」

「かわいそうな奴ってわけね」ケイトは言った。

デイヴィッドがケイトを見た。奇妙に冷たい表情だ。「ああ、君が信じるかどうかは別だけど、実際にあいつはどん詰まりだったんだよ。あの女の子との関係を終わらせたかったのに、そうにおわせるたびにあの子は大暴れした。自殺すると脅したり、ヒステリーを起こしたり……親が気づいて警察に行くのは時間の問題だった……そうなったらアレックスは刑務所に行くことになる。あいつ、頭を抱えてたよ」

「それで、あの狂言誘拐が問題を解決してくれると考えたわけ？」

「あの子は家出して、アレックスのところに転がり込んだ。てこでも動かなくて、家に帰らせることができなかった。だからアレックスは誘拐劇と救出劇の計画を練ったんだ……アメリーには、彼女の親から金を手に入れたら一緒にどこか外国で未来を築こうとかなんとか言って、協力させた」

「でも、たぶん本当にアメリーと外国に行くつもりはなかったんでしょ？」

「ひとりで行くつもりだった。いつかは全部バレるに決まってるから、長いあいだ外国に逃げるしかないってわかってたんだ」

頭が痛くなってきた。「で、あなたはそのとんでもない計画を最初から全部知ってたの？」

「アメリーが行方不明になったって新聞で読んで、アレックスに電話した。そしたらアメリーが家にいるって言うんだ。正気をなくしたのかって言ってやったよ。そうしたらあいつ、この泥沼から抜け出すためにどうにかしないとって言うんだ。なあ、どうすればよかったっていうんだよ？　警察に行って、友人を売ればよかったか？　僕はただ口を閉じてただけだ。そして、あいつがなんとか切り抜けることを願ってた」

「残念ながら、あなたはただ口を閉じていただけじゃない」ケイトは言った。「結局のところ事件の一部に関わったんだから」

「でも計画には関わってなかった。あの晩、アレックスがピッツェリアに仕事に行く前に電話してきたんだ。あいつは計画を僕に打ち明けて、指定した時間にたまたまのふりをして、海岸のあの場所に来てくれないかって頼んできた。そして、場所を詳しく説明してくれた。ただ僕がアレックスの友達だとバレないようにするのが肝心だって言った。お互いに知らないふりをしなきゃいけないって。それで僕は十一時から十二時のあいだに海岸へ下りていったんだ。あの嵐のなかを。まだ迷ってたし、内心では気が進まなかったから、着くのはかなり遅くなった。アメリーはもうかなりの時間、壁にしがみついてた。ヤバいなんてもんじゃなかったよ。アレックスが僕にあそこにいてほしがったのは、なにより警察に対して彼らの行動を目撃したって証言する人間が必要だったからだ。あいつは最初から自分が警察に疑われることを予測してたんだよ。ま、とにかく僕たちはふたりでアメリーを引っ張り上げた。それから僕が警察に電話をした。アレックスのことなんて知らないふりをして。たまたまあそこを通りかかったんだって。そう言わないと、僕の証言には信憑性が出ないからな。僕たちが赤の他人じゃないことは、アメリーさえ知らないんだ。あとになってアレックスが、計画の全貌を教えてくれた。それだけだ」

「それだけだ？　デイヴィッド、どうしてそんな話に乗れたわけ？　そんな……作り話に一枚嚙んだりできたの？　あなたはアレックス・バーンズみたいな男に利用されたのよ。いくら友情からだって……信じられない！」

デイヴィッドは黙り込んだ。そしてケイトを素通りして、背後の窓から外を見つめていた。

沈黙のなかで、ケイトの頭に疑念が浮かんだ。答えはひとつしかない。「アレックスはお金をくれると言ったのね？　アメリーの両親からせしめるつもりのお金の一部を。そうでしょう？　アレックスはあなたを買ったのよ」

デイヴィッドはため息をついた。「僕の仕事は順調とはとても言えないからね。イギリスのEU離脱のせいで、今後よくなる見込みもない。イギリスはヨーロッパ大陸から切り離される。

ヨーロッパ各国との緊密な関係に依存している僕たちみたいなビジネスパーソンにとっては、すごく苦しい時代なんだ。あとどれだけ持ちこたえられるかわからない」

「だからって……」

「あいつは僕に一万ポンドくれると言った。それだけあれば一息つけたはずだよ、うん」

「なんてこと」ケイトは言った。「よくもそんなことが！」

デイヴィッドの目に、先ほどからずっとケイトを凍えさせている冷たい光が戻ってきた。

「なあ、これはここだけの話だからな？　君のことを信用してるよ。まあ、警察に訊かれたって、どうせ全部否定するつもりだけど」

「あなたがアレックス・バーンズを知っていたことは、証明可能よ」ケイトはそう指摘した。

「ヨットツアーにアレックスが参加したことを示す書類が会社にあるはず」

デイヴィッドの目の光がさらに冷たくなった。「なるほどな」ゆっくりと、デイヴィッドは言った。「君には気をつけないといけないってわけだ。いいか、ケイト、僕が仕事でどれほど必死に闘ってるか、君はなんにもわかってないんだ。君は記者だからな。それもどうやら実力があって、引く手あまたで、これからも依頼は途切れないんだろう。でもな、景気が悪くなると、世の中の人はまずヨットみたいな贅沢な趣味を諦めるんだよ。それで……いや、もういい。とにかく僕の生活は君のとは違うんだ。スカボローはロンドンとは違う。この街を見てみろよ。終わってるだろ。ここにはそんなに金が流れてこないんだ」

デイヴィッドはいまだに信じているのだ。ケイトが記者だと。これまでケイトはずっと、デイヴィッドがグーグルで検索して、あっという間にケイトの嘘を見破るのではないかと恐れてきた。だが、いまになって思う——デイヴィッドが検索しなかったことこそ不思議だ、と。ケイトは彼に父が殺されたことを話した。ところがそれさえデイヴィッドの興味を充分には引かなかったのだ。事件の詳細をインターネットで調べようと思うほどには。なぜなら、デイヴィッドにとってはどうでもよかったから。昨日ケイトの行方がわからなくなったことにデイヴィッドがそれほど苦しんだ様子がないことも、それでうなずける。ケイトは忽然と姿を消してしまい、警察が彼の家に現われて、ケイトからの最後の電話を分析するために携帯電話を渡してほしいと頼んだ。本当なら、ケイトになにか大変なことが起きたようだと、彼の頭のなかに警報が鳴り響くべきところだ。警察署に、ケイトの家に、ケイトの隣人のところに駆けつけるべきところだ。

だがデイヴィッドはそうはせず、呑気に週末の買い出しに行った。もし今朝、ケイトが彼の家にやって来なかったら、彼はどうしただろう？　ひとりでなにかおいしいものを作って、のんびりした一日を過ごしたのだろうか？

次の質問は、口にしたくなかった。デイヴィッドの冷たさを感じる。ケイトにすべてを知られたことに対する怒りを。だがなにより強く感じるのは、そんなあらゆる一時的な感情の根底にある、デイヴィッドの無関心だった。それをケイトは、もうずっと感じていたのだ。だからこそ不安がどんどんつのっていったのだ。落ち着かない気持ちになったのだ。

ケイトはいま断崖絶壁の縁に立っていた。一歩踏み出せば、落ちる。けれどたとえ踏み出さいる。

なくても、深淵は深淵のままだ。ケイトの心の一部は、いずれにせよもう真っ逆さまに落ちている。「私との関係は」ゆっくりと、ケイトは言った。恐怖でほとんど息ができない。「私との関係は……本物だったの？　それとも……」

デイヴィッドは黙ったまま、ケイトをじっと見つめた。上から下まで、品定めするかのように。ケイトは自分の充血した目を意識した。蒼白な顔を。疲労と消耗を。自分のほうが彼より少し年上であることを。そして今朝はきっと何年も年上に見えるであろうことを。

デイヴィッドが微笑んだ。それは邪悪な微笑みだった。これまで気づいたことがなかったが、いまになってケイトは悟った。デイヴィッドは親切で理解ある男性かもしれないが、それだけではない。デイヴィッドのなかには、もうひとつの不愉快な一面がある。その一面が、彼をアレックス・バーンズと共謀するような行為に走らせたのだ。アメリーの両親から騙し取った金の分け前にあずかろうという。

どうしてこれまで気づかなかったんだろう？　ケイトは呆然と自分に問いかけた。

「鏡を見てみろよ」デイヴィッドが言った。

ケイトの耳のなかを血がどくどくと音を立てて流れだした。「あなたが欲しかったのは……」

「情報だよ」軽い口調で、デイヴィッドは言った。「君は調査に必死になってたからな。アレックスはずっと、これからどうなるんだろうと心配してたし……もちろん僕もだよ。馬鹿なことに一枚嚙んじまったからな……君と一緒にいれば、最新情報を得られると思ったんだ。おまけにあの警部とも友達だってわかった。よし、このまま続けようって思ったよ」

自分の表情が崩れ、同時に心臓が砕けるのを感じた。「でもそれなら……」言葉を口から出すのが難しかった。未来が、夢に描いてきたことすべてが、痛みと屈辱の海に沈んでいく。

「それなら……それが目的なら……私と知り合いでいるだけでよかったんじゃない？　どうしてわざわざ、まるで私のことを……好き……みたいに……」

「そりゃお楽しみもないとね」デイヴィッドが容赦なくそう言った。

ケイトはとうに深淵の底に倒れていた。心のなかのすべてが粉々だった。

「全部、単に情報と楽しみのためだったの？」

デイヴィッドがもう一度ケイトをじろじろ検分した。軽蔑するかのように。汚いものでも見るかのように。

「寝室は暗かったしな」


ふたりは黙ったまま向かい合っていた。ほんの数分のことだったが、ケイトにはその沈黙は永遠にも思われた。きっと死ぬのはこんな感じだろうと思った。生命のすべてが消えていく感覚。力のすべてが。まるで誰かに殴り倒されて、二度と起き上がれないと悟ったかのような気分だった。

デイヴィッドの表情を読もうとした。かすかな後悔のしるしが見えた。デイヴィッドは自分で思ったよりもケイトにきつく当たってしまったのだ。追い詰められ、悪事を暴かれ、自己弁護を余儀なくされたせいで。突然、秘密を知られてしまったせいで。きっと攻撃を察知した獣のように、とっさに反撃に出てしまったのだ。普段ならあんなことを言ったりはしなかったはずだ。だがそれでも、彼が事実をはっきりさせたことには変わりなかった——デイヴィッドにとってはただの遊びだったのだ。なによりまず捜査が自分の身に及ぶかどうかを知るための手段だったのだ。もちろんケイトと一緒にいて楽しいと思った瞬間もあったかもしれない。だが、なかったかもしれない。ケイトが姿を消しても、デイヴィッドはなんとも思わなかった。ケイトの家がどうなるかも、まったく気にしていなかった。それにケイトがロンドンで働いていることも。デイヴィッドはもともとふたりの将来のことなどまったく考えていなかったのだ。だからこそ、ケイトがあれこれ考え、悩んできたことがらが、彼にとってはどうでもよかったのだ。

そして、アレックスの犯罪が露見し、彼が逮捕されたからには、いずれにせよケイトとの関係を終わらせるつもりだったのだろう。だからこそここ数日、ケイトの心のなかにはどんどん不安がつのっていたのだ。

心が麻痺した状態でも、ひとつだけははっきりと理解できた——終わったのだ。ケイトにとっては。

そしてデイヴィッドにとっては、最初から始まってさえいなかった。

やがてデイヴィッドが沈黙を破った。「ケイト……こんなことを言うつもりじゃなかったんだ……でも、まさか……まさか、本気で思ってたのか……？」

彼の言葉のひとつひとつに顔をはたかれるかのようだった。いったいケイトがほかになにを思っていたと？　デイヴィッドは魅力的な男で、ケイトは魅力のない女で、だから最初からデイヴィッドが真剣であるはずなどなかったと？　恋に夢中になるあまりとんでもない妄想に陥ってさえいなければ、最初からそんなことはわかっていたはずだと？　では、彼のほうはなにを思っていたのだろう？　彼が本気でないこと、ケイトのことなど歯牙《しが》にもかけていないことを、ケイトが理解していると思っていたのだろうか？　ケイトがそれでも喜んでデイヴィッドとベッドに行き、自分のことを暗闇でしか耐えられないような男とセックスすることを楽しんでいるとでも？　家を売ることとや、ふたりの関係にとってそれがなにを意味するかをケイトがデイヴィッドに話したのは、たまたまほかに話題がなかったからだとでも？

デイヴィッドはよく知っていた。ケイトが真剣に恋をしていることを。だから、たとえケイトのことを情報源として、別のもっといい相手が見つかるまでのセックスの相手としてちょうどいいと考えたのだとしても、人間としての礼儀がわずかでもあるならば、緊急ブレーキをかけるべきだったのだ。

とはいえ、アレックス・バーンズのような人間と友人であるばかりか、彼の犯罪に手を貸すような男に、そもそもなにを期待できるだろう。

「家に送っていこうか？」ケイトがずっと黙っているので、デイヴィッドは不機嫌そうに言った。「車では来てないみたいだし。とにかく君の車はどこにも見かけなかったから」

デイヴィッドはなるべく早くケイトを追い払いたいのだ。ケイトとの関係を、このリビングルームでの不愉快な会話を、とにかく終わらせたいのだ。デイヴィッドはきっと、アレックスと一緒に写ったあの写真をウィスキーの箱に戻して、忘れてしまいたいのだろう。ケイトがすべてを知っていることを忘れてしまいたいのだろう。ケイトのことを忘れてしまいたいのだろう。彼はそういう人だ。自分がずっとそれを直視しようとしなかったなんて、なんと不思議なことだろうと、ケイトは思った。彼が人生でぶつかる困難に対処する方法が、それを抑圧しどこかに押しやるか、または他人を容赦なく利用したあとにやはり追い払うことで見た目だけ解決したことにするかのどちらかであることを。デイヴィッドはなにかを深めることを拒絶する人間だ。人との関係であろうと、どうやらうまく行っていないらしい仕事であろうと。誰もが人生のどこかで避けて通れなくなる自己認識であろうと。そんな認識を持ったうえで自分の心の奥を覗き、自分に足りない部分を直視することは、必ずしも楽ではない。だからデイヴィッドはすべてを拒絶するのだ。

ケイトの心はいまだに粉々に砕け散ったままだった。いつか人生に再び明るい光が射すことがあるのかもわからなかった。それでもケイトの一部はまだ機能していた。拒絶され、屈辱を受け、深く傷ついた女性としてのケイトとは別の一部が。目の前の心のない男が自分よりずっと劣った存在だと思い込んでいる、地味で目立たない人間としてのケイトとは別の一部が。

そう、ケイトはまだ存在していた。少なくとも、ケイトに残された一部は。

自分でも驚いたことに、体が動いた。ケイトはバッグに手を入れると、警察証を取り出して、デイヴィッドの鼻先に突きつけた。

「ロンドン警視庁のケイト・リンヴィル巡査部長です。デイヴィッド・チャップランド、あなたを逮捕します。犯罪行為への加担および警察に対する虚偽の証言の容疑で」

デイヴィッドは啞然と警察証を見つめた。

「なんだって?」

「あなたにはいつでも弁護士を呼ぶ権利があります」

「君は……なんだって?」

ケイトはデイヴィッドが警察証を見つめるのを許した。そして、その表情に徐々に理解が表われ、さらにそれが驚愕に変わるのを眺めていた。

「君は……記者なんかじゃなかったということ?」

ケイトは警察証をバッグにしまった。「ええ」

「なんてこった」デイヴィッドは自分がどれほどまずい状況に陥ったかを徐々に悟りつつあった。自分が警察官の前で犯罪を自白してしまったことを。「ケイト……話し合おう。な、話を聞いてくれ……」

ケイトはデイヴィッドの固定電話の前に行くと、受話器を取って、警察にかけた。デイヴィッドはそんなケイトを止めようともしなかった。ただ部屋の真ん中に突っ立って、呆然としていた。

ケイトはシー・クリフ・ロードにパトカーを寄越してほしいと伝えた。受話器を置くと窓際に行って、静かな通りを見下ろした。

「ケイト！」デイヴィッドがなだめるような口調で言った。「なあ、そんなつもりで言ったんじゃないんだ。僕は……聞いてくれ、ケイト、まさか君……なあ、僕たちの仲じゃないか……」

ケイトはもう彼をちらりとも見なかった。

十一月二十一日火曜日

ケイトはドアを開けてくれるだろうか、とケイレブ・ヘイルは思った。ケイトがどれほど辛い思いをしているかは想像がついたし、悲しんだり傷ついたりしているときは自分の殻に閉じこもるタイプだと知ってもいた。あんなことがあったあとでは……悲しんだり傷ついたりどころの話ではないはずだ。ケイトがデイヴィッド・チャップランドとの将来をどんなふうに思い描いていたのか、ケイレブには推測することしかできない。だが彼女はきっといま、新しい人生の代わりに、粉々に砕けた夢の破片の前に立ち尽くしているに違いない。

ケイレブの捜査チームの部下が週末にノーサンバーランドからスカボローに届けたケイトの車が、家の前に停まっていた。ということは、少なくともケイトは慌ただしくロンドンに帰ったわけではないようだ。

ケイレブは呼び鈴を鳴らして、待った。もう一度呼び鈴を鳴らした。ようやく足音が聞こえてきた。ドアが開いた。目の前にケイトがいた。

疲れているようではあったが、絶望に打ちひしがれているようには見えなかった。実のところ、いつもと同じに見えた。ただ疲れているだけで。だがケイトの目に新しい表情があることに、ケイレブは気づいた。彼女にはもう失うものがない。そのせいで、ケイトはこれまでよりいっそう強くなるかもしれない。

ふたりは一瞬見つめ合った。それからケイレブは言った。「残念だよ、ケイト。もっと違う結末になることを願ってたんだが……」


「入る？ ケイレブ」そう訊いたケイトの顔にこわばりが見えた。ケイレブとは私生活のことは話したくないのだろう。いや、おそらく誰とも。

ケイレブはケイトに続いて、二脚のキャンピングチェアが置かれた空っぽのリビングルームに入った。電気式暖炉がついていて、心地よい暖気を放っている。

「ちょうどお茶を淹れたところなの。座ってて」ケイトはそう言って、キッチンに消えた。

ケイレブは立ったまま、突然現われて足元をぐるぐる回り始めたメッシーを撫でた。

彼女にはもうこの猫しかいないんだな、と思った。

ケイトとデイヴィッドのあいだになにがあったのか、詳しいことは知らない。だがふたりの関係が、ケイトがデイヴィッドを警察に引き渡したという事実によって壊れたことは間違いない。そうなるとケイトにははっきりわかっていたはずだ。それでも彼女はその道を選んだ。どれほど辛くても。ケイレブはそんなケイトに尊敬の念を抱いた。いや、ケイトのことはこれまでも尊敬してきた。

ケイトはティーカップとミルクと砂糖を載せた盆を持って戻ってくると、それを床に置いた。

この空っぽの家……。

「借家人の消息はわかったのか？」ケイレブは訊いた。

ケイトは首を振った。「なんの痕跡もなし。いつか見つかるとも思えない。それにもし見つかったとしても、損害を賠償できるようなお金はどうせ持ってないでしょうね」

「まだこの家を売るつもりなのか？」

「少し時間がいる」ケイトは言った。「休暇を来週初めまで延長したの。それまでここにいるつもり。これからどうするかを考えないと」

「あと一週間、この空っぽの家でひとりで過ごすのか？」

「まあね」

「君の、その……元カレはどうなってるんだ？　あのコリン・ブレアって男は？」

ケイトは微笑んだが、楽しそうではなかった。「私の命を救ったと思ってる」

「でも実際は違う。君はあのノーサンバーランドでの悪夢をたったひとりで終わらせたんだ」

「ええ、でもすぐに警察が来てくれて、やっぱり助かった。実際、コリンは非の打ち所のない適切な行動を取ってくれたのよ。私のメッセージの緊急性を理解して、あなたに連絡して……コリンには感謝してる。でも、ロンドンに帰ってもらったの。ここにはいてほしくないから。彼にはなにも求めてない」

「なるほどね」ケイレブは言った。

ふたりはお茶を飲んだ。それからケイレブは言った。「あのあとわかったことを知らせたいと思って来たんだ。君が事件を解決したあとにね」

少し前なら、ケイトはここで礼儀正しく謙遜したことだろう。けれどいまのケイトはなにも言わず、ただケイレブを注意深く見つめるばかりだった。「なに?」

「我々が調べ出したところによれば、リンダ・キャスウェルは二〇〇三年に本当にイギリスを去った。だが、夫の推測どおりオーストラリアに行ったわけじゃなく、何年もヨーロッパ大陸でその日暮らしをしていた。主にスペインとイタリアで。いろいろなリゾートのレストランでアルバイトをして、なんとか食いつないでいたんだ。だがどの土地にも住民登録することはなかった。二〇〇八年にスペインのとある港でジョゼフ・マイドーズと知り合った。マイドーズはヨットで旅行中、その港に停泊していたんだ。ふたりはつき合い始め、そのあとマイドーズはリンダをイギリスに連れて帰った。君も知ってるだろうが、きわめて簡単なんだよ。毎日のように無数のイギリス籍のヨットがドーバー海峡を行き来する。イギリスの港に戻ったヨットが検査を受けることはあまりない。リンダ・キャスウェルが再びイギリスで暮らすようになったことに気づく者は誰もいなかった。公式には、彼女は二〇〇三年に家族を捨てて、おそらくオーストラリアの親戚のもとに身を隠したということになっていた。我々がハナの行方不明事件を捜査していたときに手に入れた情報もそれだった。誰もその点を疑ったりしなかった。なにしろリンダはもうとっくにいなくなっていたんだから。どんなシナリオを想定していたにせよ、そこにハナの母親が登場することはなかった」

「よくわかるわ。リンダがいなくなったのはもうずっと前のことだったんだから」

「ライアン・キャスウェルが妻とどこで、どのように知り合ったかを、当時の我々は調べてみようとしなかった。二人の関係の出発点を知れば、違っていたかもしれないが……当時チェンバーフィールドのクリニックはライアン・キャスウェルを訴えなかった。だから彼が患者と関係を持ったことも、それで解雇されたことも、記録には残っていなかった。我々もなにも知らなかった。だが事実を言えば、そちらの方向を深掘りすることはなかったんだ」

「それは理解できる。被害者の実の母親が犯人だなんて、誰に想像できる？」

「両親が離婚している場合、どちらかが子供を誘拐するのはそれほど珍しいことでもない」ケイレブは言った。

ケイトは首を振った。「でもそういう誘拐事件に至る前には、ほかにいろいろなゴタゴタがある。離婚があって、養育権をめぐる闘いがあって……でもリンダ・キャスウェルは単に姿を消しただけで、子供を手に入れようと闘ったりはしなかった。ハナのことなんかどうでもよかったのよ。そうでなければ、一緒に連れていけばよかったんだもの。だから母親が子供を取り戻したいと思っているなんて、第三者に推測できるはずがなかった」

「ま、いずれにせよリンダはマイドーズと一緒にノーサンバーランドに行った」ケイレブは続けた。「そして、ふたりであのレストハウスを経営した。ハイキングコースの上の崖にある〈シーガルズ・クリフ〉を。リンダよりずっと年上だったマイドーズは、現役時代に造船所の技術者として働いていて、引退後には年金ももらっていた。だがそのうち、マイドーズの健康状態が悪化し、認知症になった。ふたりはやがて〈シーガルズ・クリフ〉を閉めて、ここスカボローに家を借りた。たぶん、そのときにはもう主導権を握っていたのはリンダだったんじゃないかな。彼女はハナのそばにいたかったんだ」

「どうして急に？」

「たぶんマイドーズの認知症の進行と関係があるんだと思う。リンダは他人に徹底的に依存する人間だ。パートナーだとか、とにかく一〇〇パーセント自分のものだと言える人間に。マイドーズはまだリンダのものではあったが、すでにパートナーとは呼べなかった。リンダが寄りかかって、支えにできる人間じゃなかった。逆に、どんどんリンダに依存するようになった。しかもあとどれだけ生きるかもわからない。リンダは誰か新しい人間を必要としたんだ。それでハナを思い出したんだろう」

「それでリンダは〈シーガルズ・クリフ〉を隠れ家として準備したの？」

ケイレブはうなずいた。「あそこはまだマイドーズが所有していたわけだから。水と電気はすでに解約してあったが、リンダはあえてそのままにしておいた。注意を引かないようにね。水と電気を戻せば料金の請求書が来るし、銀行振り込みで足跡も残る……危険が大きすぎると判断したんだ。その点を除けば、孤立したあの家は絶好の隠れ家だった。尋問でリンダは、何週間もハナのあとをつけていたと自白したよ。あの十一月の夜、リンダは本当はハルでハナに声をかけて、連れていこうとしたんだ。ところが、まさにその瞬間にケヴィン・ベントが現われた。リンダはスカボローまでふたりのあとをつけていった。そして駅の前で、ついに絶好のときが来たというわけだ。リンダはハナに、家まで送っていってやると言った。ハナは写真を見ていたから、リンダが母親だとわかった。びっくりしただろうな。でももちろんなにも疑うことなく車に乗ったんだ」

ケイトは身震いしながら肩をすぼめた。「かわいそうに。気がついたら監禁されていて、どんな気持ちだったか」

「たぶんハナはリンダに、家に帰してくれと延々と懇願したんだろう。父親との暮らしがどれほど窮屈だったにしても、ノーサンバーランドの牢獄で思い出せば、きっと天国に思えたはずだ。悲惨なことに、その涙と懇願が結局ハナの運命を決めてしまった」

「リンダはハナを見限ったのね……」

「リンダ・キャスウェルは拒絶されることに耐えられない。たぶん、だんだんあの家を訪ねる頻度が減っていったんだろう。そしてそのうち、行くのをすっかりやめてしまった。ハナは飢えと渇きで苦しみながら死んだ」

「それから……」

「そこでブレンダン・ソーンダースが登場する。彼はリンダの命令でハナの死体をあの家に回収に行った。そして埋めた。どこに埋めたのか、場所を説明してくれたよ。あの家からそれほど離れていない荒野のまっただなかだ。うちのチームがちょうどいま発掘作業をしてるところだ」

「で、サスキア・モリスは……？」

「彼女の死体はハイキングコース沿いの藪のなかに無造作に置いた。ソーンダースは、サスキアの両親のためにそうしたんだと言っている。サスキアの死体が発見されるようにね。そうすれば娘がどうなったか、両親も知ることができるから」

「どうしてソーンダースはそんなに簡単に共犯者になったの？」

「ソーンダースはリンダの遠い親戚だ。少年時代からリンダに惚れ込んでいて、リンダの言うなりだった。それでもやっぱり怖くなった。それでチェンバーフィールドに行って、リンダの病気のことを尋ねた。リンダを止めたいと思ったんだ」

「どうやらブレンダン・ソーンダースは、リンダが必死で探していた、すがりつける相手ではなかったみたいね」

「あの男は弱すぎるんだ。リンダにとっては単なる下僕だった。それ以上の存在にはなれなかった」

「マンディ・アラードは……」

「ブレンダンがリンダに斡旋《あっせん》したんだ。ブレンダンは、家に帰りたくないと思っている家出少女ならリンダとうまく行くと思ったそうだ。マンディがまだ彼の家に居候していたとき、リンダに電話をかけた。ところがマンディは、ブレンダンが警察に電話したんだと思って逃げ出した。だがリンダは結局マンディをつかまえた。マンディがまだ遠くには行っていないと予測がついたからな」

「恐ろしい」ケイトはつぶやいた。

ケイレブはうなずいた。「担当した医者たちは軽く考えすぎていたんだ。それとも年月とともに悪化したんだろうか。リンダはそのうち、自分が緊急に必要としているのは娘だという考えに取り憑かれていった。実の娘とうまく行かなかったんで、次の少女に手を出した。少し時間が空いているのは、おそらく実の娘でなければならないという思い込みを捨てて、見知らぬ少女と仲良くなることを想像できるようになるのに、しばらくかかったからだろう。あの時間的間隔のせいで、私はふたつの事件の関連性を疑った。この点でも君のほうが鋭かったというわけだよ、ケイト」

ケイトは答えなかった。そう、実際ケイトはこの点にかけてはかなりの確信を持っていた。直感的に。だが結果は逆でもおかしくなかった。

「ところがここからは、どんどん間隔が短くなっていった」ケイレブは続けた。「リンダはハナの代わりを見つけなければという考えに取り憑かれていたから。ああ、それと……」ケイレブは言いよどんだ。

「なに?」ケイトは訊いた。

「ジョゼフ・マイドーズを自宅の地下室で発見した。ベッドに縛りつけられていたよ。飢えと渇きで死んでいた。手がかかりすぎるようになったんで、少女たちと同じ方法で始末したんだろう」

「恐ろしい」ケイトは囁き声で言った。

「隣人たちは、半年前からマイドーズの姿を見かけないことに気づいていたが、もともと病気だったから、きっともう外出できる状態じゃないんだろうと思っていた。リンダは近所の人間とまったくつき合いがなかったから、尋ねる者もいなかった。ちなみに、どこでもみんなリンダのことをマイドーズ夫人だと思っていたよ。リンダ・キャスウェルとしての彼女は、本当に完璧に消えていたんだ。伴侶は地下室で死んだが、彼の年金は変わらず口座に入ってきていて、問題なくおろすことができた。彼の車を使い、彼の家に住み続けることができた。そして自分の欲望をとことん追求できたというわけだ。リンダが犯人だと突き止めるのはほぼ不可能だった」ケイレブはここで微笑んだ。「突然スコットランド・ヤードのスーパー刑事が現われて捜査を始めなければね！」

ケイトはまじまじとケイレブを見つめた。特になんのわだかまりもなさそうに見える。それでも、本当のところケイレブにも思うところがあるのだろうと、ケイトは感じた。自分のことを敗北者だと感じていることだろう。途方に暮れて堂々巡りするばかりで、事実の正しい側面を照らし出せなかった人間だと。

「ケイレブ……」ケイトは言いかけたが、ケイレブは手を振ってそれを遮った。

「いいんだ。君のほうが有能だ。それくらいは私にもわかる。本当だよ」

ケイトに答える間も与えず、ケイレブは続けた。「なあ、どうだ、そろそろうちに応募してみる気にならないか？　君のような人材が必要なんだよ」

ケイトは肩をすくめた。「わからない。本当に、いまのところなにひとつわからないの。自分がどう生きていきたいのか。これからどうするべきなのか。私……」それ以上は話せなかった。声が震え始めて、なんとか自分を抑えようと必死だった。

辛いんだな、とケイレブは思った。すごく辛いんだ。

「あと四週間ほどでクリスマスだな」ケイレブはそう言ったが、その瞬間、自分の舌を嚙み切りたくなった。どうしてこれほど無神経なことが言えるのか？　だがもう手遅れだ。「もう予定はあるのかな？」

「この家がまだあれば、たぶんクリスマス休暇のあいだはここに来ると思う。まだわからないけど」

「クリスマスにこの空っぽの家でひとりで過ごす君を想像すると、正直言って気が重くなるよ」ケイレブは言った。「うちに来たらどうかな？　クリスマスの日の朝に。一緒に……散歩に行ったり、朝メシを食べたり、プレゼントを交換したり、話をしたり、まあ、そういったことをするのは」

「同情してくれなくていいのよ、ケイレブ」ケイトは小声で言った。

「同情なんてしてないよ。ただ、私のほうもひとりで過ごすのは気が進まないんだ。ほら、私の場合ひとりだといつも……ええと、その、わかるだろう」

もちろんケイトにはわかった。ひとりだと、ケイレブは昼にはもう飲みすぎて、まっすぐ立つこともできないありさまになるのだろう。

「考えておく」ケイトは言った。「まだ時間はあるし。でも、ありがとう」

ケイレブはカップを置くと、立ち上がった。「そろそろ行かないと。まだ仕事が山ほどあってね」

「マンディの具合はどう？」ケイトはケイレブを玄関口まで送りながら訊いた。

「まだ入院してるよ。でもそれなりに安定してる。青少年局の担当者が付き添ってる。今後、家族のもとに戻るか、里親を探すか、決定することになるだろうな」

「かわいそうに」ケイトは言った。

「あの子は強いよ」ケイレブは答えた。

そして一瞬の間のあと、こう付け加えた。「君もだ。それを忘れないでくれ。君は賢明で、決断力があって、強い。あとは自分でそう思えるようになるだけだ」

十一月二十五日土曜日

デボラは、この日の海岸では誰にも会わずに済むと思っていた。土曜日の午前中なのだから、皆、別の用事があって、散歩になど出かけないだろうと。おまけに嫌な小糠雨《こぬかあめ》が降っている。砂は湿っていて、重い。雲が深く垂れ込めた海は灰色で、のっぺりと不動に見えた。

デボラの心のなかをそのまま映したような日だ。

その孤独な人影は遠くからもう目に入っていたが、近づいてみて初めて、あの刑事だとわかった。ケイト・リンヴィル。灰色の冬のコートに包まれた姿は、なんだか以前より小さくなったように見える。だがそこでデボラは気づいた。ケイトは小さくなったのではなく、痩せたのだ。以前会ったときからそれほどたっていないのに、体重がかなり落ちたようだ。それでなくてももともと痩せていたというのに。頬は落ちくぼみ、顔は尖っていて、目も大きく見える。

死ぬほど悲しそう、とデボラは思った。

もう気づかぬふりをするには遅すぎるので、デボラは立ち止まった。ケイトのほうもそこでデボラに気づき、動きを止めた。

「こんにちは、デボラさん」ケイトは言った。

「ケイトさん！　まだこちらにいらしたんですね」デボラは言った。

「ええ、家のことが……」

「ああ……」

あれからあまりにたくさんのことがあり、世界のすべてが崩れ落ちた。だがふたりとも、いったいなにを話せばいいのかわからないままだった。デボラは、自分もケイトと同じように見えるだろうとわかっていた。やはり何ポンドも体重が落ちたし、顔にも苦しみが表われているだろうと。

ふたりの哀しい女が、雨の海岸で向かい合っている。

「調子はどうですか？」やがてケイトが訊いた。

デボラは一瞬、反射的に「元気です」と決まり文句を返したくなったが、ケイトはおそらく真剣に訊いてくれているのだから、やはりこちらも真剣に答えなければと考え直した。

「あまりよくありません。たぶん……ご存じだと思いますけど……」

「知っています」ケイトは言った。

デボラはコートのポケットのなかで両手を握りしめた。「生まれて初めて、身近な人間とのつながりがすっかり切れてしまったように感じるんです。自分の娘とのつながりが。あの子のことがもう理解できないんです。もう話し合うこともできない。あの子は窓を全部閉じてしまいました。なんだか、これまで私たち親子のあいだにあった絆が全部なくなってしまったみたいで」

「娘さんには助けが必要ですね」

「いまは青少年向けのクリニックにいます。とりあえずは期間未定で。何度も訪ねていったんですけど、話ができる状態じゃありません。なんにも答えないんですよ。ときどきしゃべるとしたら、アレックス・バーンズのところに行きたいっていう言葉だけ」

「バーンズはいま未決勾留中でしたね」ケイトは言った。「きっと相当の期間、刑務所に行くことになるでしょうね」

「ときどき、アメリーはそのことを私のせいだと思ってるんじゃないかって気がします」デボラはそう言いながら、またしても涙がこみ上げてくるのを感じた。「あの子は、まるで私があの子の人生の幸せを壊したみたいな態度なんです。あの男と一緒に暮らす人生を。まるでそうなれば幸せだったみたいに。あの男はアメリーと縁を切りたかったんですよ。もうずっと前から。尋問で何度もそう強調したんです。でもアメリーはそれを理解しようとしないんです」

「聞きたくないんですよ」ケイトは言った。「あまりに辛い真実だから」

「でもいつかは直視しなきゃなりません。いつか自分のしたことに対して責任を取らないと」

「医師たちがきっと助けになってくれますよ。絶対」

「そうですね」確信のこもらない口調でデボラは言い、それから付け加えた。「そうそう、私たち、スカボローを出ることにしたんです。年が明けたら。ジェイソンはもうロンドンとリヴァプールの病院に応募しました。どこに行くかはどうでもいいんです。とにかくここから出たくて」

「いろいろありましたものね」

「ええ、それにマスコミがあれこれ書きたてて……なんだかいつもみんなにじろじろ見られているような気がするんです。あの壊れた娘がいる壊れた家族だって……軽蔑の視線は私の思い込みもあるんでしょうけど、でももう家から外に出る気にもならなくて。外出するのは今日みたいに天気の悪い日だけなんですよ」

「新しい場所で再出発するのは、確かにいい考えかもしれませんね」ケイトがそう言い、それからふたりは小糠雨のなか、どちらも立ち去りかねて突っ立ったままでいた。

「それじゃあ……」やがてケイトがそう言って、歩きだそうとした。

デボラは一瞬ためらった。「ケイトさん……もしクリスマスをこちらで過ごされるんなら……どんなご予定なのかはわかりませんけど、もしよければ、うちで一緒にお祝いしませんか？　ジェイソンと私と一緒に」

ケイトは考え込む表情になった。その目を見て、デボラはケイトの心の声を聞いた——同情されているの？　やめて、同情だけはしないで！

「そうしてくださったら、本当に嬉しいんですけど」デボラは急いで言った。「アメリーがいない最初のクリスマスだから……私たちふたりともとても悲しくて、落ち込んでるんです。だから一緒にいてくれる人がほしいんです。とはいっても、私たちの気持ちをわかってくれない人や、ゴシップ好きなだけの人や、私たちの不幸を見て自分が優位に立ったように思う人とは一緒に過ごしたくないし……ケイトさんは最初からそばにいてくださった。だから私たちのことも、私たちの置かれた状況も理解してくださる」

「考えてみます」ケイトは言った。「ありがとうございます。近いうちにメールします。まだ少し時間はありますし」

ふたりは別々の方向に歩きだした。

あの人、なんて孤独なのかしら、とデボラは思った。でも、なんて自由なんだろう、と。

デボラは頭を上げた。

涙と雨が顔を濡らした。


クリスマスの招待がもうふたつも、とケイトは思った。そして、自分のなかに安堵と感謝の気持ちがないかと探した。だが見つからなかった。クリスマスはデイヴィッドと過ごしたかった。代わりなどいない。慰めなどない。とてつもなく大きな喪失感以外には、なにひとつなかった。

海岸からスカルビーの家まで歩いて帰った。ほぼ一時間かかったが、気にならなかった。家にじっと座ってうじうじ悩み、デイヴィッドのことを思い出すよりましだ。どんなことでも、それよりはましだ。

角を曲がると、遠くに自分の家が見えた。その前に車が停まっていた。

ちょっと、やめて、とケイトは思った。

ケイトが近づいていくと、コリンが車から降りてきて、こちらに歩いてきた。「やあ、ケイト」不安そうにコリンは言った。

ケイトはため息をついた。もはや会えて嬉しいというふりさえしなかった。「もうとっくにロンドンに帰ったんじゃなかったの」挨拶もせずに、ケイトは言った。

コリンはうなずいた。「うん、でも……いや、思ったんだけどさ……ほら、週末だから……僕……」ここで大きく息を吸うと、言った。「ひとりでいたくなかったんだ」

自分の心の痛みに深くとらわれているとはいえ、それでもケイトはこの瞬間が特別であることを感じ取った。コリンが自分の弱さを認めた。これまでのように自己陶酔と尊大さの塊のコリンならば、ここでケイトのことを思ってスカボローに戻ってきてやったんだと強調するところだ。ノーサンバーランドで大変な目に遭ったケイトの支えになるために、と。困ったときに助けを申し出る天使だと、自分を売り込むこともできたはずだ。

ところがコリンはそうはせず、代わりにケイトに対して自身の内面をのぞかせた。この瞬間、ケイトは理解した——コリンがあの尊大な態度とは裏腹に、本当はどれほど孤独かを。これまでケイトは、コリンはナルシストで、自分自身にも人生にも満足し切っているのだと思っていた。けれどいま、彼が本当は孤独で不幸な男なのだとわかった。彼は自身の孤独と不幸を糊塗《こと》しようとして、まさにそのせいで本当にずっと孤独なままなのだ。なぜなら、図々しく押しつけがましい態度のせいで、コリンという人間のおそらくは真の姿を、誰も見ることができないから。けれど、その真の姿は実際に存在する。コリンに対して自分が、デイヴィッドに抱いたような気持ちの片鱗《へんりん》でも持つ日が来るとは、ケイトにはとても想像できなかった。恋に落ちる瞬間の火花が、コリンとのあいだに散ったことはない。けれど、ときどき一緒に時間を過ごすことならできるかもしれない。おしゃべりをすることなら。友情を結ぶことなら。

「とにかく入って」ケイトは言った。

コリンはきっとクリスマスを一緒に過ごす第三の候補になるだろうと、ケイトは予感した。どうやら状況は少しずつ複雑になりつつある。すべてが、〈なにがあろうと人生は続く〉というよく耳にする格言を裏付けるものに見えても不思議ではないところだ。だがケイトはこの格言が嫌いだった。多くの人が深い考えもなく簡単に口にする、単に耳触りがいいだけの使い古された言葉だと思えるからだ。たいていの場合は、慰める余地もないほど悲しんでいる人間に対して、まさにそうする権利を――慰める余地もなく悲しむ権利を――否定するために使われる言葉だからだ。

けれど、コリンもケイレブもデボラも、それぞれ一歩の前進ではある。小さな、ためらいがちな一歩。人生は変わりゆくというありきたりな事実の証拠。そう、人生はひとつの場所に留まってはいない。たとえ希望をすべて失って凍りついてしまったような気がするときでさえ。

ケイトは玄関ドアを開けた。

メッシーが跳びついてきた。

生きている。

解説

吉野 仁

本作『誘拐犯』（*Die Suche* 2018）は、『裏切り』に続くケイト・リンヴィル・シリーズの第二作である。

それにしても、『裏切り』を読みはじめたときの衝撃はいまだ忘れがたい。これほどまでに孤独でみじめな女性刑事がいるだろうかと思うヒロインの登場だった。『裏切り』では、父親が残虐な方法で殺されたことから、ケイトが故郷ヨークシャーに帰省する場面が物語のはじめの方で描かれている。そのとき彼女を空港で迎えたのが、ヨークシャー警察スカボロー署のケイレブ・ヘイル警部だった。ケイレブは以前に一度彼女に会っており、そのときの記憶に残っているのは〈ケイトが目立たないことにかけては他者の追随を許さない存在だったことのみだ〉という。〈地味な女性の典型――小柄で、痩せっぽちで、影が薄い〉

そのケイト自身、自分のことについて、次のように語っていた。〈三十九歳でいまだにひとり身。夫なし、子供なし、恋人なし、友人なし。スコットランド・ヤード勤務の刑事だが、一年前まで巡査のままくすぶっていた〉。どうにか巡査部長となったものの、警察内では周囲から疎んじられ、なにごとも自信がなく、決断をくだすことを避けている。私生活でも仕事でもうまくいかない。『裏切り』では、ケイレブ・ヘイル警部とのぎくしゃくしたやりとりが印象的だった。とりわけ、ケイトが父親リチャードについてのある秘密を知ってしまったあと、ケイレブらに送られ実家に戻ったケイトが強い酒をがぶ飲みし、ひどく酔ったあげく失態をおかす場面など、読んでいるこちらもまた痛々しい気持ちでいっぱいになるほどだ。

しかしながら物語が進むにつれ、まるで魔女がシンデレラに魔法をかけたかのごとく、ケイトは刑事としての能力を発揮し、読み手をどこまでも物語の世界に引き込まずにはおれないヒロインへと変貌していく。いや彼女自身は大きく変わったわけではなく、こちらの見る目が変化したのかもしれない。童話を引き合いに出すならば「みにくいアヒルの子」のほうがふさわしい。ケイトは警察官という職業につきながら、もともとの引っ込み思案や気弱な性格がわざわいして思うように能力を発揮できず、すっかり自信を喪失していたのだ。まるっきり場違いなところに迷いこんでしまったかのような気持ちで職場にいる感じだ。完璧さが求められる競争社会ではなお生きづらく、負のスパイラルに落ち込んでしまったのだろう。孤独感や劣等感だけでなく、失態をおかしたことでその場から消えてしまいたいと願うケイトの生々しい気持ちが、リアルなエピソードとともに描かれているため、彼女に感情移入せずにはおれなくなるのだ。

また、『裏切り』では、なぜ優秀な刑事だった父が殺されなければならなかったのか、というメインの事件をめぐるストーリーが二転三転するため、読者は翻弄され続けてしまう。主要登場人物の意外な秘密が次々に暴かれていくのだ。こうした意外性にあふれた話運びの巧みさにより、ページをめくる手をとめられない。真相解明へと向かうケイトら捜査側の活躍が楽しめるのはもちろんだが、それ以外の登場人物それぞれの視点で描写されるパートの臨場感も鮮やかで、読みごたえ十分だった。人が表向きに見せている顔だけではその人のすべてを判断できず、じつはだれもが辛く厳しい人生を抱えて生きている。そんな現実が物語のなかにいくつも盛りこまれており、しかも人物や心理の描写が憎いほど巧いのだ。

名優と呼ばれる役者のなかには、与えられた台本を読み、役づくりを重ねて演じてみせるのではなく、まるで役の人物の魂が乗り移ったかのごとく、その人になりきる、いわば「憑依型」の役者がいるものだが、シャルロッテ・リンクの小説にも同じことが感じられる。登場するひとりひとりの言動が真に迫っており、つくりものの感じがしない。筋書きに合わせた登場人物ではなく、その人物のありのままが描かれ、人物同士の会話や対立により、自然とドラマが動きだしている感覚である。リンクが、ドイツの国民的作家と呼ばれるほどの人気をほこり、毎年刊行される新作はみなベストセラーとなるというのも当然に思える。そのリンク作品のなかでも『裏切り』は読者の絶大な支持を得た小説で、二〇一五年にもっとも売れたペイパーバックだったのだ。それも納得の出来映えである。

さて、前作の話が長くなってしまったが、待望のシリーズ第二作『誘拐犯』の登場である。心待ちにしていた読者も少なくないだろう。今回は、新たに少女の誘拐事件を扱っている。ちなみに、シリーズといっても作品ごと独立して読めるようになっているので、本作から読みはじめても問題ない。

物語は、まず二〇一三年十一月、ハナ・キャスウェルという十四歳の少女の視点から語られていく。ハナは祖母の誕生日を祝うため、列車に乗って祖母の家まで訪れたあと、行きと同じように列車に乗ってスカボローまで帰るつもりでいた。ところが発車時間に間に合わず乗り遅れてしまった。途方に暮れていたハナのまえにあらわれたのが、十九歳の青年ケヴィンだった。彼はハナを車に乗せてスカボロー駅まで送ってくれるという。一方、駅で待っていたハナの父ライアンは、到着した列車から降りたはずの娘がどこにもいないとあわてていた。ある人から、ハナがケヴィンという男の車に乗っていたという話を聞き、ライアンは警察に通報した。

つづいて「第一部」が、約四年後の二〇一七年十月からはじまる。ケイト・リンヴィルは、スカボロー郊外の町スカルビーにある実家の居間に立ちつくし、呆然としていた。かつて父が暮らしていた生家を賃貸に出していたが、借りた人が家を荒れ放題にしたあと消えてしまったことを隣人から知らされ、やってきたのだ。泊まるところもなく、しかたなく近くのB&Bに宿泊することにしたところ、そこで思わぬ事件が巻き起こる。宿を経営する夫婦ジェイソンとデボラの娘アメリーがいなくなったのだ。

アメリーが自分の意志でいなくなった可能性もあるが、ちょうどその頃、世間で話題になっていたのは、約一年ほど前から行方不明だった少女サスキアの遺体が発見されたというニュースだったため、夫婦はひどく心配し、ケイトとともに警察署へ行き、アメリーの失踪届を提出した。果たしてアメリーは何者かに誘拐されたのか。一連の事件は、同一犯の仕業なのか。今回も事件の捜査を指揮するのはスカボロー警察のケイレブ・ヘイル警部だった。やがてふたりは事件についてのさまざまな考察を語り合った。前作『裏切り』のラストで描かれていた日付は二〇一四年六月なので、それからおよそ三年と四か月後からケイトの物語は再開することとなる。いまだスコットランド・ヤードに勤めており、またしても管轄外の事件に巻き込まれたのだ。

メディア各紙はすでに〈ムーアの殺人鬼〉という名前で少女の失踪をスキャンダラスに報じていた。少女を通りで誘拐し、どこかに連れ去り、監禁して暴力をふるいレイプし、最後には残虐に殺す男の存在を記事に書き立てていたのだ。やがて新たな行方不明の少女の存在が浮上するとともに、アメリーの事件は意外な展開を見せる。

例によって、複数の視点人物によるエピソードが並行して語られていくとともに、章のあいだに犯人らしき怪しげな語り手による独白が挿入されているなど、一種のサイコミステリとしての企みを含め、本作もまた一筋縄ではいかないプロットで話が運ばれていく。

物語の中心は、少女を狙った誘拐事件である。だが、同時にさまざまな家族模様が事件に絡み、関わりをもった町の人たちまでをも悲劇に巻き込んでいく。冒頭で語られる少女ハナの身に起こった一連の出来事は、その典型のようなものだ。さらに少女サスキアの遺体が発見されたというニュースが、人々の心理に影を落としている。とうぜん新たに発生したアメリーの行方不明という事件は、これらをふまえて判断されるため、さまざまな疑いや思い込みが増幅していくのだ。こうした展開とあわせて、作者は真相から注意をそらすための、いわゆるレッド・ヘリングや一種の叙述トリックといえる、読者を錯誤させるための文章をあちこちに配している。また中盤でちょっとした転調といえる展開があるため、ますます犯人は誰なのか分からなくなるのだ。怪しく見える登場人物には事欠かないが、まったくしぼりきれない。ミステリとしてみごとな構成力を作者は見せつけている。

また、そうした犯罪をめぐるメインの筋とは別に、今回もケイトの私生活の動向から目が離せない。なにしろマッチングサイトで知り合った男とデートをするようになったのだ。こうした場面にくると、ケイトが危ない男にひっかかり酷い目にあったり、夢を見すぎて失恋に傷ついたりしないかとついつい親になったような気持ちでその成りゆきをハラハラドキドキと心配してしまう。彼女がひどく傷つく姿は見たくない。しかし、こちらもはるかに予想をこえて展開していく。なんという結末だろうか、驚くばかりだ。

シャルロッテ・リンクの経歴や著作に関して詳しくは、前作『裏切り』の訳者あとがきを参考にしていただきたい。これまでも彼女の作品の多くは、イギリスの北部、とくにヨークシャー地方を舞台にしていたが、このケイト・リンヴィル・シリーズもまたヨークシャーのスカボローがヒロインの故郷となっている。あるインタビューでリンクがここを舞台に選んだ理由を語っていた。一九九五年に『姉妹の家』を書くためのリサーチでヨークシャー・デイルズに向かっていたとき、完全に道に迷ってしまい、そこで夜遅くにスカボローという聞いたことのない町にたどりつき、一夜を明かすことになった。結局二日間その町に滞在したことから、のちにケイトの物語の舞台として選んだという。作者の年齢を考えれば、サイモンとガーファンクルによる世界的なヒット曲「スカボロー・フェア」を知らないわけがないと思うのだが、実際のところはわからない。

　リンクは、フランクフルト生まれのドイツ人である。しかし、もっぱら作品の舞台をイギリスに置くのは、若い頃から憧れを抱いていたからだと述べている。少女時代からなんどもイギリスを訪れているらしい。なによりヨークシャーといえば、かのブロンテ姉妹の故郷である。シャルロッテ・リンクの出世作となった『姉妹の家』は、過去と現在を描く大河ロマンのごとき歴史ものであるばかりか、確執を抱えた家族の物語とともにゴシック・ロマンの味わいも含んでおり、そこでもヨークシャーがひとつの舞台となっていた。初期作品は、ブロンテ姉妹の影響を大きく受けているのだ。『沈黙の果て』もまた舞台はヨークシャーであり、問題を抱えた三組の家族が登場し、古い屋敷で五人の惨殺死体が発見されるという長編で、作中にブロンテ姉妹についての言及もあった。しかし近年のリンク作品は、より犯罪ミステリ色を強め、古典的なゴシック・ロマン要素はいくぶん影をひそめているようだ。それでもヨークシャー、家族、屋敷、殺人というキイワードは、ケイト・リンヴィル・シリーズにも受け継がれている。

　別のインタビューでは、愛読しているミステリ作家として、モー・ヘイダー、サイモン・ベケット、カリン・スローターなど、英米の作家を挙げていたほか、北欧の書き手も好み、ヘニング・マンケルやスティーグ・ラーソンなども読んでいると語っていた。おそらく、以前からこうした世界的な人気をほこる現代の犯罪小説家を愛読し、大きな影響を受けているのだろう。リンクが二〇〇八年に発表した『失踪者』は、ミステリやサスペンスとしての力量がもっとも発揮された一作かもしれない。

最後に気になるのは、その後のケイトのゆくえである。すでにケイト・リンヴィル・シリーズは、四作まで発表されている。次に遭遇する事件はどういうものか、ケイトの人生はこれからどうなっていくのか。邦訳されることを心して待ちたい。

検印
廃止

訳者紹介　1973年大阪府生まれ。京都大学大学院博士課程単位認定退学。訳書にJ・W・タシュラー『誕生日パーティー』、C・リンク『失踪者』、『裏切り』等多数あり。J・エルペンベック『行く、行った、行ってしまった』で2021年度日本翻訳家協会翻訳特別賞受賞。

誘拐犯　下

2023年10月6日　初版

著　者　シャルロッテ・リンク

訳　者　浅《あさ》　井《い》　晶《しょう》　子《こ》

発行所　(株)　東京創元社
代表者　渋谷健太郎

162-0814/東京都新宿区新小川町1-5
電　話　03・3268・8231-営業部
　　　　03・3268・8204-編集部
URL　http://www.tsogen.co.jp
DTP　キャップス
暁印刷・本間製本

乱丁・落丁本は、ご面倒ですが小社までご送付ください。送料小社負担にてお取替えいたします。

ISBN978-4-488-21113-4　C0197

驚愕の展開！　裏切りの衝撃！

DIE BETROGENE◆Charlotte Link

裏切り

上下

シャルロッテ・リンク

浅井晶子 訳　創元推理文庫

◆

スコットランド・ヤードの女性刑事ケイト・リンヴィルが
休暇を取り、生家のあるヨークシャーに戻ってきたのは、
父親でヨークシャー警察元警部・リチャードが
何者かに自宅で惨殺されたためだった。
伝説的な名警部だった彼は、刑務所送りにした人間も
数知れず、彼らの復讐の手にかかったのだろう
というのが地元警察の読みだった。
すさまじい暴行を受け、殺された父。
ケイトにかかってきた、父について話があるという
謎の女性の電話……。
本国で９月刊行後３か月でペーパーバック年間売り上げ
第１位となった、ドイツミステリの傑作！

湖畔荘
ケイト・モートン
上
THE LAKE HOUSE